時の扉（上）

Kunio tsUji

辻邦生

P+D BOOKS
小学館

目次

荒野《あれの》とうるほひなき地《ち》とはたのしみ
沙漠《さばく》はよろこびて番紅《さふらん》の花《はな》の如《ごと》くに
咲《さ》きかゞやかん

——イザヤ書第三十五章——

第一章　北国

　その日は午前中、ずっと雨が降っていた。時おり激しい風が窓に音を立てたりして、授業をしている間も、ある重い気分に捉われてゆくのを感じた。それが昼すぎから急に雲が切れて青空が出はじめ、矢口忍が放課後の当直で教員室に残る頃は、ついさっきまで雨が降ったとは思えない爽やかな空になっていた。

　矢口忍は教員図書室で数日前に見つけた、古い、分厚い、図版の多く挿入された本から眼をあげて、青い空を流れてゆく、透明感を湛えた白い雲を眺めていた。校庭の向う側にあるポプラの並木が、時おり、風に煽られて細かい葉を返しては、しなやかに枝をゆらせていた。

　そのとき矢口忍は、何か不思議に懐かしい感じのものが、まるで見えない人影のように、彼の心のなかを過ぎてゆくのを感じた。もちろんそれは一瞬飛び去る鳥の影のようなもので、それを感じた瞬間には、すでに過ぎさっていて、その正体が何だったのか、どこから来たのか、はっきり捉えることができなかった。ただその懐かしい感じは、矢口がよく知っている感情であり、決して疎遠なものではなく、一瞬のこととはいえ、まるで手で触れられそうに、なまなましい感じだったので、彼は、しばらく放心したまま、自分のなかを過ぎていったもののことを考えていた。

しなやかに、鷹揚な感じで揺れるポプラの上に、白い雲の塊が、鮮明な輪廓を描いて浮んでいた。矢口が五年前、この北国の中学校に都落ち同然で赴任してきたとき、まず彼の心を捉えたのが、この澄明な、冷たい北の空に浮ぶ雲であった。とくに矢口は夏の終りの、郷愁を誘う、半透明な雲が、遠く地平線のむこうに消えるのを見るのが好きだったが、季節を問わず、この北国の雲は、都会を棄ててきた矢口忍の心に、複雑なかげりを与えつづけていたのだった。

以前、彼は、こうした雲の写真をとって、それに散文詩のような文章を書いてみたらどうか、などと考えたことがあったが、そんなとき、彼は、自分の考えに驚き、狼狽した人のような表情をして、頭を振りながら、独りごとを言うのだった。

「いや、いや、お前は、そんな人間じゃない。そんなことを考えられるほど、お前はあれから潔められてはいない」

そうつぶやく矢口の顔には、雲の美しさに惹かれていた、ついさっきの表情とは別の、暗い、物思わしげな、沈んだ表情が現われているのであった。

矢口忍がそうやって放心しているとき、廊下に足音がして、用務員の吉田老人が顔を出した。

「先生、もう時間じゃありませんか」

矢口忍は反射的に時計を見た。

「そろそろだね。あと十分だ」

「それじゃ、私が校内を一廻りしておきましょう」

矢口はなおしばらく雲を眺めていたが、心のなかを横切っていったものの正体は、とうとうわからずじまいだった。

吉田老人は校舎を一廻りしてくると、弾みのついた、躍るような歩き方で教員室に入ってきた。

「お渡しするのを忘れていましたが、さっき航空郵便がきていました」

彼はそう言って、赤と青の縁の模様の色が幾分褪せた感じの、廻送の付箋の貼ってある航空便を矢口忍に渡した。

「お知り合いの方からですか」

吉田老人は、いつもかぶっているつばの広い、黒い帽子を手に持って、矢口のほうに、まるい、善良そうな、子供っぽい眼をむけた。

「ああ、これは、だいぶ前に、東京で日本語を教えたことのある学生ですよ」

矢口忍は手紙の差出人イリアス・ハイユークの名前をじっと見ながら言った。

「アメリカ人で？」

「いや、シリア人です」

「シリア人？」

「ええ、シリアから来た留学生でした」

矢口忍はそう言ってから、また、さっきの、あの妙に懐かしいものが、心のなかを、一瞬、鳥影のように、過ぎるのを感じた。

「私も世界じゅうを、昔、ほっつき歩きましたがね、シリアには行ったこと、ありません」

「世界じゅう？」

矢口忍は驚いて眼をあげた。

「ええ、世界じゅうをね。先生、私は、昔、これでも、ずっと船乗りをしていた男なんですよ」

「あなたが、船乗り？」

矢口忍は吉田老人の、一風変った服装を見て言った。老人は、つばの広い、黒い帽子をかぶっているのも変っていたが、それだけではなく、若者じみた革の上着と、足にぴったりついた、細い茶色のコール天のズボンを着けていた。

「船はいろいろありました。客船、貨物船、帆船、漁船、それにスウェーデンとデンマークの間の連絡船に乗っていたこともあります」

「それはまた驚いた話ですね」矢口忍は心底から驚いたような声を出した。「あなたの恰好が——失礼を言ったら許して下さいよ——どうも普通の人とは違うな、と思っていましたがね。船乗りとはね」

「海に出たのは十九の年でした」老人は子供っぽい、まるい眼で、遠くのほうを見ながら言った。「とても日本にいられない気持でね。ただ日本でないところなら、どこでもいい——そんな気持でした。もちろん外国語も何もできません。船員の資格だって、ありませんでしたよ。ただもう日本ではないところに行きたかった。日本を離れたかった。それで船でしたよ、私が飛び乗ったのは。南米ゆきの貨客船でね。ボーイを募集していたんです。それで応募して、採用されて、日本を出てゆきました。それから四十年、日本を離れることになったわけです。もっともそのときは、二度と日本に帰るまい、と思っておりましたがね」

「なんで、そんなに日本を離れたかったんです?」

「私も若かったし……」老人は言った。「先生、こんな話をして構いませんか?」

急病で死んだ江古田老人にかわって吉田老人が矢口忍の中学校に勤めるようになったのは、つい二カ月ほど前のことであった。教員たちのなかには、相当に体力の弱っていた江古田老人のことを考えると、こんどは、働き盛りの人に来てもらいたい、という声もあったし、吉田老人と面接した教頭は、この年老いた船員上りの人物の、風変りな様子に、何度かためらいを示していたが、結局、他に適当な人物も見当らず、補充は急がなければならなかったので、吉田老人の採用が決ったのだった。

もっとも吉田老人が船乗りであったことは、校長と教頭以外は知らなかったので、その変った風体といい、躍るような歩き方といい、時どき、どうやら外国語めいた「ティヤン、ティヤン」とか「エー・ヴォワラ」とか叫ぶ妙な口癖といい、教員たちには正体のわからぬ不可解な人物と思われていたのは事実だった。

しかし江古田老人が薬罐《やかん》などをよたよた運んでいたのに較べると、吉田老人は機敏で注意深く、生徒たちの扱い方も手慣れていて、勝手気ままな年頃の男の子たちが、吉田老人に、柔かな嗄《しわが》れた声で何か言われると、まるで主人の命令に従う猟犬のように、はきはき動くのだった。

「こりゃ、どうも、補導訓育は吉田さんにやって貰ったほうがいいですなあ」

いつか、職員会議の席上、吉田老人のこうした噂が出たとき、肥った、英語教師の海老田が、唸るようにそう叫んだ。海老田は大兵《たいひょう》肥満であるにもかかわらず、気の弱い、おとなしい人柄だったので、教室で、しばしば生徒たちから騒がれ、立ち往生を余儀なくされることがあったのである。

吉田老人に、普通と違って、飄々とした、軽妙な風があり、身のこなし方にも、どことなく、しゃれた、粋な感じがあったことは、矢口忍も前から気づいていたが、それが世界各地の港町を渡り歩いた彼の経験から自然と滲みだしてくるものであったことを、そのとき、初めて知らされる思いがした。

「私はね、先生、こういう晴れた西空を見てますと、どうも、昔見た南洋の海を思いだします。雲が一つ一つ島に見えましてね、あの島かげに自分の船が停泊しているような気になりますね」

用務員室でお茶でもいれますから、という吉田老人の言葉に誘われて、矢口忍は校門の脇につづく老人の部屋に入った。窓から、輪廓のくっきりした白い雲が、柔和な獣たちの群れのように、ゆっくり流れてゆくのが見えていた。

「さっき、先生はお訊ねになりましたね、私が、どうして日本を離れたか、って」吉田老人は茶を矢口にすすめてから言った。「私は日本がきらいだったんじゃありません。日本がいやだなんて、勿体《もったい》なくて、口が腐っても言えやしません。それどころか、私は、日本が好きでたまらない。好きで好きで、どうしようもない。外国の港町で、見知らぬ酒場や曖昧宿に日本の絵なんか貼ってありますとね、私は泣いたものですよ。恥も外聞もなく、涙を流しました。私は、外国をほっつき歩いていたので、日本の有難味が身にしみてわかるんです」

吉田老人はしばらく窓の外を眺めて、何か思い返すように黙っていた。幾らか夕づいたせいか、用務員室のなかの光が弱くなって、老人の顔が黒ずんだかげになっていた。窓の外では、最後の夕日を浴びたポプラが風のなかでしなやかに枝を揺らせていた。

「私が、なぜそんなに好きだった日本を離れたかと言いますと、それは、恥ずかしい話ですが、昔、ある女に惚れていたからなんです。ええ、その女に惚れて、惚れぬいていた癖に、先生、私は、それを相手の女に言うことができませんでした。まったく、変てこな話じゃありませんか。その女が眼の前にいて、笑ったり、喋ったり、立ったり、坐ったりしているのに、そのひとことが出ないんです。それを言い出そうという段になると、心臓が縮んで身体ががたがた震えだすんです。自分じゃ、だらしねえ、だらしねえ、と、内心で声を出して励ますんですが、これだけは、先生、いけません。惚れてれば惚れているほど、妙なことを言っちまうんです。よせばいいのに、まるで反対のことを口走る。心がここにないから、空が晴れてるのに、雨が降りそうだと言ったり、雨が降ってるのに、天気がいい、なんて言っちまったり、あれもこれもしどろもどろで、私は、先生、それっきり、その女に何も言わずに逃げだしたんです。とてつもなく恥ずかしくって、辛くって、何が何やらわからなくなってしまって」

矢口忍は吉田老人をまじまじと見つめていた。その表情には、驚きとも畏怖ともつかない、ひどく物思わしげな重苦しさが浮んでいた。

「先生、そんな真面目な顔をなすっては困ります」吉田老人は矢口のほうを見て、身体を窮屈そうに動かした。「昔はともかく、今じゃ笑い話の一つのつもりなんですから」

「でも、その女のひととは、それっきりだったんですか」

矢口が低い声で訊ねた。

「いや、一度、船が――イギリスの貨物船でしたが、日本に寄ったことがありましてね、私はそれで戻ってきたんです。そのときは、私もだいぶ西洋ふうが身について、というか、惚れてるなら、惚れてると言わなければならないと思うようになりましてね。それを言うつもりで、女のところを訪ねたんです」

「で、言ったんですか」

「いや、言うつもりでしたが、遅すぎたんです。女はほかの男と結婚していました」

吉田老人は口をとがらし、頬を内側にへこませて、一瞬、寂しそうな眼をした。

「私が辛かったのは、本当は、それから後でした。私は、なぜ日本に戻ってきたか、と、自分を呪いましたね。イギリス船とは契約を解除していたのですが、私は、その足ですぐ船に戻ると、もう一度、契約して、そのまま、日本を出ました」

「ずっとですか？」

「ええ、それからずっとです」吉田老人はまるい、子供っぽい、善良そうな眼で矢口を見て言った。「女を忘れるためには、それしかありませんからね。マルセーユもコロンボもパナマもシアトルも私は知っていますが、どこにいても女のことは忘れられなかったのです。そんなことでは駄目なんですね」

「日本に戻ってこられた動機は何だったのですか」

矢口忍は吉田老人を沈黙のなかから引きだすような口調で訊ねた。

「いろいろありますが」老人は茶をすすると、窓から遠くのポプラを見ながら言った。「一度、フランスのある港で——ルアーブルだったと思いますが、ブレストだったかもしれません、私の船が荷揚げをしておりますと、港の男がきましてね、お前は日本人か、と言うのです。実は、日本人の老人が死にそうで、身寄りもないらしいから、お前が行ってくれないか、と言うんですね。港町の貧民街の奥のみすぼらしい施療院に行きますと、痩せ衰えた老人が死の床に横たわっているんです。老人は私を見ると、涙を流して、実にたどたどしい日本語で、死ぬ前に母国の人に会えて仕合せだ、と言うんです。私は故郷のこと、身寄りのこと、暮しのことなどを訊きましたが、老人は頭を振って、そんなことは自分にはもういいのだ、ただ見知らぬ日本人がこの港町で死んだということを憶えていてくれればいい、と、そう言うのです。そして老人はその翌日に亡くなりました。残されたものは何一つありませんでした。私は老人を墓地に送ってから、老人が住んでいた狭い、陰気な屋根裏部屋を片付けていますと、心底から、独りぼっちの恐ろしさを感じました。いったい、あの人はなぜこのような孤独な生活をしなければならなかったのか。故郷も身寄りも明かさずに永遠の闇のなかに消えてゆくとは、どんな事情があったのだろうか。私のように女のことで外国へ流れ出たのか。それとも何か罪を犯して日本にいられなかったのか――私は、船に戻ってからも老人のことが忘れられませんでした。いや、老人の病み衰えた顔は、甲板の作業の手を休めるようなとき、何の前触れもなく、不意に眼の前に浮び上ってくるのです。私は、それが自分のなれの果てであるように思われました。私もこのまま年をとれば、間違いなくああなってゆく。見取る人もなく、異国の裏町で、薄汚ない、裸の壁に囲まれ、一切から見放され、ひとりで死んでゆく。それが自分の行く末だ――そう思うと、心の底から恐怖が立ちのぼってきました。しかし私はそれはそれで仕方のないことだ、という諦めに似た覚悟はしていました。自分では、まったく片思いの女に対して、できることは、その位しかないように思えたのですね。異国での孤独な死は、私に恐怖を与えましたが、それだけ一層そのみじめさを引き受けるのが、何といいますか、女につくす誠であると、そう思われたんです」

矢口忍は無言だった。彼の身体はぶるぶる震えているように見えた。

「先生は、お笑いになるかもしれませんが」吉田老人は眼を伏せて話しつづけた。「私はこんなふうにして、一生を、いわば棒に振りました。家もつくらなければ、子供も持ちませんでした。もし女が死ななければ、私は日本に戻る気にならなかったでしょう。たとえどこか遠い国の、腐った果物の匂いのする裏町で死ぬことになっても、です。女が死んだと聞いた時、私は心底から泣きました。生涯のはりが一瞬にして私から奪われたのを、そのとき感じました」

部屋のなかはすでに暗くなり、肌寒い空気が窓ガラスを伝わって静かに流れてきた。太陽は沈んだらしく、雲がいっせいにばら色に染まりだしていた。

「とんだお話を申しあげました」吉田老人は立ち上ると、電気をつけた。「一度、どなたかにこんなことを聞いていただきたいと思っておりました。ばかげた老人の繰り言ですが、こんな人生もあったのだ、と思って下されば幸いです」

「いいえ、私は、ばかげたなんて思いません」

矢口忍は声に力を入れて言った。

「有難うございます」吉田老人は言った。「でも、私は自分でも愚かなことはよくわかるんです。片思いの女のために、一生を棒に振る、なんて、どう考えたって、利口なことじゃありません。でも、先生、人間には、時どき、こんなことが起るんじゃないか、って気がするんです。好きな女と別々になって、結局、一生、会わず仕舞い、というようなことが。幸い、人間は物事を忘れます。死ぬほどの苦しみも何年かたてば薄れてゆきます。でも、このことだけは駄目です。苦痛が薄れても、幸福になったわけじゃありません。私は言うんです。若い連中に会いますとね、向うにおりましたときも、こちらに戻ってからも。好きな女がいたら、一緒になれ、ってなことを。金を失っても、地位を棒に振っても、そんなこと、人生じゃどうでもいいことだ、だが、好きな女だけは、何としても手に入れろってね。私はそう言いましたし、いまも言うんです」

「よくわかります」矢口はうなずいた。「ぼくも、本当に、そんな気がします。それに、あなたは自分では愚かだなどと言われるけれど、あなたのように幸福な方は、滅多にいないかもしれませんよ」

「私が幸福？」吉田老人は、まるい、善良そうな眼を、大きく見ひらいて言った。「そんなことをおっしゃったのは、先生がはじめてですね」

「だってそうでしょう」矢口忍は吉田老人を納得させるように強い調子で言った。「あなたのように、ひとりの女性を生涯愛しぬかれるなんてことは、他のひとにはできません。誰だって、そんな女にめぐり逢いたいと思っています。また実際、めぐり逢うこともありますが、多くの場合、一緒になることで、かえって幻滅したり、思わぬ迷いによって、最初の感激を失うんです。あなたのように、最初の愛を持ちつづけるなんて、ぼくは話を聞いただけで、まるで奇蹟物語のような気がします。これは皮肉でも何でもなく、ぼくは、あなたが羨ましいくらいですよ」

「しかし私は何も手に入れなかった男です」吉田老人は首をうなだれて言った。「一生、ただ海の上をほっつき歩いていた男です。人に愚かだと言われる人間です」

「ぼくはその反対だと思いますね。もしあなたのことを愚かだと言う人があれば、その人は、愛のことなど何一つ知らない人でしょう。愛について苦しんだり、眠られぬ夜を持ったりしたことのある人なら、あなたのことを羨むはずです。少くとも、ぼくはあなたを羨ましく思っています」

吉田老人の部屋で話しこんでいたので、矢口忍が校門を出たのはもう五時をすこし過ぎていて、西空が美しい夕焼けに染まり、金色の羽毛のような雲が浮んでいた。吉田老人なら、こうした夕焼け空を、どこか遠い異国の景色に見たてるだろうか、と考えると、矢口忍も心が見知らぬ都会へ誘われるような気がした。

中学校は町から離れた丘の上にあり、学校から町までの間に瓦を焼いている工場や、コンクリート工場があり、雑木のはえた林や狭い野菜畑がつづいていた。

屋並の低い、陰気な、寒々した町は昔は蝦夷統治のための防塁があったと伝えられ、それが町の発祥であったらしいが、現在は、何の痕跡もなかった。ただ、夕映えに赤く染めだされていたので、黒ずんだ低い家々には、信仰のために集った開拓者たちの村のように、質実で、平和で、辛抱強い感じがあった。

矢口忍が住んでいたのは、神官の大槻英道のはなれで、町をはさんで、ちょうど中学校と反対側のはずれにあった。その神社の森は黒々とした影絵になって、夕空を背に浮き上っていた。もともと矢口忍が東京を離れようと思い、大学時代の旧師小川剛造のところへ相談にいったとき、彼が最初に推薦したのがこの大槻英道だった。

「ぼくの同窓の男でね、郷里に帰って神官になっている男がいる。この男が、かたわら自分の町の中学で国語を教えているが、それがこんどやめたいと言ってきている。別に後任を求める口ぶりではないが、もし君が、明日にもすぐ東京を離れたいと言うのなら、ぼくに考えられるのは、大槻のところだけだね」

小川剛造は厚い近眼鏡の向うから、東京郊外にある大学の講師を辞して、都落ちしたいという昔の教え子の、やや錯乱した、思いつめた顔を、冷たく観察するような眼で、じっと見つめた。

「大槻のいる町は、君、北海道も、ずっと北の、オホーツク海のそばだという話だよ」小川剛造は、精力に溢れた、小柄な、ずんぐりした身体を貧乏ゆすりさせながら、かたくなに床の上に眼を向けている、すっかり固くなった矢口忍に言った。「もう一度、考えてみてはどうかね。気持を鎮めて勉強をし直すんなら、何もそんな遠くへゆくことはない。それに、大学の口を棒に振るなんて、勿体ないことに思うがね。もちろん、君の純粋な気持はわからなくはないが、もう少し待ってみたらどうかね。同じ地方でも、もう少し待てば、どこか大学の口があくと思うがね」

しかしそのときの考えでは、矢口は遠ければ遠いほど、自分の気持に適うように思われたし、大学に残って研究者の道を歩む気持もまったく失われていた。彼に何か別の能力があれば、何も教職にとどまる必要もなかった。

どこか、本当に、いまの自分を忘れて、夢中になって働くことのできる場所があれば、それでよかった。何はともあれ、東京を離れること——それが当時の矢口忍には差し迫った必要だった。

「決して、君、後悔してはいけないよ」

小川剛造は厚い近眼鏡の向うから矢口を見てそう言った。

矢口忍は旧師小川剛造の言葉に頭をたてに振るだけで、口では何も言わなかったが、心のなかでは、たえず「後悔なんて、するわけないじゃありませんか。ぼくは別の人間になりたいんです。書物の山のなかでぬくぬく暮していたくないんです。そんな自分など、もう用はありません。自分をずたずたに切って、踏みつぶしてしまいたいのです」と叫んでいた。

小川剛造はそんな矢口の顔を見ると、はじめて厚い近眼鏡の向うで眼だけを微笑させた。

「私も本の虫に過ぎないし、融通のきかぬ男だから、人生について、あまり大きなことは言えない。だが、このことは憶えておいたほうがいい。ねえ、矢口君、人間は必ず、いつでも、そこから出られる戸口を、心に用意しておかなければいけない。変に意地を張ったり、見栄っぱりだったり、頑迷固陋だったりすると、自分が望まない事態に立ち到っても、そこから撤退することができなくなる。君の決心に水を差すようだが、このことは憶えていたまえ。君は、いま、大決心をして、北国の涯まで出かける。君がはっきり理由を言わない以上、私も、あえてそれを訊きたいとは思わない。だが、君が、現在の好条件を棄て去ってゆく以上、それだけの理由はあるだろう。だが、矢口君、それが何であれ、いつまでもそれにこだわってはいけない。必ず心の戸口はあけておくのだ。いつでも、そこから出られるようにしておくのだ。北海道にいっても、君の望んだものと別の事情が出来《しゅったい》するかもしれない。そのときは、過去にこだわらず、また戻ってくるんだね」

矢口忍は旧師の言葉を聞きながら、自分がそれに価する人間ではない、と思いつづけていた。眼が熱くなり、不覚にも、膝に置いた手の上に、涙が、ぽたぽたと落ちた。

それでも、矢口忍は、そのとき、小川剛造の言う「別の事態」が生れてくるなどとは考えることもできなかった。旧師の言葉は身に沁みたが、それは自分に余る言葉として聞えた。そのときの彼は、ただ、今の自分を消し去ることができれば、あとはどうなっても構わないとひたすら思いつめていた。

小川剛造から、神官の大槻英道に、矢口忍の事情について何か伝えられたかどうか、はっきりわからなかったが、矢口が大槻家のはなれに寝起きするようになってからも、当主の英道は、とくに矢口の過去についても、彼が東京を離れるようになった動機についても、訊ねようとはしなかった。

彼が大槻家の人々に迎えられた最初の夜、歓迎の宴だといって、当主の英道や妻の妙子をはじめ、長女の智子や、この春、中学を終えることになっている末娘の彌生子まで集ってくれたとき、矢口忍は旧師小川剛造に言ったのと同じように、静かな環境で勉強したかったので、東京を離れたのだ、と言った。

「そりゃ、ええことをされましたのう」痩せて長身の、柔和な顔をした大槻英道は深くうなずきながら言った。「あなたのような方が、こんな土地に来られたのは、勿体ないと言えば勿体ないが、生徒たちは幸福でしょう。前任者として心から有難く思います」

矢口忍は、大槻家の人々に迎えられたとき、果して自分が、そうした暖かい好意に価する人間だろうか、という疑念が走ったことを、後まで忘れなかった。

旧師小川剛造には、はっきり、別の自分になることを告げたのだし、自分でも、書物に囲まれた生活からは一刻も早く逃げだしたかった。とくに、将来、何か物を書いてゆきたいと思っている友人たちとは、一生、顔を合わせたくなかった。それは、別に、書物が嫌になったり、物を書く友人が憎くなったりしたからではなく、ただ、そういうものに、忌わしい自分の姿が何よりも濃く投影されていると思えたからであった。矢口忍はひたすら自分自身から逃れたかったた。そして自分を憎むあまり、過去の自分と最も深く結びついた一切を、あたかも憎悪の対象であるかのように、身震いしつつ、拒んできたのであった。

それだけに、矢口忍が、北国の、荒れた、孤独な環境に望んだものは、自分にふさわしい苛酷な刑罰であった。自分を踏みにじり、打ちのめす、容赦ない鞭のような、生活の厳しさであった。

事実、東京から長い旅をして、まだ雪が黒々とした耕地のあちこちにこびりついている、荒涼とした、オホーツク海に近い町に着いたとき、矢口忍は、その貧しい、荒れた、空虚な気配に、一瞬たじろぐような気持を味わった。駅で降りたのは、矢口のほかには、近くの漁港から魚を背負ってきた二、三人の、ゴム長をはいた、年とった女たちだけであった。

空には鉛色の雲が低く垂れ、風景は黒ずんでいて、風が冷たく吹き、駅の柵に、人の囁き声に似た音をたてていた。烏の群れが耕地から飛びたち、寂しい声で鳴きながら、丘を覆う黒い森のなかへ吸いこまれていった。

そのとき矢口忍の心を横切ったのは「流刑地」という言葉であった。そして彼は、その言葉を見つけたことで、いかにも自分が罰せられたような気持を感じた。しかし次の瞬間、そこに、過去の、最も消し去りたいと願っている、自分の性癖が顔を出したことに、救い難いような、なさけない思いを味わった。

「シベリアの涯に行ったわけではあるまいに、何という大げさなことだ」矢口忍は自嘲して言った。「貴様が自分を罰するというなら、この程度のことではだめなのだ。もっともっと、自分を苛酷に扱わなければならないのだ。見知らぬ田舎に来たからといって、それが貴様への刑罰だなどと思うなら、貴様は、その甘さで必ず復讐されるぞ。貴様が本当に望むような人間になれるのは、貴様自身が厳しく自分を罰しつづけ、自分を潔めつづけるより他に道はない。それは外の問題ではなく、貴様の内の問題だ。北国の厳しい自然だって、貴様は、農民や漁民のように、それと戦うわけじゃない。とすれば、貴様は、高みの見物をしていられるわけじゃないか」

矢口は自分にそう言いきかせながら、この陰気な、屋並の低い、蝦夷の防塁の跡である町に入ったのだった。そしてその彼を迎えたのが、大槻家の暖かな団欒《だんらん》であった。

矢口は決して片意地な人間ではなかったが、自分が厳しい孤独の生活を求めて、この北国に来たからには、大槻家の好意に感謝はしても、その暖かい団欒からは遠ざからなければならない、と考えた。彼がかなりの不便をしのんでも、自炊生活をつづけたのはそのためであった。

もっとも、春と秋の祭礼や、家族の祝いごとなどで、時おり、矢口は大槻家に呼ばれることがあったが、そんなとき、彼は必ずこれは例外なのだ、お前には許されることではないのだ、と自分に言いきかせていた。

「本当にあなたはよく勉強しますな」大槻英道は矢口忍と顔を合わすと言った。「小川剛造もよく勉強した男だった。しかし何といっても、彼には大学教授という褒美が眼の前にあった。それが彼の励みになっていたことは疑えない。しかし矢口さんは、その大学を棒に振ってこんな田舎に来られた。その上で、こんなに勉強しておられる。矢口さんのような人は、本当に学問好きとでも言うんでしょうな」

矢口忍は大槻英道からそんなふうに言われると、何と返事をしていいか、戸惑いに似た気持を感じた。

しかし矢口が最も困惑したのは、大槻家の末娘の彌生子が大学への進学を断わる口実に、彼の暮しぶりを引合いに出したことだった。

「私はお兄さまやお姉さまと違うのよ」彌生子は、母の妙子がなぜ上のきょうだいのように都会に出て、大学にゆかないのか、と訊ねたのに対して、こう言った。「私ね、お父さまが好きだし、お母さまが好きだし、この神社が好きだし、神社の森も好きだし、町も好きだし、この土地にあるものはなんでも好きなの。だから、ここを離れたら、元気がなくなって、勉強どころじゃないと思うの」

「でも、誰だって、寂しい思いをしたり、不便をしのんだりして、勉強するのよ。私も、あなたに、お兄さまのように東京まで行ってくれとは言わないけれど、でも札幌ぐらいにいっても、寂しいのは我慢してよ」

「私は、ここを離れたくないの。ここが大好きなんですもの」

「ここから通える距離に大学はないわ」

「そんなら通信教育をとるわ」

「しかし、大学でなければ学べないことがあるんじゃないの？」

「そんなことないわ。その証拠に矢口先生だって、大学で教えるのをやめて、ここにいらしたじゃありません？」

「でも矢口先生は教える方で、学ぶ方じゃありませんよ」

「私はそう思わないわ」彌生子は明るい顔をして言った。「本当に勉強が好きだったら、どこにいてもできるわ。いま大学にゆく人のうち、何人が本当に学問が好きでゆくかしら。矢口先生は何もおっしゃらないけれど、きっと、そんなことに嫌気がさしてやめられたんじゃないかしら」

彌生子のこうした意見は間もなく妙子の口から矢口忍に伝えられたが、そのとき彼は自分が周囲の人々をいつわっているような自責の気持を感じた。

矢口忍はたまたま彌生子に会ったとき、彼女が故郷に残るのも悪くないが、親もとを離れて苦労してみるのも、決して無駄なことではない、と言ったのである。

「でも、私ね、父母が大好きなんです。それに、この神社だって、杉の木立だって、町だって、私の身体の一部のような気がします。たとえどこかにいっても、ホームシックになって、すぐ戻ってくると思います」

「しかしそんな弱いことでは、将来、困るんじゃないかな。人間、いつ、どこへゆくようになるか、わからないよ」

矢口忍は彌生子の明るい大きな眼を見つめた。彼女の口もとに、何か若々しい生命のようなものが、現われたり、消えたりしていた。

「いざそのときになれば、そうなれますわ」彌生子は言った。「いくら訓練しても、いざとなって、そうなれない人だっているんじゃありません?」

「それはいるかもしれないけれど」矢口忍は彌生子の明るさに押され気味になって言った。

「しかし大学でいい先生がたに会うのも、大事なことだと思うな」

「私は、何かを学ぶのだったら、父もおりますし」彌生子は一瞬、眩しそうな眼を矢口に向けて言った。「それに、先生だって、私に教えて下さいますでしょう?」

「ぼくなんか、あなたを教える資格はありませんよ」

矢口は頭を振って言った。それは彼の本当の気持であった。

「私、そのことで、先生のお邪魔になるようなことはしません」彌生子は真剣な表情になって言った。「できるだけのことは自分でします。でも、わからないことだってあると思います。そんなときだけ、先生に教えていただきたいと思うんです」

矢口もさすがにそこまで断わる気にはなれなかった。

もっとも、彼が、彌生子のことで、ひとり責任を負うというわけではなかった。英語の海老田も数学の野中も大槻英道から依頼を受けていて、とくに矢口と親しかった大兵肥満の海老田などは「久々で一つコンラッドでも読んでみますかな。若いお嬢さんが相手じゃ、きっとはかがいきますぞ」と言って、腕を振りまわしていたのである。

彌生子は高校を終えるとすぐ、高校のある同じ小都市の会社に勤め口を見つけた。

「学校が終ったら、家に閉じこもるみたいな口ぶりだったのに、あれくらいの距離なら、寂しがらずに、出かけられるんだね」

あるとき矢口がそう言うと、彌生子は頰をふくらませた。

「矢口先生がそんなことをおっしゃるとは思いませんでしたわ。私ね、じっとしていられない性質なんです。自分のなかに閉じこもったり、暗く考えたりすることがいやなんです。自分をいつも明るくしていたいんです」

矢口忍は彌生子のこうした性格にずいぶん助かっているな、と思うことがあった。彼女を花にたとえるなら、さしずめ日まわりか、たんぽぽか、そんな暖かな感じの、太陽のほうを向いた花だろうと、矢口は考えた。

矢口がその日、夕焼け空を仰ぎながら中学校のある台地から町へ下ってくるとき、ちょうどディーゼルカーが駅に入り、何人かの通勤客をおろして、また、野の涯に向って走り去ってゆくのを眼にした。車輪の乾いた音がいつまでも遠ざかりながら聞えていた。

彼はこの五年間、オホーツク海に臨む小都市にゆく以外、このディーゼルカーに乗ったことがなかった。ある特定の土地に自分を縛りつけること――それが東京を出るときの彼の決心だった。矢口はそれを五年間守りとおしていたのであった。

しかしその日、野の涯に消えてゆく車輪の響きを聞きながら、不意に、どこか遠くへ旅立ちたいという思いが、胸のうちを激しく突きあげてくるのを感じた。彼は、久しくそうした気持を味わったことがなかったので、多少狼狽のまじった、いぶかしげな眼ざしで、自分の心のなかを見入った。

昔は風の音を聞いただけで、無性に、どこかへ旅行に出かけたくなった。夜半をすぎ、実際に汽車に乗れるわけもなく、乗るだけの準備もないのに、地図を拡げたり、時間表をめくったりして、楽しんだ。そんなとき心はもうどこか遠い町をさまよっていた。

時には、矢もたてもたまらなくなり、リュックに身の廻りのものを入れただけで、汽車に乗りこむようなことがあった。旅館も決めてなく、詳しい行先があるわけでもなかった。ただどこか遠くへゆき、海辺の町、山峡《やまかい》の町で眠りたい――それだけの衝動に駆りたてられて、手当り次第の汽車に乗ったのだった。

しかしこの北国に来てから、矢口忍はたえてそうした気持を味わったことがなかった。この北国そのものが、すでに旅なのだ、と言ってしまえばそれまでだが、不思議と、彼の心は、旅へ誘惑されることがなかった。旅がある、というようなことさえ、矢口の頭から消えていた。中学校の同僚たちで旅行会もあり、スキーにも誘われたが、矢口忍は全くそんな気持になれなかった。

大兵肥満の海老田などは、矢口と二人で温泉めぐりをしたらどんなに楽しかろうと何度も誘った。

「君となら気が合って、いい旅行ができると思うがね。この北海道というのは、温泉の宝庫なんだぜ」

海老田はそう言ったが、矢口忍はそのたびに済まなさそうに首を振った。

「いまにそんな気になれると思うが、目下余裕がないんだ、気持にも、生活にもね」

矢口忍は、自分が東京の生活を見すてたように、旅のほうも自分を見すてたのだと思うことにしていた。そんなものとかかわりを持たないほうが、いまの彼にはむしろ好都合だった。彼は頭をあげて地の涯を見るのではなく、頭を垂れ、前を見つめ、ものを考えるのが、自分にもっともふさわしい姿勢であり、生き方であると信じていた。

その均衡が、いま、不意に、何の前触れもなく破れたのであった。矢口は自分のなかで何が起ったのかわからなかった。彼は半ば放心して歩いていた。そのとき彼を呼ぶ声が聞えた。

矢口は駅から来る道を小走りに走ってくる大槻彌生子の姿を認めた。

「いまのディーゼルカーだったんだね」

「ええ、五時発の。でも、先生はいつもより遅いんじゃありません?」

彌生子は軽く息をはずませていた。白い肌が、かすかに上気して、明るい眼や、形のいい口もとに、いきいきした新鮮な表情を与えていた。

「今日は居残りの宿直で、それに用務員の吉田さんと話しこんだものだから」

「私ね、今日はまっ先に先生に会おうと思って帰ってきましたの。そしたら、先生が駅前を歩いていらっしゃるでしょ。私、とても神秘な感じがしました」

「じゃ、テレパシーでも働いたのかな」

「もっと何か大事なことかもしれません」

「どうして?」

「とても大事なものを、私ね、見つけましたから」

「大事な、って、彌生子さんにとって？　それとも、ぼくにとって？」

「それは、もちろん先生にとって。それから、私にとっても」

「何だろう？」

矢口忍は彌生子と冗談口をきいているつもりが、急に不安になって、ほとんど独りごとのように、そう言った。

「まあ、そんなこわい顔をなさっては困りますわ」彌生子は明るい声で言った。「本当は、前から、海老田先生と一緒になって捜していたんです」

「海老田さんと？」

「ええ、海老田先生が、はじめにそのことを私に教えて下さいましたの」

「何かな？　海老田さんと彌生子さんを結ぶ共通点は？」

「いいえ、海老田先生と私じゃありません。それは矢口先生のことなんですの」

「ぼくのこと……？」矢口忍は頭を傾けるようにして西空を見た。雲の縁を金色に眩しくいろどっていた光が消えて、雲は赤から橙に、橙から赤紫に色を変えていた。低い町並は夕空を背景にして、旧約聖書に出てくる伝説の町のように重く暗い感じに見えた。「わからないな。何ですか？　彌生子さんの見つけたものって」

「先生の詩集です」

矢口忍は、そのとき、思わず何か叫びそうになるのを感じた。あとになって、よくあのとき自分を押えることができたと、冷や汗をかく思いをしたほどそれは強暴な発作であり、赤黒い狂憤のような激情であった。

彼は動物のうめきに似た叫びを喉の奥にこらえるために、身体を、くの字に曲げなければならないほどだった。身体じゅうがぶるぶる震え、身体の毛孔という毛孔が火を噴いているようだった。それは矢口自身にも何と説明していいかわからぬような感じだったが、強いて言えば、恥辱に似た気持だった。

「私、いけないことをしたんでしょうか？」

彌生子は気づかわしそうに眉をひそめた。

「いいえ、何でもありません」

矢口はようやくそれだけ言った。

矢口忍が詩集を出したのは大学を終えて二年ほどした初夏のことであった。同じ詩の同人誌に加わっていながら、本人は印刷屋の交渉や書籍広告を担当していっこうに詩を書こうとしなかった江村卓郎が、矢口の詩をなんとか纏めた形で出版したいと言ってきかなかった。

「おれは詩の専門家じゃないがね、どれがいい詩か、ぐらいはわかるんだ」江村は反対する矢口忍の口を封じるように、手を突き出して言った。「おれにとって、いい詩とは、おれが本当に好きな詩だ。いつも口ずさんでいたい詩だ。それを口ずさむと、生きる勇気が出て、生きているのが楽しくなる詩だ。君の詩には、そういうものがある。だから、おれはそれを本にしたい。本にして、おれのそばに置いておきたい。そうすれば、読みたいとき、いつも手にとることができるからな」

江村卓郎は専攻は考古学で、たえず発掘調査に出かけていたが、東京に戻ってくると、忙しいスケジュールの間を縫って、矢口忍の詩を編集し、体裁を考え、割付けをしていた。

「おれは編集者としても相当の腕があるんじゃないかな」

彼は「自画自讃、自画自讃」と照れながらも、矢口の詩集には本気で打ちこんでいるようであった。もちろん矢口の内心には、ためらいが全くないというのではなかったが、いわば青春の決算というような形で、それまでの詩を纏めてみるのも悪くない、と思ったのだった。

もちろん江村卓郎がいなければ、詩集を出すことなど、矢口が考えつくわけはなかった。彼の希望はあくまで学究の道だったし、地道な研究を積むことが彼の性分にも合っているように思えたのである。

だから彌生子の言葉をきいたとき、矢口忍の心のなかで「たかが五百部程度の、自費出版に等しい本に、なにを、そんな大げさに考えるのだ？」と囁く声があるのに、彼も気づいていた。

詩集が出たことも、江村がその膳立てをしたことも、詩集が売れなかったことも、そのこと自体、矢口には、別にどうということではなかった。若さにまかせて、つまらぬ詩などを書いたという事実も、決して矢口は恥ずかしいこととも、思い上ったこととも、思っていなかった。彼が詩集という言葉に思わず叫びそうになったのは、あれほど固く縛りつけ、忘却の甕《かめ》の底に深くかくしておいたはずの過去の自分、過去の生活が、その一言で、まるで血にまみれた獣の屍体でも見るように、なまなましく甦《よみがえ》ってきたからであった。

江村卓郎がもしそこに居合わせれば「詩集と君の生活と何の関係があるんだ？　悔恨は悔恨さ。そんなもの、さっさと捨てちまえよ」と言いそうな気がした。

「しかしこれでは、ぼくは五年間、北国の孤独な生活のなかで何をしたことになるのだろう。こんなことでは辛い歳月がはじめからなかったにも等しいじゃないか」

彼はそばに彌生子がいるのも忘れて、そう思った。それを危うく声に出しそうになったのだった。

矢口忍は彌生子の言葉に物思いから引き戻された。

「詩集のことはなんでもないけれど」矢口は眉のあたりを曇らせたまま言った。「ただ、意外だったので、それでびっくりしてしまって」

「お怒りでしたら、許していただきたいと思います」矢口と並んで歩きながら彌生子は言った。

「私ね、先生のことを、もっとよく知りたかったんですの。それで、詩集のことを知ってから、なんとか、それを捜して読んでみたいと思っていました」

「いや、もういいんだよ」矢口は光を失ってゆく空を見ながら言った。「ぼくは昔たしかに詩集を出した。詩集を出した以上、それがいかに少部数でも、誰かの手に入るのは当然だ。その誰かが、たまたま彌生子さんであっても、本当は、何の不思議もないわけだ」

「でも、ずいぶん長いこと捜しましたの」

「それはそうでしょう。日本中にたった五百しかないんだから。それにしてもよく手に入れましたね。いったい海老田さんはどうして詩集のことを知ったのかな」

「海老田先生は昔のお友達あての手紙に、先生のことをお書きになったのですって。東京から田舎に引っこんだ珍しい人物がいるって。まるで宮沢賢治や島木健作みたいな人物だって」

「海老田さんも大げさだな」矢口は言った。「ぼくがそんな偉い詩人や作家と較べられるわけはないのに」

「ところが、そのお友達が先生の詩集のことを知っていて、それはとてもいい詩を書く人だって……」

「そんなこと、うそですよ」

「うそでも何でも、その方がそう書いてきたんです。それで海老田先生は東京のお友達にお頼みになったし、私は私で、会社のそばの古本屋さんに頼んでおきましたの」

「その古本屋が見つけたの？」

「ええ、そうなんです」

「驚いたな」矢口忍は、さっきの不快な衝撃を忘れたような声を出した。「確率にしたら大へんなものだ。ロケットが月に命中するより難しいのにね」

「先生がお怒りになると困りますけれど」彌生子は顎を引くような、緊張した顔で言った。

「私ね、詩集を、拝見しました」

矢口忍は黙っていた。西空の夕焼けは色あせて透明に澄み、色の残った雲も、刻々と、暗い灰色に変っていた。夕暮のひととき、野も町も森も、空の白い反射光を受けて、まるでブリューゲルの絵のように見えた。

二人は町の外側をまわっている街道を歩いた。町はいっそう寂しく暗くなっていた。街灯がつきはじめた。

「もう昔のものだから、ずいぶんおかしなものだったでしょう」

矢口忍は黙りこくっている彌生子の気持を引きたてるように言った。彌生子には何の責任もないのに、自分の勝手で不機嫌になったのを、彼は反省していた。

「いいえ、おかしいどころか」彌生子は矢口が話しだしたので、ほっとした口調で言った。

「私ね、本当に感激しました。涙が出そうでした」

「ぼくはあの詩集のことを思い出したくなかった。理由はいろいろあるんだけれど」矢口忍は、さっきの態度を詫びるような気持で言った。「ひと口に言えば、過去の一番いやなものを、その詩集が引きずっている——そんな気がしたからなんですよ。でも、そんなものでも、自分が書いたのはたしかだし、それを彌生子さんのように言ってもらえると、やはり嬉しい。自分では意外だけれど……」

「ああ、よかった」彌生子は真実ほっとしたような声をあげた。「事情を存じあげなくて、申し訳なかったと思います。でも、私ね、そんなこと、考えていられないほど、心を打たれてしまって。先生って、本当に、いい詩をお書きになったんですのね」

「もうほとんど忘れてしまったけれど」

「じゃ、手もとに、なにも持っていらっしゃらないんですの?」

「もちろん、なにも」

「先生、本当にあの詩集がお嫌いなんですの?」

「詩集も、詩集をとりかこむものも」

「信じられません」

「でも、事実です」

「それは、おぼろげながら、わかります」彌生子は矢口の顔を見あげた。「それでも、あんなに人間の信頼や、都会の寂しさや、木の葉のことや、紫いろに光る犬の眼のことや、時間をさかのぼって古代の都市《まち》に入る夢の旅のことなどをお書きになっていて、どうして、あんないいものを、見すてておしまいになれたのか――どうしてそれを振り返ろうともなさらないのか――どうしてそんなことがおできになるのか――それだけは何としてもわかりません。私ね、この詩集を見るまで、先生がそんなことを考えておられたなんて、思いも及びませんでした」

「買いかぶっているんですよ」

「私ね、ずっと詩集を読んでいて、いまの先生が本当なのか、詩の中の先生が本当なのか、考えましたの」

「どうだった？」

「それは決っています。あとのほうですわ」

「じゃ、いまのぼくは落第かな」

「落第じゃないけれど、詩を書かれた先生とは違います。いまの先生も、生意気を言わせていただければ、私、すてきだと思います。でも、詩集を読んでみて、はじめて、昔の先生のほうが、もっとすてきだったと思いました。昔の先生は、人間でも、都会でも、木の葉でも、雲でも、何にでも手を伸ばして、話しかけようとなさっています。私が感激したのは、そのことです。いまの先生は、黙っていらっしゃいますわ。こんなに大胆に、大らかに、いきいきと、周囲のものにお話しになりませんわ。でも……」彌生子はちょっと言葉を切ってから言った。「でも、先生は、いまでも、しようと思えば、それがなされる方のように思うんです。詩集を読んでいて、そう思いました。どうして、そうなさらないのか、そのことがわからなくて、悲しくなりました」

「もうぼくにはできないんですよ」矢口忍は黒々とした神社の森に眼をやりながら言った。「詩集を忘れたかったのはそのためです」

矢口忍は彌生子と別れてからも、彼の心を襲った衝撃から、しばらく立ち直ることができなかった。この五年間、彼はその古い詩集をただの一度も思い出さなかった。何かの連想で、思い出しそうな気配があると、無理にそれを遠くへ追いやろうとした。事実、遠くへ追いやり、記憶の外へ追い出すことに成功していたのである。

彼は大槻家のはなれで食事をつくり、ひとりで食事をする間、この古い詩集を自分の眼の前から追い払おうとした。もともと彼が同僚の大兵肥満の海老田に詩の話などしたのがいけなかった。そんなことは彼の関心外のことだと、はじめから言っておけばよかったのだ。しかし海老田は外貌に似ず、気の弱い、やさしい文学愛好家で、自分では田舎にこもり晴耕雨読が理想だと言っていた。

彼が矢口忍の詩集に関心を持ったとしても、それは彼の文学好きと、矢口への好意以外の何ものでもないことは、矢口自身にもよくわかっていた。

矢口がそんなことを考えながら食事を終ろうとしていると、不意に、夕方、中学校で彼の心のなかを横切っていった強い感情――懐かしい、風に吹かれるような感情――が、また、手で触れられそうに、はっきりと甦るのを感じた。一瞬、矢口は「それは何の感じだろう。何の記憶なのだろう」と思いながら、その懐かしい感じの正体をさぐりあてようと、心のなかに精神をしばらく集中していた。

そのとき、障子の外に人声がした。矢口が出てみると、数学教師の野中道夫が神社の森に包まれた闇の中に懐中電灯を持って立っていた。

野中は後のほうに立っていたもう一人の青年を紹介した。

「試験場の室井君です」

室井は浅黒く日焼けした、背の高い、目鼻立ちのくっきりした、感じのいい青年だった。

「まだお食事中ですか」

部屋に入ると、野中は言った。

「いや、ちょうど終ったところです。今日は当直だったので、すこし遅くなりました」

「そうでしたな」野中はふところからウイスキーの瓶を出して言った。「実は今夜は、ご相談ごとがありましてね。室井君のことですが」

矢口忍は茶碗を三つ出してそれにウイスキーをついだ。室井明は野中の言葉に急に狼狽したような様子をした。

「野中先生、何も、いきなりそんな……」

「いや、君は、いい奴だが、煮え切らぬところがいかん」

野中は茶碗を矢口忍のほうに高く上げてから、うまそうに一口飲んだ。

「室井君はね、昔からの私の教え子で、よくできまして、大学を終えると、ここの試験場に戻ってきました。彼は郷土の農業のためだなんて言っていますが、私は、必ずしも、そうとばかりは思っていない。これには何かある。そう思っていました。ところが、やはりありましたね」

矢口は黙って、野中がウイスキーを飲むのを見ていた。

「私の睨むところ、それは大槻先生のお嬢さんですな」

野中道夫は愉快そうにそう言って笑い、ウイスキーを飲んだ。

室井明は、これはもう駄目だというように、観念して、じっと畳の上に眼を向けていた。

「大槻先生のお嬢さんは室井君と幼馴染みでして、彼は昔から好きだったらしい。ところが、この通り、煮え切らぬ男で、何一つ言わない。本当にいい奴ですが、無口なのが玉にきずですな。ことに自分の気持となると、何も言わない。慎ましいのはいいが、これでは世のなかは進みません。そこで、今夜、お邪魔に上ったのです」

「彌生子さんは室井君の気持はわかっているんですか」

矢口忍は、畳の上へ眼を向けている室井のほうを見て言った。

「そこが幼馴染みなのでしょうかね」野中は自分でウイスキーを茶碗についで言った。「この内気な室井君でも、気持だけは、ちゃんと言ってあるんですな。それは、私ら老人組とは違います。だが、問題はそれからなんですな。つまり室井君は大槻先生のお嬢さんが好きだが、お嬢さんは室井君でなければならないというわけじゃない」

「しかし彌生子さんなら、いずれ室井君の気持がわかるんじゃないですか」矢口はひと口ウイスキーをすすって言った。「いまどき珍しく物のわかったひとですからね」

「私もそう言っているのです」野中はうまそうにウイスキーを飲み、しばらく黙ってから、言葉をついだ。「愛情の問題は数学のようには割り切れない。しかし誠意をつくせばやはりつくしただけのことはあると思うんですが、室井君はそうは思っていないらしい。すっかり元気がないのです」

「何か彌生子さんがはっきりしたことを言ったのですか」

「いや、それはないらしいんですが」野中は室井明の手に茶碗を持たせて、飲め飲めと言ってから、言葉をつづけた。「室井君が気持を伝えれば伝えるほど、手応えがなくなる、と言うんです」

「これは誰にだって苦手な問題ですが」矢口忍は茶碗を手のなかで廻しながら言った。「性急に解決しようとすると、かえってうまくゆかないことがあるんじゃないかと思いますが、どうですか。俗な言い方になりますが、そうした気持を育ててゆくというような……時間をかけたやり方で……」

「それは、ぼくも、やってきたと思うんです」室井がそのとき顔を矢口のほうに向けて言った。「いま野中先生が言われたように、ぼくは大槻さんが好きですし、前から、ぼくたちは、いつか一緒に暮すようになると、自然に決めていたように思うんです。大槻さんが大学にゆかないことに決めたのも、そのためだと思って、ぼくは、本当は感激していたんです」

「なるほど」

矢口忍は思いつめたような若い農業技師の顔を見ていた。

「でもそれは違いました。それはぼくのうぬぼれでした」

「どうしてそれがわかるんですか」

矢口は、顔をうつむけている室井明に言った。しかし室井は激しい感情が動いているらしく、黙ったままだった。かわりに野中が口を入れた。

「それはどうも大槻さんのお嬢さんがご自分で言ったようですな」

「何を？　彌生子さんが大学にゆかず、ここに残ったのは、室井君のせいじゃない、ってことを、ですか」

野中はうなずいた。

「それは、誰でも」矢口は室井をなだめるような調子で言った。「もしそういう言い方をすれば、うぬぼれと受けとってしまう。よしんば、本当にそうであっても、そうだとは言わないものじゃありませんか」

「ええ、それは、おっしゃるとおりです」室井は光った眼を矢口のほうに向けた。「ぼくも、そうは言いませんでした。しかし大槻さんがこの町に残ることは、すばらしいことだとは言いました。だって、それは本当にすばらしいことなんですから。でも、それが、大槻さんの気に入らなかったのです。あのひとは、ぼくがぼくたちのことを言うと、だんだん辛そうな顔をするようになったんです。それは前には、なかったことです。もちろん大槻さんは、ぼくが嫌だとか、友情がなくなったとか、言ったわけじゃないんです。そんなことはないんですけれど、あのひとが辛そうにしている顔を見ていると、ぼくは、あることがわかったのです」

室井明は、目鼻立ちのはっきりした顔を、また畳のほうへ向け、しばらく黙っていた。強い感情が胸の奥から噴き上ってくるらしかった。

「それはね、矢口さん」野中が、話を受けついで言った。「大槻さんのお嬢さんが、誰か別のひとを愛しているに違いない、ということでしてね。室井君は、どうしてもそうだ、と言いはるんです。ぼくはそんなことはあり得ない、と思って、そう言いますとね、室井君は、局外者には何もわからん、と言うんでね。そりゃ、ぼくは局外者かしれんが、まるで赤の他人じゃない。そこで、こうした問題は人間の心のことだから、ま、海老田さんか、矢口さんだ。文学をやっている人じゃないとよくわからない。こう言いましてね、それで、今夜、ご相談に上ったわけですよ」

野中はたてつづけにウイスキーを飲んでいたために、いくらか酔いはじめた様子であった。矢口忍は神社の森がかすかにざわめくのを聞いていた。夜になって風が出はじめるとき、敏感にそれを捉えるのが、鬱蒼と繁るこの深い鎮守の森の木々であった。

矢口忍は茶碗を置くと、腕組みをした。彌生子が誰かを愛する——そんなことが、いまの彼女に考えられるだろうか。もちろん矢口とて、彌生子の交友関係をすべて知っているわけではない。現に、試験場の室井明も、室井と彌生子のことも、彼は初めて知ったのである。しかし矢口の感じとして、彌生子が室井のながい友情を拒むほど、せっぱ詰った愛情を誰かに感じているとは思えない。彌生子はそういう感じを与えるには、あまりに暖かすぎる——矢口はそう思った。

野中と室井が帰ったのは、もう十一時をまわっていて、神社の森を吹く風が、かなり荒々しい音に変っていた。

野中は足もとをふらつかせ、室井がささえようとすると「大丈夫、大丈夫」と言ってその手を払いのけた。

「ここで聞く風の音は一段と物凄いですな」

彼は足を踏みしめるようにしながら、懐中電灯をしきりと暗い木立のほうに向けていた。

矢口忍は二人を送りだすと、机の前に坐り、煙草に火をつけ、しばらく風がごうごうと森に鳴るのに耳を傾けた。人が帰ったあとの部屋は、風の音のせいで、いっそう空虚な感じがした。

矢口は煙草のけむりがスタンドの上に漂うのをぼんやり眼で追っていた。

彼は室井のこと、彌生子のことを考え、将来二人が一緒に生活する姿を思い描いた。それは矢口忍には好ましい落着いた絵のように感じられた。

あの二人は何とか結ばれなければならないな――矢口はそんなことを口に出して言った。もし彌生子が室井の危惧するように、誰か別の人物に心を惹かれているとしたら、室井は吉田老人と同じような運命を辿りそうな気が、矢口はしたのである。

矢口は室井明が部屋に入ってきたときから、初対面であるにもかかわらず、友情に似た気持を感じていた。立ち入った話をしたわけでもなく、室井について何の知識もなかったのに、矢口は直観的に室井が誰よりも彌生子を愛しており、彌生子にふさわしい人物である、と感じた。矢口は、それは間違いのないことだ、と思った。

それだけに、彼は室井に吉田老人のような生涯は繰返して貰いたくなかった。決してそれが無意味というのではなかったが、少くとも、そのひたむきな愛にふさわしい幸福だけは手にして貰いたかった。

矢口はしばらくの間、煙草を吸うのも忘れて、激しく祈りたいような気持で、室井のためにそんなことを考えていた。彼は、吉田老人が「好きな女と何とか一緒にならなければなりませんな」と言っているのを聞くような気がした。

「本当だ。あの二人は何とか結ばれなければならない。二人は結ばれるべきだ」

矢口はもう一度そう独りごとを言った。

そのとき彼は夕焼け空の下の校舎と、風に鷹揚に揺れるポプラ並木を思いだした。そして吉田老人が渡してくれた航空便が、まだポケットにしまったままだったのに気がついた。

矢口は壁にかけたままの上着のポケットからイリアス・ハイユークの手紙を取り出した。差出地はシリアのアレッポになっていた。矢口はその聞きなれない地名から、細長い尖塔や回教寺院の並びたつ砂漠の町を想像した。

「私は世界じゅうをほっつき歩きましたが、シリアはまだいったことがありません」と言う吉田老人の声が風のなかで聞えるようだった。

彼は、遠い神秘な国からきた手紙を開くような気持で封を切った。しかしそこには、不可解な遠い国の言葉ではなく、幾分幼い字体の日本語の手紙が入っていた。彼は懐かしいものを見るような表情で、その薄い便箋をしばらく眺めていた。

彼はハイユークの手紙を読んでいるうち、奇妙な気持を味わった。それはたしかに日本語の手紙であり、誤字もほとんどなかったが、全体の意味がひどく漠然としていて、手紙を裏側から読んでいるような感じがした。

「先生は」が、どうにもつながらない言葉の群れのなかに迷いこんで、最後に「であります」が唐突に現われる、といった具合だった。矢口はその意味を判読しようとして、前後を読み直したり、語句を正したり補ったりした。

そのとき彼は誰かが「忍、忍、忍」と呼んでいるような気がした。同時に、教員室で雲を仰いでいたとき胸のなかを横切った、あの懐かしい感じが、不意に彼のなかに現われ、まるで手で触れられそうな実在感を残して、瞬間に通りすぎた。

矢口忍はとっさに全身の注意力を集中して、捕虫網で蝶を捕えるように、飛び去ってゆくその感じの正体を摑もうとした。しかしこんども、それは一瞬の差で、伸ばした手の先を逃れ、不思議な懐かしい感じだけが残って、いったい何が原因でそんな感じが生れたのか、正体を見とどけることができなかった。

　矢口は意味の汲みとれない手紙を前にして、耳を澄ましていた。森が夜風にざわめき、時おり雨戸が音をたてていて、こんなにおそく誰かが彼の名前を呼ぶとも思えなかったが、それでも、矢口の耳には「忍、忍」と呼んだ声が、妙に、はっきり残っていた。

「野中の相手で、飲みつけないウイスキーを飲んだから、すこし酔ったのかもしれないな」

　矢口はそう独りごとを言って眼を手紙に戻した。

「先生はいつでも好きでいらしたかたがどんなか私にはまだわからないのでありますけれど、あのかたは私にやさしくしましたのです。先生が教授されていました学校がどこだったですか」

　おそらくハイユークはむこうに戻って、ほとんど日本語を書く習慣を失っていたに違いない。喋る機会だってそう多くはないはずだ。それに、日本語を教えた自分にも、まったく責任はないとは言えない。

「私は先生がやさしくされていたかたがすっかり忘れていましたからだめかもしれないですけれど、本当は好きでした。いまはもう先生のおくさまですか。子供はなんにんいるのか。先生がいつも好きでしかたなかったとしましたならば、あのひとが私はかならずおくさまにしたいから、どうか、先生はよろしくすることを頼みます」

矢口忍は心のなかで何かが手紙を遠くへ押しやろうとしているのを感じた。夕暮になって、人の気配のなくなった、暗い町の通りを黒い影に追われるような気持で歩いてゆくときの、不安な気分が、意味の曖昧な手紙のなかから浮び上ってくるような気がした。ハイユークは何かを懸命に書こうとしていた。イスラムの絡みあった組み紐模様のような文章のなかから、何かが身もだえして姿を現わそうとしているのを矢口は感じた。

そのときまた夜風のざわめきのなかに「忍、忍、忍」と呼ぶ声が聞えた。

矢口忍は机の前から半ば立ちかけていた。

「たしかにあの声だった」

彼はそのままじっと森が潮騒のようにざわめくのを聞いていた。物が倒れる音がそのなかにまじっていた。

矢口は煙草をとりだし、ぶるぶる震える手で火をつけたが、二度とも火は消えた。彼は三度目の火を両手で支えながらつけなければならなかった。イリアス・ハイユークの手紙はつづいていた。

「私はいつかの日に好きでありましたかたが先生が教授しました学校がありました場所に連れました。その日がいまでもこころがはっきりあります。先生のおくさまでありますなのですから名前はちがうね。それでもなつかしいですからいつもでおぼえています。私はうらべすえさまをおぼえています」

夜風のなかで——森じゅうの木々が身をよじらせて立騒ぐなかで——いまははっきり「忍、忍、忍、忍」と呼ぶ声が聞えていた。それは葉を震わせ枝を撓《たわ》める暗い森のざわめきも消すことのできない、際立った、よく響く、遠くからの声だった。

しのぶ——しのぶ——しのぶ——しのぶ。

その声はもういまでは間違いようがなかった。いまとなってはどうして間違えることができるだろう。それはまさしく卜部《うらべ》すえの声だった。控え目な、恥ずかしそうな、寂しそうな、それでいてよく透る卜部すえの声だった。

そのとき矢口忍は卜部すえが自分の身体のなかを、首をうなだれるようにして通りぬけてゆくのを感じた。雲を見たとき不意に彼のなかに現われたのは、卜部すえの思い出だった。あの懐かしい感じは、かつて矢口に、北国の雲や、サイロのある農場や、風の吹きぬけてゆく広々とした平原への憧れを打ち明けていた卜部すえが、心のどこかに、思い出されていたために、うまれていたのだった。

「そうだ。ぼくはあの雲を見たとき、彼女がぼくの心のなかを横切ったのを知っていたのだ。だが、ぼくはそれを見まいとしていた。いや、彼女の思い出から遠ざかり、彼女にまつわる一切を心の外に追い出そうとしていた。そのため、不意に彼女のことが心に浮んでも、ぼくはそれに気付かなかったし、気付いても気付かぬふりをしていたのだ」

しのぶ――しのぶ――しのぶ――しのぶ。

彼女の声はもう荒れ叫ぶ夜風のなかに消えることはなかった。首をうなだれた、ほっそりした、顔色のわるいすえの姿は、矢口忍の心のなかに、まざまざと浮び上っていた。

「すえ、君はまだ、そんなところでぼくを呼んでいるのかい」

矢口忍は涙ぐんだ眼をあげて、雨戸の向うの暗い夜空を見るような表情をした。

しのぶ――しのぶ――しのぶ――しのぶ。

彼女の声は夜風のなかで高まったり低まったりした。どんな風もその声を吹きはらうことはなかった。

――私は北国が好きなのよ。サイロのある農場や白い雲が。しのぶ、しのぶ、私を連れていって。私を連れていって。私を連れていって……。

矢口は頭を垂れ、いつまでもその声に耳を傾けていた。

第二章　冥府

シリアからの留学生ハイユークが七年前、東京郊外に住んでいた矢口忍を訪ねてきたのは、当時、矢口の愛していた卜部すえの紹介があったからである。

ある日、矢口はすえからいきなり日本語の教師をしてくれないか、と頼まれたのであった。

「相手は誰なの？」

矢口は、顔色のわるい、肩を縮める癖のある卜部すえを見て言った。

「うちの課長のところへ下宿しているシリア人の留学生よ」

「外国語は何語ができるの？」

「フランス語ですって」

「フランス語を使って日本語を教えなければならないわけだね」

「ええ、そうなの」

「ちょっと骨だね」

「でも、忍さん、いつも原書でむずかしいフランスの詩を読んでいるじゃありません?」

「そりゃ、辞書でも引けば、何とか読めるけれど、会話となれば別だね。まして日本語を教えるとなると、まずぼくでは不可能だな」

「だって、会話のいいお稽古にならない? 忍さんはよくフランスにゆきたいと言っていたじゃありません? それだったら、こんな機会に会話を勉強しておくのは、一石二鳥だと思うわ」

結局、矢口はすえに説得されてハイユークの日本語教育を引きうけたのだった。ハイユークは背の低い、がっしりした体格の、浅黒い、切れ上った青い眼の青年で、人懐っこい、几帳面な、無口な性格だった。彼は農芸化学と養蚕学を専攻していた。

すえの言うように、日本語を教えてみると、ただ仲介のフランス語の勉強になるだけではなく、日本語そのものの勉強にもなった。

「まったくぼくらは日本語をいい加減にしか知らないんだね」矢口はある日、吐息まじりに言った。「〈これは〉と〈これが〉の相違でさえ、どうやって説明していいか、わからないんだ。ぼくらは何の間違いもなく使っているのにね。君に説明できるかい?」

卜部すえは矢口忍のこうした話を楽しそうに聞いていた。そして潤んだ、魂の底をのぞきこむような、黒い眼で、じっと矢口のほうを見つめるのだった。

彼女は両親を早く失っていて、ずっと母方の親戚に育てられていた。その家は北九州の炭鉱のある町で坑夫相手の食堂を経営していた。彼女は中学にゆくようになってから、食器洗いをしたり店の手伝いをしたりした。それは育て親に言われたのではなく、彼女が自発的に選んだ生活だった。

高校に進学するとき、東京の遠縁の家から、彼女を引きとってもいいという話があった。すえは別に東京に出たいという強い気持があったわけではなかったが、彼女が故郷を離れたほうが、食堂を経営している伯父伯母の負担は軽くなるのはたしかだった。それに東京なら、自立する機会も多いような気がした。

東京の家でもすえはよく働いた。家の人たちもすえに暖かく親切だった。彼女は卒業後もそこで家事手伝いをしていいと思っていた。しかし高校を卒業するのと前後して、主人の外国出張が決り、一家ごとハンブルグに移ることになった。

「何とか東京でやってみます」

卜部すえは主人の紹介してくれた商事会社へつとめることになった。それから四年の歳月が流れていた。

卜部すえが寒そうに肩を縮こませる癖があるのは、こうした孤独な厳しい環境と無関係ではなかった。矢口忍が潤んだ黒いすえの眼に、音の絶えた山の湖に似た静けさを感じたのも、彼女が早くから物を考えるように仕向けられていたからに違いなかった。

「私ね、どんな楽しいことにも、ちょっぴり悲しみを感じるの」

彼女が郊外電車を眺めながらそんなことを言ったのを矢口はよく憶えていた。

卜部すえは、深々とした欅並木のつづく大学で開かれていた文学講座の聴講生の一人だった。矢口忍は正規の講義とは別に設けられたこの一般の人々にむけられた講座で、日本や欧米の詩について話していた。それは肩のこらない詩人のエピソードなどもまじえた話だったので、矢口自身、思わず熱のこもることもあり、受講者の間でも、彼の講義はなかなか好評であった。

もちろん当初、彼は卜部すえが講義をきいているとは知らなかった。彼がすえを知ったのは、ある初夏の夕方、郊外線の駅から家に向って歩き出そうとしていたときであった。

大学を出るときから、遠くで雷鳴が聞え、湿った冷たい風が、時おり欅並木に砂埃をたてていたが、二駅ほど電車に乗って降りると、もう雨がぽつぽつ降りはじめていた。

しかし雨は彼が予想したより早く、本降りになった。駅前広場を横切っていた矢口は、一瞬、駅に戻ろうと思った。そのとき「先生」と呼びかける声がして、バスを待っていたらしい若い女が彼のほうに傘を差し出したのだった。

「いや、どうも」矢口は学生の一人に違いないと思い、気軽に言った。「急に降りだしてきましたね」

「いま傘なしでお歩きになったら、ぐしょ濡れになりますわ」

「駅で降りこめられるのも閉口ですからね」

「お近くですの、お宅は？」

「五分ほどのところです」

「お送りするの、ご迷惑でしょうか」

「どうして？」矢口はそのときはじめて若い女のほうを見た。「ご迷惑なのはあなたのほうでしょう」

「いいえ、先生こそ、ご迷惑なさっていらっしゃると思います。見ず知らずの人間がなれなれしく、こんなことをして……」

「だって、あなたは学生さんでしょう？」

「いいえ、文学講座の聴講生です」

「それなら、やはりぼくの教え子ですよ。ありがたいと思いこそすれ、迷惑なはずはありません」

矢口がそう言うと、若い女の顔に、ほっとした表情が現われ、嬉しそうな微笑が浮んだ。

「私、こんなふうにお話できて仕合せです。こんなことでもなかったら、とてもお話などできなかったと思います」

「講座の聴講生なら、質問をしたり、何か意見を聞いたりする権利はあるんですよ」

「それはそうなのですけれど」女は口ごもった。「私には勇気がなくて……」

矢口忍はこの若い女の頼りなげな様子をひどくういういしいものに感じた。

「教師なんてものは、押せば開く門のようなものです。肝心なのは、押すことでしょう」

百メートルも歩かないうちに、雨はますます激しくなり、雷鳴がつづけざまに轟いた。

二人はシャッターを閉めた銀行の戸口で雨宿りした。薄紫の稲妻が何度か明滅し、そのたびにすさまじい雷鳴が轟きわたった。道路はみるみる雨水が溢れ、その溢れた流れに雨脚が白くはじけていた。

若い女は肩を縮め、こわそうな表情で空を仰いでいた。

「あなたのお宅もこのお近くですか?」

矢口忍は稲妻に蒼白く照らしだされる女の顔を見て訊ねた。

「いいえ、私の家はもっと先ですの」女は矢口のほうにほほえんだ。「今日、お友達のところへ呼ばれていたんです。でも、呼ばれて、本当に幸運でした」

若い女はいまにも消え入りそうにして、そこに立っていた。彼女には押しつけがましいところ、これ見よがしのところは皆無だった。反対に、控え目で、頼りなげで、途方に暮れたような寂しい顔をすることがあった。それが、屈託ない若い娘たちを見慣れていた矢口に、きわめて新鮮な、ういういしいものと映った。

矢口は後になって卜部すえのことを思い出すたびに、このときの稲妻に照らしだされた蒼白い頼りなげな顔が浮び上ってきたものだった。

次の文学講座で矢口が教壇に立ったとき、自分が眼で彼女を捜しているのに彼は気づいた。そして後のほうに隠れるように坐っている彼女の潤んだ黒い眼と視線が合うと、矢口は、何か一瞬火花のようなものが飛び散ったような気がした。卜部すえは軽く頭をさげ、そのまま眼を伏せていた。

その日、矢口は自分でも不思議なほど話に脂が乗って、ごく自然に冗談やユーモアが口をついて出るのだった。教室中が何度か明るい快い笑いに包まれ、そうして笑っている受講者のなかに、矢口は卜部すえの姿を見て、何となない幸福感を覚えた。その幸福感が、いっそう人々の快い笑いを誘う話題へと彼を駆りたてるように見えた。

講義が終ると、何人かの質問者が矢口忍を取り囲んだ。彼はその一人一人に解答らしいものを喋ってから教室を出ると、そこに卜部すえが待っていた。

「や、この前はありがとう」彼は、ひっそり肩を縮めるようにして立っているすえに言った。

「あなたのほうは、お友達に会えましたか」

「ええ、あの雨で、すっかり諦めていたらしかったので、とても喜んでくれました」

「それはよかったですね」

「こんなふうにお話して、先生のお邪魔になるんじゃありませんの?」

「少しも」矢口は言った。「むしろ、歓迎したいくらいです」

それはお世辞ではなく、彼の本心だった。

「でも、何だか、お邪魔しているみたい」

卜部すえは眼を伏せて言った。

「もし邪魔だったら、ぼくはそう言います。そのときは遠慮して下さい。でも、そうじゃないときは、どうか、何も気にしないで下さい」

卜部すえの顔に明るい幸福そうな色が浮んだ。二人は郊外の町を歩いていた。

「先生、私ね、いままで、どこにいっても自分が邪魔な人間だと思っていました。本当に私は邪魔な人間だったんです。私がそう思いこむのは、いままでの環境のせいなんです。でも、先生はそうおっしゃいませんでした。私、こんな幸福な気持を味わったことはありません」

矢口忍はすえと話すようになってから彼女の蒼白い顔が内側から光が射すように明るむのに気づいた。

彼女が極端に控え目で遠慮がちだったのと同じ程度に、人の好意に対して敏感だったのは、孤独な環境のせいだと彼女自身が矢口に話したことがある。矢口は卜部すえのそうした素直さが何よりの長所に思えた。

ある日、講義のあと、欅並木の下で卜部すえが矢口を待っていた。いつもと違って、青いリボンで髪を縛り、明るく快活な様子に見えた。季節はもう夏に近く、欅並木を洩れる日が校門までの道にきらきら躍っていた。

「今日はばかに綺麗なんだね」

「綺麗だなんて」すえははにかんで言った。「ただ暑くなったので、さっぱりしたくなったんです」

「いや、本当に綺麗だよ。そうやっていると、君の美しさが一段と際立って見える」

「お世辞でも、先生にそうおっしゃっていただけると、仕合せです」

「お世辞なものか。本当によく似合う」

「嬉しいですわ」卜部すえは顔を輝かせた。「この前、先生が話して下さった詩がありましたでしょう。強いて言えば、その影響ですの」

「この前の詩って?」

「あの古いフランスの詩です。〈今宵摘まずば散りしかん、あすははかなく〉」

「なるほど。詩の力はおそろしいんだね」

「からかってはいやです」すえは黒い眼をきらきら光らせた。「私、自分では綺麗だなんて思ったこと、一度もありません。でも、いま精いっぱい生きなければ、本当に早く散ってしまいます。そう思いました。美しくても美しくなくても、精いっぱい生きることが大切だと思いました。〈今宵摘まずば散りしかん、あすははかなく〉です」

「それは君だけじゃなく、ぼくにだって言える」

「先生、こんなことお訊きしても、お怒りになりませんか？」すえは蒼白い顔に緊張した表情を浮べた。「前からお訊きしたかったことです」

「どんなこと？」

「何を訊いても、お怒りにならないって約束して下さい」

「何だか知らないけれど、怒るわけないさ」

「それじゃ、お訊きします——先生はどうして奥さまがいらっしゃらないんですか？」

矢口忍は笑いだした。

「なんで、そんな真面目な顔をして訊かなければいけないの？　答えは簡単だと思うがな。そういうひとがいなかっただけだから」

「本当ですの？」

「本当だよ」

「でも〈今宵摘まずば散りしかん、あすははかなく〉じゃありませんの?」

「そりゃ、そういう面もあるけれど」

「私、先生のお邪魔になっているんじゃないでしょうか?」すえは突然ぴくっと身体を震わせて言った。「私、いい気になっていました。先生のご迷惑も考えないで」

「そんなこと、考えないでほしいな」

矢口忍はすえの肩を叩いて言った。二人は郊外線の駅に立っていた。夏の眩しい雲が湧き上っていた。

「精いっぱいに生きようとする君に、そんな言い方はふさわしくないと思うな」

「ええ」すえは素直にうなずいた。「でも、私、なまいきなことをお訊きしましたもの」

「なまいきなことはないよ」矢口はむしろすえを元気づけるように言った。「君がそれを訊ねたとしても、ぼくはごく自然なことだと思うよ。ぼくだって、それを自分に訊きたいと思っているんだから」

卜部すえはかすかに笑った。足の早い矢口と歩いていたので額が汗ばみ蒼白い顔に血の色が上っていた。

矢口忍は、凍てついた早春の花が太陽に暖められてみるみる咲きはじめるように、素直に彼のまなざしの下で元気になり、冗談を言い、笑顔をみせるようになる卜部すえを見るのは、正直言って、快い満足感があった。それは女性に対する愛というより、どこか父親としての本能が満たされているといった趣があった。彼の教師としての立場が、強いて、そうした心の働きのなかへ彼を追いこんだのであったのかもしれない。

しかしともあれ、矢口忍は単に講座の帰りに話をするだけではなく、それ以外の時間にも彼女と会うことが多くなった。それは矢口からすえに電話をする場合もあれば、その逆のこともあった。

そんなときにも二人は教師と教え子という表面上の立場はまもっていた。ただ矢口は彼女が「先生」と呼ぶのだけはやめて貰った。それはいかにも彼が職権をかさに着て、若い女を連れているように感じられたからである。

「忍さんなんて、なれなれしすぎて、私、とてもお呼びできません」

卜部すえはそう言って肩を縮めるような様子をした。彼女はあくまで「先生」と呼びたいと言い張った。矢口は頑固にそう言い張るすえを見ているのが、たまらなく可愛い気がした。

散歩の途中で、喫茶店で、音楽会の帰り道で、二人はそのことでよく「言いなさい」「いいえ、言えません」と言い争った。二人はそんな他愛のない言葉のやりとりで、自分たちの心が次第に深く結びつくのを感じた。すえは二人の人間の心のなかに、他人が住めない場所が、こうしてつくられてゆくのだ、と、そんな折々、納得できるような気持になるのだった。長いこと、孤独に慣れていた彼女に、こうした感じは、吹雪の夜、あたたかい煖炉《だんろ》のそばにいるのに似た、快い安心感を覚えさせた。

彼女はそうした気持を恋であるとはまだ思っていなかった。控え目な考え方に慣れていた彼女は、矢口を愛するなどということは自分に過ぎたことだと思った。

しかし八月になって、矢口の友人たちとともに山に誘われ、満天の星を眺めているとき、不意に矢口忍に抱擁され、彼女は辛うじて矢口の身体と自分の身体のあいだに腕を突っ張って言った。

「そんなことなさったら、私、先生が好きになってしまいます」

矢口忍は腕のなかの卜部すえの額や眼を唇で覆いながら「どうして好きになってはいけない？」と訊ねた。すえは腕の力をゆるめようとはせず、それが矢口の邪魔になるからだ、と答えた。

「邪魔になるって、どういう意味？」

「どうって、言葉通りの意味です。私は先生のお邪魔になるんです。私、先生の邪魔にだけはなりたくありません」

高山の頂きは夜になるとセーターを着ていても寒かった。都会では忘れていた、夥《おびただ》しい数の星が、暗い夜空をびっしり埋めつくしていた。風はなく、山頂は黒く沈黙して、二人のまわりで永遠に時間がとまっているような気がした。時おり、夜空を横切って星が流れた。広い宇宙のなかで、生きているのはただ自分たちだけのような気がした。深い寂寥感が二人を包んだ。

「君は前にそういう言い方はしないって約束したじゃないか。それに先生と呼ばないことも」

矢口忍は自分の腕のなかで無限に小さくなってゆくものを抱くような思いでそう言った。卜部すえは二、三度、強くうなずいた。しかし何も言わなかった。

「君は案外強情なんだね」

「いいえ、そんなつもりじゃないんです」彼女は囁くように言った。「私ね、本当は、自分があまり仕合せで、何もかも信じられないんです。私はもうこれで十分すぎるんです。ただ、こんな仕合せを与えて下さった……先生に、何かご迷惑がかかったら、それはとても辛いことです。私が申しあげる意味は、それだけのことです。私は先生をお名前で呼ぶほど、そんななれなれしいことはできません」

「いや、ぼくのためにそうして貰いたいんだ」

矢口は星明りのなかで卜部すえの眼から涙が溢れているのに気づいた。彼女は声をたてず、矢口忍の腕のなかで、ながいこと泣いていた。

ただ彼女は最後まで、胸の上にあてた腕をほぐそうとはしなかった。それは決して矢口を拒むような姿勢ではなかったが、矢口にとってそれは、すえの心のなかの、頑なに凍りついた部分がなお溶けずにいることの証拠であるように思われた。

いつかそれが溶ける日があるだろう。それを溶かすのが自分の務めなのかもしれない——矢口忍は高山の星空の下でそう思ったことを後までよく憶えていた。

夏山に登って以来、卜部すえは矢口の友人たち——とくに考古学専攻で詩人仲間とつき合っていた江村卓郎とよく行き来するようになった。彼らは山男らしく開放的で遠慮がなく、彼女のことを「すえちゃん、すえちゃん」といって可愛がった。

彼女は山男たちの集りに呼ばれたり、江村と食事をしたりすると、その日のうちに矢口のところへ電話をかけた。

「そんなにいちいち気をつかわなくてもいいんだよ。君はぼくに拘束されているわけじゃないんだから」

矢口は電話口でそう言うと、遠い電話線の向うで、すえの声が急に消え入りそうに細くなった。

「そんなつもりで電話したんじゃありません。先生が一緒じゃなかったことが辛かったからなんです」

その頃、矢口忍がもっともよく会っていた友人の江村卓郎は、すえのことを「あまり純粋すぎて、こわいようだ」と言っていた。

「おれは、すえちゃんの眼が好きだね」江村は酒が入ると、ふだんよりいっそう能弁になって言った。「おれはあんな黒い眼を見たことがないね。あれは、彼女の純なきれいな魂がそのまま外に現われたものだな。こんなとんでもない濁世《じよくせ》に、よくあんな子が育ったものだな。おれは、お前さえいなければ、あの子に惚れるんだがね」

「何もぼくがいる、いないは問題じゃないだろう」矢口忍も酔った勢いで言った。「君が彼女に惚れたいなら、勝手に惚れればいいじゃないか」

「ばかを言うな。事はそんな生易しい問題じゃないぞ」江村は手を左右に大きく振って言った。「あの子は、お前さんだけなんだ。いいか、すえちゃんはお前だけに首ったけなんだ。おれでもない。他の山男連中でもない。あの黒い、切れ長の、神秘な眼が見つめているのは、お前さんだけだよ。残念ながら、これは真実だ。どうすることもできぬ真実だ」

江村卓郎は考古学の発掘で山野を駆け廻っている男らしく、浅黒く日焼けした、がっしりした、堂々とした身体をしていた。自分では土方の棟梁さと言っていたにもかかわらず、周囲に細かく気をつかい、仲間が集るようなとき、中心にもなり、世話役にもなるのが江村だった。一種の親分肌のところもあり、暖かい包容力に江村の人柄がにじんでいた。

「なあ、矢口よ」江村卓郎はやや感傷的な口調で言った。「お前さんは幸運な男だな。すえちゃんのような子はそう滅多にいないよ。あんなにひたむきに、きれいに、欲得なく、人間が愛せるんだからな。おれはあんな子が出てくるまで何年も待ちたいと思うね。おれはすえちゃんを見ていると、人間て何てきれいなものかな、と思うことがあるね。山に登って、あの澄んだ、稀薄な、純粋な空気を吸ったことのある奴なら、おれの言うことがわかるだろうよ。すえちゃんのきれいさは、山頂の空気のきれいさだよ」

矢口忍も江村の言葉に反対したいとは思わなかった。まさしく卜部すえの美しさは、この世の塵をとどめていない、純粋な菊の白さを思わせた。それだけにまた、線が細く、弱々しく、寂しげで、ひんやりした感じが幾分そこに加わっていた。

それに、彼女は、胸の上に手を重ねて、矢口を遠ざけようとする姿勢を決して忘れたことがなかった。いつか、矢口がそのことを言うと、すえはどぎまぎし、赤くなった。

「私ね、やっと、こうやって自分を押えているんです。こうしていなかったら、私、何か火のようなものに焼かれて、自分がなくなってしまうような気がするんです。鉛の兵隊みたいに」

矢口忍は江村の言うように彼女のひたむきな気持を疑ったことはなかった。しかし彼女のこうした距離をおくような態度は多少気になった。それがすえの慎ましさであることはわかっていながら、どこか矢口には物足らなかった。彼女がハイユークを連れてきたときもそれと同じ気持を味わった。

卜部すえは矢口がイリアス・ハイユークに日本語を教えるだけではなく、できるだけ日本の生活や風習も教えるべきだと言うのだった。

「せっかく遠くから勉強にきているんですもの。ただ言葉だけではお気の毒ですわ」

「それはそうかもしれないけれど、わざわざ連れてまわるのは大へんなことだよ」

「なにもわざわざってことでなくていいんです。私たちがお食事したり、音楽会にいったりするとき、呼んであげればいいじゃありません?」

結局、すえの言うようにハイユークは時おり二人に呼ばれて日本料理を食べたり、芝居を見たりした。彼は、そんなとき、東京にきて二年になるのに、まったく日本の生活を知らなかったみたいだ、と言った。

「君のことは彼女がお膳立てしているんですよ」

矢口は、ハイユークの切れ上った、青い眼を見ながら、そう言った。

「日本語を、教えて、いただくのも、ありがたいですが、生活を、見て、まわるのも、とても、ために、なります。うれしいです」

ハイユークは一語一語ゆっくり発音した。

彼には妹が一人おり、宗教は回教ではなく、キリスト教だと話した。

「アラブ諸国は回教だと思っていましたがね」

いつか、ハイユークと一緒に賑やかな界隈で食事をしているとき、矢口忍はそう言った。

「いや、キリスト教徒も、多いのです。だって、イエスが、お生れに、なったのも、あの近くですから。シリアには、古い、キリスト教の、伝統が、あります」

「なるほど、考えてみればそういうわけですね」矢口は浅黒い、がっしりしたハイユークの顔を見た。「ぼくらは、ヨーロッパほどにアラビアやアフリカは知らないんだから」

「でも、それは、向うでも、同じです。日本のこと、あまり皆が、知って、おりません」

「だから、あなたがいらしたのね」すえは潤んだ黒い眼でハイユークを眺めた。「私ね、あなたからシリア砂漠のことなど、いろいろ知りたいと思うわ」

「喜んで、教えます。喜んで、お話しします。私たちは、兄妹ですから」

こうした会話は矢口忍に愉しくなかったわけではない。いや、むしろ愉しく、刺戟的である場合も少くなかった。しかし卜部すえがなぜハイユークを連れ出したがるのか、その真意がわかりかねた。もちろん日本について学ぶ機会を与えるというのが第一の理由だった。そんなことは言われなくてもわかっていた。

だが、なぜ彼と彼女がそれをやらなければならなかったのか。なぜ彼と彼女の間にハイユークを介在させなければならないのか——そのことは、頭でわかったことと別に、矢口の心のなかに、あるわだかまりをつくっていた。

江村卓郎はすえの態度をまったく別様に解釈していた。彼はよくこう言った。

「矢口、すえちゃんの感覚は、日本じゃ珍しく国際的なものだな。どこからあんなものが生れたのかな。あれは大事にしなければいかんね」

江村の言うように、卜部すえがハイユークと話しているとき、弟とでも話しているようなごく自然な感じがあった。ハイユークの日本語はまだ語数も乏しく、すえのほうも、別に外国語を話すわけでもないのに、二人は、どんな細かい気持の動きも伝えることができるように見えた。

しかし矢口はすえのように自然な、打ちとけた態度でハイユークと話せなかった。

「それは、おれたちが長いこと鎖国していたからさ」江村卓郎は矢口に言った。「なにしろ世界の涯の島国だから、外国人はいまだに珍しいんだ。それに、おれたちは読む外国語はできても、喋る外国語には弱いからな。それで、つい、気負ってしまうか、気おくれを感じるか、どちらかなんだ。外国人ときいただけで当惑することもある。その点すえちゃんは偉いよ」

「ふしぎだな」

「ふしぎなことはないさ。彼女には、へんな見栄がないからね。ごく自然にやってゆけるんだ」

あの子には、自分のことなど問題にしていないような、ひどく純粋なところがある――矢口も江村の言葉を聞きながら、そう思った。

矢口に対して、つねに控え目なのも、彼女が内気であるというより、自分のことを考える前に、矢口のことをまず考えるためではないか。彼女が孤独な辛い環境に育ったにもかかわらず、素直なういういしさがあるのも、そのためかもしれない――矢口は、ハイユークに日本語を教えているとき、不意に、そんな思いに捉われることがあった。

その頃、矢口は江村たちが骨を折ってくれた処女詩集についで、第二詩集を出すため、作品を整理するかたわら、詩と劇を一つにした新しい上演用の作品を執筆していた。

それは現代の精神的な不毛とその回復とを寓意的に取り扱った作品で、矢口が、前から、心にあたためていた主題だった。

「できるだけ壮大で華麗な舞台にしてみたいな」

矢口は江村にそう言った。

「日本では、詩劇はあまりやらんからな。冒険であることには間違いない」

「しかしやるだけのことはあるだろう」

「それはむろんだ。しかし上演が実現するか、どうかが問題だな」

「第二詩集が出れば、かなり状況も変ると思うね」

「ま、詩人たちより、劇団の友人たちのほうが頼りになりそうだな」

江村はそう言った。

矢口忍は時どき詩人仲間の付合いのことを考えるとき、どこか地下の、黄いろい光に照らされた冥府で、やせた亡者たちが立ったり坐ったり、あてもなく歩き廻ったりする姿を連想した。もちろん矢口自身もその亡者のなかの一人で、彼は、黄いろい煙が匐《は》いまわっている、乾いた岩山から、水の流れていない河をじっと見ているのであった。

「詩人て存在はみじめなものだな」

矢口は、浅黒く日焼けした童顔の江村卓郎に言った。

「なぜだね?」江村は矢口の言った意味がよくのみこめないという表情をした。「おれには詩人ほどすばらしい仕事はないと思うがね」

「ぼくは反対に、冥府でうようよしている亡者のことを想像するんだ。詩人て存在には本当の生はないんじゃないかな」

「詩人だって、働いたり、結婚したり、旅行したり、君のように大学で勤めている人間だっている」

「それは外見だけだな」矢口忍は頭を振って言った。「本当の詩人になるためには、生きながら、死んでいなければならないんだ。心臓が温かく動きだしたら、もう詩なんて書けやしない。詩人は生きているふりをしている亡霊なんだ」

もちろん矢口忍はそう思いながらも、彼自身は冥府をうろつく地下の住人なんかでありたくなかった。見るためにだけ、書くためにだけ生きて、他の一切を犠牲にするごとき詩人のあり方になんとか反抗しようとした。彼が学者の道を捨てず、大学で教えているのも、単に生活のためだけではなく、こうした幅の広い生き方を詩人のあり方のなかに取り戻したいと思ったからであった。

むろん矢口の生き方に批判的な仲間がいないわけではなかった。とくに矢口と付合いの長かった浅野二郎などは、酒を飲むと、容赦なく矢口をこきおろした。

「おれはお前さんの生きざまが気にくわんね」浅野はぱさぱさの長髪をかきあげ、血走った鋭い眼で矢口を睨んだ。

「詩人は善良な市民になっちまったら、おしまいさ。詩人は冥府の人間なのさ。薄暗い地下でうごめいている人間さ。きれいごとで口を拭っている善良小心な連中とはわけが違う。ここは、血で血を洗う戦場のような場所なのさ。それが本当の詩人よ」

矢口忍は浅野の毒舌を浴びても、さして憎む気にはならなかった。浅野二郎は小柄で、かすかに右足をひきずって歩いた。はじめの頃、彼はそれを気にしていたが、次第に「おれはバイロンと同じだ」と言って、自分の肉体の障害を誇張するようなことさえした。そんなことも矢口を寛大にさせた理由だった。浅野は矢口忍に会うと、わざとするように金の無心をした。

「こんなこと言えるのは昔なじみだけだよな」浅野は唇を歪めて笑った。

詩人仲間も浅野二郎にだけは手を焼いている感じだった。

「浅野の身のまわりには木枯しが吹いているみたいだな」

仲間の一人が言った。

その浅野がときどき卜部すえを誘って飲みにゆくという噂を矢口忍は耳にした。

はじめは矢口も詩人仲間のそうした噂は、頭から笑って相手にしなかった。しかしある日、矢口が浅野二郎は詩人のあいだで評判がよくないのだ、と言うと、卜部すえは驚いたように眼をあげた。

「そうでしょうか。私には、浅野さんの生き方がよくわかるような気がするんです」

彼女の言い方があまり真剣なので、矢口は思わずすえの顔を見つめた。

「君が、浅野と飲みにいったりするっていうのは、やはり、本当なんだね」

矢口は自分を突き放し、冷静になろうと努めながら言った。すえの返事が、彼の自尊心に、どす黒い傷をつけようとしているのを、矢口は敏感に感じて、思わず身構えるような気持になっていた。

「それ、どういう意味ですの？」

卜部すえは眉のあたりを曇らせて言った。

「どういう意味って、つまりそれだけの意味だよ」矢口は冷静になろうと努めながら言った。

「君は浅野と飲みにいったわけだろ？」

「いいえ、先生がおっしゃるような意味では、そんなこと、しません」

「じゃ、どんな意味でもいい。君は浅野と飲みにいったんだね？」

「ええ、いきました。でも」すえの黒い眼にみるみる涙が溢れてきた。「でも、それは、先生のおっしゃるような意味じゃありません」

「ぼくの言う意味じゃないとは、どういうこと？」

「私、ただ浅野さんとお付合いしただけです」

「しかし君は浅野のことをよく理解していると言ったね。彼の生き方の凄まじさは、ふつう、女のひとには、わからないと思うけれど」

卜部すえはじっと涙のたまった眼で矢口忍のほうを見つめていた。一すじ涙が頬を伝って不意に流れた。

「先生に、そんなこと、おっしゃられては、私、立つ瀬がありません」

「しかし君は、ぼくのことを先生としか呼んでくれないし、ぼくと一緒のときもハイユークを連れてきたがるね」

矢口は自分がばかなことを口にしていることを知っていた。自分に距離をおこうとし、冷静になろうと努め、自分では冷静でいるつもりだった。しかし実際に口にしていたのは愚かなことでしかなかった。

相手が無防備で、彼の言葉を鉄の鞭のように感じているのが痛いようにわかりながら、そうするのが快楽であるかのように、矢口は自分の言葉を押えることができなかった。ふだんめったに口にしたことのない浅野二郎に対するひそかな敵意や嫌悪感も、そのなかにまじっていた。

「ああ、どうか、先生（私、先生としかお呼びできません）どうか、そんなことだけはおっしゃらないでください。私は、そんな女じゃありません。先生のおかげで、登山家の方や、詩人の方をずいぶん知るようになりました。でも、先生がお考えになっているような女では、私はありません。そんなふうに思われるのでしたら死んだほうがましです」

すえは両手を顔に当てて泣き声を殺した。

矢口忍は突然、酔いからさめたような気持になった。自分のなかに、それほど残忍な衝動があるとは信じることができなかった。ひ弱なものを鞭打ったという罪障感と自己嫌悪が胸を突きあげてきた。

「ぼくが悪かった」彼は卜部すえの前に頭をさげた。「ぼくは時どき、浅野のことでいらいらすることがある。それで、君にとばっちりがいったんだ。許してくれたまえ」

すえは何度もうなずいた。そして涙を拭い、無理に笑顔になろうとした。

「許すなんて、私、はじめから、怒ったり、うらんだりしていません」すえは眼を伏せたまま言った。「ただ、先生に本当のことを知っていただきたかっただけなんです。私は浅野さんとお付合いしましたけれど、それは、あのとき断わったら、浅野さんが傷つくことがわかっていたからです」

「いや、もうそのことはいいよ」矢口は頭を振って言った。

「ぼくがわるかったんだ。ぼくはもの凄い狂暴な発作にかられていた。いまになってみると恥ずかしいよ」

「先生にそんなこと言ってほしくありません。先生がわるいことなどないんですもの。私が誤解をうけるようなことをしたのがわるかったんです。私ね、浅野さんが、独りぼっちで、自尊心だけ強くて、決して自分からやさしい言葉をかけようとしない気持がよくわかるんです。前に私もそうでした。先生にお目にかかる前は。私も、人とあまり口をききませんでした。いつも誰かの邪魔になると思ったからです。でも、それは思いやりや親切からではなく、自尊心が強かったからでした。私は誰かに疎まれたり、憐まれたりするのが我慢できなかったんです。それから逃れることができたのは先生のおかげです。先生が、ひとを信じることを教えて下さったからです。もちろん言葉だけじゃなく、先生がして下さるすべてによってです。とにかく私は、あの辛い、寂しい、傷つきやすい気持から救われました。誰でも、ひとを信じられれば、それから救われるんです。私は、そのことを浅野さんに言いたかったんです。生意気とは思いましたけれど。ひとを信じるって、港に船が入ってゆくようなものです。そうじゃないでしょうか」

「君はそれを浅野に言ったの？」

「ええ、言いました。言わないわけにはいきませんでした。浅野さんが聞かなくても、言うつもりでした」

「彼は聞いた？」

「ええ、聞きました。黙って、うつむいて、お酒も飲まずに」

「で、何と言ったの？」

「君の言うとおりだろうと言いました」

「なるほど。すえさんに会うと、彼も素直になるんだな」

「ただ、私の気をわるくすることを言ったんですの」

「どんなこと？」

「言いたくないんです」

「ぼくのことだね？」

すえは眉のあたりを曇らせ、かすかに頭をたてに振った。

「浅野とはひどい喧嘩をするからね」矢口は卜部すえの気持をかばうように言った。「彼がぼくのことをわるく言うのは当り前だ。君がぼくなどから何かを学んだと言えば、浅野は蒼くなって怒るよ。そうじゃなかった？」

「ええ、そうでした」すえの顔には苦しそうな表情が浮んでいた。「そうでしたけれど、浅野さんは寂しそうでした。本心では、誰かを信じたいと思っているんです。それは見ていて、痛いようにわかりました」

「浅野は君のような人が必要なのじゃないかな？」

矢口は皮肉にならないように低い語調で言った。

「それはどういう意味ですの？」

すえの泣いたあとの乾いた眼が黒く悲しそうな表情を帯びていた。

「ほら、そんな顔をして」矢口はわざと、すえを叱るような口調で言った。「ぼくはただ浅野のような孤独な男は、君のようなやさしい気持のひとがいれば、どんなに支えられ、力づけられるかと思っただけだよ。なにも君だというわけじゃない。君のようなひと、と言ったんだよ」

すえは真実ほっとしたような表情をして言った。

「私、先生に、もうこれきりお目にかかれないって言われそうな気がしました。君は浅野のところへゆけっておっしゃって……」

「たとえ浅野がいくら君をほしいと言っても、ほかのことはとにかくこれだけはぼくも断わるよ。ぼくがさっきあんな狂暴な気持になったのもこのためなんだ」

矢口は乱暴な言葉を口走ったことがなんとない心のわだかまりになってなお残っているのを感じた。

「そのことはおっしゃらないで」すえの黒い眼に潤んだ輝きが戻り、嬉しそうな表情が、顔の裏側から射す光のように浮んだ。「浅野さんのことは、私がわるいんです。もうどんなことがあっても、先生がいらっしゃらないときには、誰ともお付合いしません」

「ぼくはそんなことを言ってはいないよ」

「いいえ、自分にそう誓いたいんです。さっき先生があんなに真剣にお怒りになって、私ね、変な言い方ですけれど、本当は仕合せでした」

「じゃもっと怒ってもいいわけだね」

矢口は笑って言った。

「ええ、私、平気です」

「どうして？　ぼくなんか、こわくない？」

「いいえ、本当はとてもこわいんです」すえは寒そうに肩を縮めるような恰好をした。「でも、怒っていらしても何でも、先生が私のほうを見ていてくだされば、それでいいんです」

「ぼくはもう怒らない。そしていつも君のほうを見ている。決してよそ見はしないよ」

「私、時どき、先生がどこにもいらっしゃらない夢を見るんです。まっ暗な雨の夜に、はだしで、先生を捜している——そんな夢を見るんです。私、こわくて、こわくて」

「ばかだね、君は」矢口はすえがたまらなく小さな弱々しい存在に思え、その肩を抱いて言った。「そんなこと、考えてはいけないよ。ぼくはいつも君のそばにいるからね」

矢口がその頃ちょうど半ばまで書きすすんでいた詩劇の清書を卜部すえに頼んだ動機のなかには、自分の言葉が決して言葉だけのものではないことを、彼女に納得させたいという気持もまじっていた。

すえの筆蹟は字画のはっきりした、のびのびした字で、どこか大胆な思いきりのいい感じがあり、矢口忍が、意外な気持を外に表わしながら、綺麗な字体をほめると、すえはきまり悪そうに肩を縮めるようにした。

「そんなふうにおっしゃってはいやですわ。学生の頃から、男みたいな字だって言われていたんです」

「いや、ぼくはとても好きだな、君の字は。だいいち読みやすいからね。清書してもらうには、おあつらえむきの字だと思うな」

そんな矢口の言葉をすえはまぶしそうな顔をして聞いていた。彼女も夕方まで会社勤めがあり、清書に当てられるのは、夜と週末だけだったが、矢口が考えているよりも早く清書を仕上げていた。

「君は字がきれいなのに、早く書けるんだね」

「作品が面白いので、つい夢中になって書きうつしているんです。書き違えなんかありません？」

「いや、ほとんどないよ。あんなくしゃくしゃの原稿を判読するのは大変だと思うけれど、よく読みとってあるね」

「私ね、ほかのことはあまり自慢できませんけれど、先生の字はどんなに走り書きされても読めるんです。それだけは自慢できますわ」

「それは大した腕前だね。当人のぼくが言うんだから間違いない」

二人は声を合わせて笑った。原稿を渡したり、清書した原稿を受けとったりするのに、矢口忍は、賑やかな街の見おろせるレストランを使っていた。卜部すえはガラスごしに派手なネオンが明滅する街を眺めていた。車が流れるように走り、舗道には初秋の風に吹かれて人々が笑いさざめきながら歩いていた。

「なにを考えているんだい？」

矢口の声に、すえははっとして我にかえった。彼女はきまりわるそうに笑った。

「私、どうかしていますわ。先生がいらっしゃるのにぼんやりするなんて」

「何か考えているみたいだった」

「私のこと、見てらしたんですの？」

「それはそうだよ、ぼくの前にいるんだもの」

「いやですわ」すえは下を向いた。「私ね、とても変な気持になっていましたの。ここにいるのが自分じゃないみたいな、そんな変な気持です」

矢口は黙って卜部すえの黒い潤んだ眼を眺めていた。

「私の身体が死んでこの世にいなくなって、魂だけが残って、賑やかな夜の町を見ている――そんな気持でした。でも、私の魂はとても仕合せで、いろんな人たちが笑ったり、お喋りしたりするのを、いいなあって思って、見ているんです。なんでこんな気持になったんでしょう」

「清書をつめてしたので、疲れたんじゃない？」

矢口は卜部すえの潤んだ、静かな眼を見て言った。

「いいえ、疲れてなんか。それより、私、きっと『かわいた泉』にひきつけられていたんだと思います。このところ、夢にみるほどなんです。これからどんなふうに進んでゆくか、考えただけで眠られないような気になりますの」

矢口忍が書きすすめている詩劇『かわいた泉』は、彼の計画では三幕に仕上げられることになっていて、第二幕の半ばあたりのせりふや舞踏用の歌詞が推敲されていたのだった。

第一幕では、緑の楽園にいる男女が光や花々や微風に祝福されて生活している。矢口忍はこの楽園の気分を出すために、光をテノールの独唱者で表わし、微風に揺れる花々を若い娘の合唱隊で表わしたりして、すべてのものを擬人化して表現しようと試みていた。

たとえば嵐が襲ってくるとき、ただ雷鳴を轟かせ舞台を暗くするだけではなく、男性合唱隊を登場させ、黒い風に森や草地が吹かれ、海が荒れて船が難破するさまを力強いバスで歌わせた。

楽園に住む若い男は、さる王国の公子で、美しい娘は公子の恋人であり、未来の公妃になる女性であった。

ある暑い日、公子は楽園の林で黄金の木の実を見つけ、喉の渇きを押えきれず、それを食べる。すると、急に風の囁き、花たちの対話、木々の議論がわかるようになる。

彼らは楽園の東に流れる河の水がどんなにうまいかを話している。その場面の終りで花たちは「しかしそれを飲んだものは、身体に触れる一切を、ひからびさせ、枯死させる」と歌う。つづいて花や木や鳥たちが合唱で「ああ、おそろしい、ああ、おそろしい」と歌う。そのあとでソプラノの独唱で、もう一度、河の水のうまさを讃え、そのうまさはどのような苦悩、どのような刑罰を受けても、なお味わう価値がある、と歌いあげる。

公子はその誘惑に抗しきれず、娘に内緒でその水を飲む。その瞬間に、舞台は暗くなり、風が吹き、木の葉が舞い、雷鳴が轟く。悪霊たちが現われて、公子が呪われた存在となったことを歌う。

「先生はどうしてこんな恐ろしいことを平気で考えたり書いたりなされるんですか？」

卜部すえはこの部分を清書しているとき、夜はこわくて書くことができなかった、と言った。

「これは一種の寓話なんだよ」

矢口忍は、すえの黒い、潤んだ眼が不安そうに動くのを見て言った。

「でも、公子はこのあと、何もかも枯らしてしまいますわね？」

「それがこの男の呪われた点だから」

「公子が歩いてゆくと、眼の前の青々とした草地がみるまに枯れ死んで砂漠になり、緑の森がさっと枯れて、灰色の墓標の群れになるところなんて、なんだかあまり真に迫っていて、ぞっとしました」

すえは寒そうに肩をすくませた。

「それは重要な主題だから、書かないわけにはゆかないんだね」

矢口忍はすえの気持を柔げるように言った。彼女は頭で二、三度うなずいた。

「私がいちばん恐ろしかったのは、公子が助けを求めて恋人のほうにゆくときです。遠くで雲や風が、近づいてはいけない、って叫びますわね。でも、公子はそれを聞きません。恋人もそれを知らないんです。二人が抱き合ったとき、恋人が一瞬のうちに泥の彫像になり、ぼろぼろ風化して崩れてしまいますわね。私ね、あそこをお清書しながら、涙が出て涙が出て、どうすることもできませんでした」

第二幕以下を矢口忍はこんなふうに説明した——公子は緑の森や草地を枯らすより、はじめから砂漠に住んだほうがいいと思い、楽園を出て、荒野をさまよう。夜になると、かつて恋人が好きだった星の名を口ずさんで死んだ恋人のことをしのんでいる。

そんなある夜、公子は、星たちがひそひそ話している声を耳にする。星たちは、忘れ川と呼ばれる河が、一年に一度、冬至の夜、砂漠の上に現われ、涸れた河床を流れ、また砂のなかに消えてゆくが、その河の流れているあいだ、河のなかに潜ると、死者の国へゆけるのだ、と話し合っている。

公子はそれを聞くと、どうしても死者の国へ行って恋人に会いたくなる。そこで冬至の夜、黒く流れる砂漠の河のなかに沈んでゆくと、眼の前に蒼ざめた光のゆらぐ野山が現われてくる。しかし驚いたことには、その死者の国でも、公子が歩いてゆくと青々した草はみるまに枯れ、森は灰色の枯木に変ってしまう。公子は呆然として、砂漠となった自分のまわりを見まわし、深い溜息をつく。

そのとき、遠い森かげから、一人の若い女が小走りに公子のほうへやってくる。それは彼が求めていた恋人である。

「いけない。私に近づいてはいけない。私はあなたをまた泥の人形に変えてしまう。私は、まだ潔められていないのだ」

公子はそう叫ぶ。しかし恋人は両手をさしのべ、公子のほうへ近づいてくる。

公子はもう一度叫ぶが、恋人は聞きいれない。二人の悲痛な二重唱が舞台の左右で繰りかえされる。

「たとえ死の国で死んで、泥となり、灰となって、二度ともとの姿にかえることがないとしても、いま一度、あなたの腕のなかに抱かれたい」

恋人がそう叫びながら、公子のほうに近づいてくる。公子は恋人を近づけまいと、短剣を抜いて、自分の胸に突きたてる。

「胸から血が泉のように噴きだして、地上に流れだしてゆく」矢口忍は自分の心のなかをのぞくような眼ざしをして言った。「すると、公子の血の流れ落ちる砂漠から、緑の草木がはえてくる。その泉に触れた恋人は、公子とともにもとの楽園に生きかえる。ここで、第一幕の花々や木々の合唱が二人を祝福することになる……。つまり第二幕の後半と第三幕はこんな具合にすすむ予定なんだ」

卜部すえはじっと眼を閉じたままだった。

「もう少し先まで書けたら、これを君に朗読してもらおうと思うんだけれど」

矢口忍は前から考えていた計画を口にした。

「朗読って、声をだして読むんですの？」

「もちろん声をだして読むんだよ。耳に聞くとき、どんな効果があるか、前もって知っておきたいんだ。これは動きよりも言葉の劇なんだ。ぼくは、ふつうの上演方法では無理だったら、ただの朗読劇でやってもらってもいいと思っている。だから、誰かに読んでもらって、耳で聞く必要があるんだ。眼で読むだけでは、本当の劇の姿が見えてこないんだよ」

「よくわかります。でも、それなら、私が読むのでは駄目ですわ。誰か、専門の俳優さんに読んでもらうのでないと……」

すえは眼をあげて言った。

「そこまでやることはないと思うな」矢口忍は首を振った。「君でいいんだ。むしろ君の声で聞きたいんだ」

しかし卜部すえはどうしても専門の俳優に読んでもらうべきだと言いはった。そして最後に、彼女の高校のときの友達で、最近俳優養成所を出て、劇団に入った梶花恵に頼んでみてもいい、と言った。

「私、梶さんの卒業公演も見ましたし、そのとき舞台で詩の朗読もあったんです。あのひとなら、『かわいた泉』をきっと立派に朗読できると思います」

「そんな立派な朗読なんか、いまの段階では必要ないんだけれど」

「いいえ、そんなことありません。朗読は大事ですわ」

矢口忍はそう言うすえの黒い潤んだ眼を見ると、彼女がただ遠慮深く、慎ましいというだけではなく、まったく自分というものがなく、ただ矢口の詩劇のことしか頭にないのがよくわかるのだった。彼は江村卓郎の「あんな子がよくこの濁世に生れたものだな」という言葉を思い出していた。

「どうも、君の意見に押しきられたような感じだね」矢口忍はデザートを選ぼうとして、テーブルの端にあるメニューのほうへ手を伸ばした。「で、その梶さんというお友達とどうやって連絡したらいい?」

「電話すればすぐきてくれると思います」

「善はいそげだから、じゃ、すぐ電話してくれる?」

そのとき矢口の摑んだメニューが、テーブルの上の深紅のばらを挿した細い花瓶にさわり、花瓶は音をたてて床の上にころがった。水がテーブル・クロスを濡らし、深紅のばらの花はあたりに散乱した。

矢口忍はまわりの視線が自分のほうに集るのを感じた。すえはとっさにテーブルの上をナプキンで覆った。ウエーターが小走りに近づき、水を拭き、花瓶と、散乱したばらを拾った。

「濡れたんじゃない？　大丈夫？」

矢口は卜部すえのほうを見た。

「いいえ、ほんのちょっと」彼女は胸のあたりを軽く拭ってから言った。「とにかく電話をかけてきます」

すえが席を立っていってから、矢口は煙草に火をつけ、濡れたテーブルの上を見つめていた。細いくびの花瓶から花はもう持ち去られていた。

第三章　迷路

　矢口忍が梶花恵に会ったのは、その秋も終りに近いある肌寒い夕方だった。卜部すえが初めて矢口のことを電話してから、ほぼひと月ほどたっていた。もともと矢口のほうもすぐに朗読をしてもらうつもりはなく、一応最後の幕まで書いてからのほうがいいように思えたし、梶花恵のほうも地方巡回の公演に加わっていて、すぐ身体をあけるわけにゆかなかったからであった。

　しかし電話で卜部すえが、矢口の詩劇のことを話したとき、梶花恵は何度も繰りかえして、その朗読は自分がやりたいから、他のひとに廻したりしないでほしい、と言うのだった。

「女優なんて、チャンスの問題なのよ」梶花恵は電話の向うで、声をひそめるようにして言った。「あなたが私のことを思い出してくれて、本当に嬉しいわ。持つべきものは何とやらね。私、どんなチャンスも見逃したくないのよ。たとえ空くじだって、ないよりはましだわ。私、それやるわ。ひょっとしたら、大役につながらないとも限らないもの。頼むわ、誰にも廻さないで。あたしの仕事として確保してね。頼むわよ。約束ね」

卜部すえはそんな梶花恵の言葉を聞くと、彼女が学校の頃と別の人間になっているのを感じた。昔の彼女は、ただ綺麗なだけで、気難しく、高慢な感じがして、素直にひとに物を頼むなどということは到底考えられなかった。

その花恵が、言葉だけにせよ、朗読の仕事を彼女にまわすように懇願しているのであった。卜部すえは梶花恵の言葉を聞きながら、注意深く八方に網を張って獲物がかかるのを待っている眼を光らせた一匹の大きな女郎蜘蛛を想像した。考えようによれば、詩人としての矢口忍は多少名前も知られているとしても、劇作家としての彼は未知の存在だった。その矢口忍の作品にも、千に一つのチャンスを見逃すまいと、打つだけの手を打ってくる梶花恵に、すえは何か圧倒されるような息の熱さを感じた。

女優って、そんなにも競争が激しく、常にチャンスを求めて緊張して生きていなければならないものだろうか——すえはそう思うと、梶花恵の生き方が感動的なものにも、また、ひどく空恐ろしいものにも見えてくるのだった。

梶花恵が東京に戻るまで、卜部すえは部分的に矢口の原稿を朗読した。それは自分でもかなり満足のゆくできばえだったし、矢口忍から「君は自分の能力をわざと隠しているんだね」と言われると、心が喜びと幸福感に明るく波立ってくるのを感じた。そして梶花恵に朗読を頼んだりしたのは、早まったことだったのではないか、と思った。

しかしそんなとき彼女は自分の思い上った気持をひどくみじめなものに感じた。そして最後には彼女は自分でもどう考えていいのか、わからなくなった。

矢口忍は賑やかな宵の口の通りを歩いているとき、卜部すえが腕を彼の腕のなかにすべりこませるのを感じた。

矢口がすえのほうを見ると、彼女は前を見つめたまま何か考え込んでいた。そして腕をすべりこませたことも自分では気がついていない様子に見えた。

矢口忍の坐っている場所から、大きなガラスの窓を通して蒼ざめた秋の夕方の光のなかに沈む芝生と、その先にある濠割の水と、石垣の上に低く枝を垂らす松が見えていた。

それは矢口がはじめて卜部すえを都心に呼びだしたとき使った静かなホテルのロビーで、太い大理石の柱や、天井の蔓状の浮彫りや、革張りの堂々としたソファに、古い時代の重厚な気分が感じられた。

温厚な老人のウエーターがジンをソーダで割って彼のところへ運んできた。

「しばらく見えませんでしたね？」

顔見知りの老人は言った。

「ちょっと長い作品にかかっていたのでね」

矢口忍は老人にうなずいた。

「じゃ、無事終られたわけですね」

「一応終りまできたけれど、このあと仕上げに時間がかかりそうだね」

「でも、年内には終りますでしょう」

「ああ、年内には終らせたいね」

「仕事が仕上るのはいいことですね」

「本当だね。ともかく終らせたいな」

「ご成功を祈ります」

「ああ、ありがとう」

ウエーターはゆっくりした足どりで去っていった。

「前からご存じの方?」

すえは二人のやりとりを向い側から見つめていた。

「大学の頃、ここでお酒を飲むことを憶えてからだから、もう七、八年になるかな」

「なんだか、見ているだけで、とても楽しい感じ」すえは言った。「だって、忍さんはいかにも寛《くつろ》ぎにきた人っていうふうですし、あのお年寄りはお酒を運んでくるのが自分の最大の仕事だというふうに、落着いて、隙がなくて、感じがいいんですもの」

矢口は老人が戦前には大陸でかなり大きな酒場を開いていたという話をした。

「しかし彼は実に淡々としていてね、いまの仕事に徹する以外、何も考えないんだ。彼が、朝、バアでコップを拭いている姿もいいし、ああして酒を運んでくる姿もいい。なぜかあの老人を見ていると、人間が生きているな、って気がする」

矢口がそんな話をしているとき、卜部すえの顔にある表情が動いた。

「梶さんがきました」

矢口忍は無意識に胸のボタンをしめて立ち上った。ガラス窓の外は知らない間に宵闇がおり、石垣の向うで光る赤いネオンの色が濠の水にうつっていた。

梶花恵はその赤いネオンを背に負うようにしてロビーを斜めに横切ってきた。

「お待たせしまして？」

初対面の挨拶をすませると、梶花恵は矢口とすえを半々に見て言った。矢口はすえがふだんよりも自分の近くに立っているのに気づいた。

「いま、ここの老人のウエーターの話をしていて、楽しかったの」

卜部すえはそう言って、矢口の腕のなかに自分の腕をすべらそうとした。

「まあ、それ、どんなお話ですの？」

梶花恵は卜部すえの動作には気づかないように矢口忍のほうを見た。

「どうぞ、あなたはこちらに」矢口は梶花恵に右手のソファをさし、すえから身体を引きはなすようにして反対側のソファをさした。「君は、こちらに」

矢口忍は梶花恵を見たとき、彼女は女優としては小柄なほうだろうな、と思った。卜部すえに話を聞いていて、なんとなしに大柄な女性を思い浮べていたので、よけいそう感じたのだった。

「別に大した話じゃありません。ここのウエーターが昔なじみなので、そんなことを話していたんです」

矢口は、自分が事ごとに卜部すえとの間に距離をおこうとしているのを感じていた。

「私、ここは初めてですけれど、落着いた、いい雰囲気ですのね」

梶花恵はそう言って、間接照明された天井や奥のバアを改めて眺めるような様子をした。

矢口は梶花恵の大きな黒い眼を見ていた。それは、すえの潤んだ、静かな、切れ長の眼にくらべると、敏捷な動物の眼を思わせるような、よく動く表情の豊かな眼で、長い睫毛に誇張されて、ほとんど顔の左右いっぱいにひろがっているような印象を与えた。

梶花恵の顔立ちのなかで忘れがたかったのは、この黒々とした大きな眼のほかには、柔かい髪に囲まれた形のいい額と、暗いかげのできている頰の窪みだった。

「私、電話で詩劇の朗読のお話を聞いてから、地方公演の間も、ずっとそれが忘れられなくて、時どき、東京に飛んで帰りたいような気持になりました。こんなに長いことお待たせして、きっとご迷惑なさったと思います」

矢口は梶花恵の乾いた暗く低い声に自分が聞きほれているのに気がついた。彼女の声のなかには非情な大都会の冷淡、無関心、乾燥、波動、倦怠、空虚がまじりあっているように思えた。矢口忍は冬の冴えた月の光でも浴びたような戦慄が、身体の奥を走りぬけるのを感じた。

「いや、むしろそのほうがよかったのです」矢口は煙草を吸い終ったばかりなのに、もう一本、ケースから無意識に取りだしながら言った。「一応形がついてから、読んでいただいたほうがよかったのです。上演用のつもりで書きましたが、舞台が大がかりですし、合唱隊も登場しますし、このますぐ舞台にかけるのは無理でしょう。ですから、まず朗読劇として上演してみたら――つまり舞台装置もアクションもなしで、朗読だけの劇として公開してみたら、と考えたわけです」

「すばらしいお考えですわ」梶花恵は問いかけるように黒い眼を見ひらいて言った。「言葉の美しさよりも、ただリアリズム、リアリズムで追いまわされる戯曲が多すぎますから。お芝居はまず耳で楽しむのでなければ。私、そんな演劇を夢みていましたの」

「そう言っていただいて嬉しいですね」矢口は梶花恵の声を聞くためなら地獄にだってゆくだ

ろうと思った。「あなたのように芝居に打ちこんでおられる方から、そう言っていただけると何だか百人力になったような気がします」

矢口忍は梶花恵と話しているあいだ、自分がひどく気負っているのを感じ、いつもと勝手がちがうな、と思った。卜部すえと話すときの、相手を保護するような余裕のある気持とは違って、自分の弱みが外に出はしまいか、としきりに気づかう堅苦しさが、たえずつきまとった。

相手が演劇という矢口には未知の領域で働く人間であるから、その点で立ちまさっているのは当然だったが、矢口の気づかいは、ただ芝居のことだけではなく、食事や、酒の選び方や、服装や、その他話題になるもの万般にわたっていた。彼は事ごとに梶花恵はそのことをどう思っているだろうか、そのことで自分をどう感じるだろうか、と考えていた。

矢口はすえといるとき、そんなことは思ったこともなかった。逆に、彼は、自分の趣味や判断を年長者の余裕をもって相手に押しつけていた。それなのに、彼は、突然、自分がまったく臆病になり、すべてについてびくびくしているのを感じた。

なにをばかな。おれはいったいどうしたのだ——彼はそう独りごとを言ったが、梶花恵の前で感じるぎごちない、気おくれに似た気持は、どうにも拭いきれなかった。

「こんな静かな場所を選んでいただいて嬉しいわ」梶花恵は卜部すえに言った。「地方の町には、それぞれいいところはあるんだけれど、こういう静かな感じはないわ。賑やかで、活気があるくせに、落着いて上品な感じ。やはり東京ね」

矢口忍は梶花恵の言葉に自分がほっとし、心が歌でも歌いそうな具合に嬉しさがこみあげてくるのを押えかねた。

「おれはどうかしているな」彼はそう思ったが、梶花恵の乾いた暗い低い声を聞いていると、一種ふしぎな酩酊感が自分を包むのを感じた。

彼はそんな気配を卜部すえに感じとられないようにするので精いっぱいだった。

「地方には地方の魅力があるでしょうが、ながい地方公演のあとでは大都会がいいでしょうね」

「私は都会育ちなものですから、夜八時すぎに人通りのなくなるような都会《まち》には、とてもいたたまれない気持がするんですの」

梶花恵は煙草を眼の高さにしばらく固定させて、静かに煙をただよわせた。

「でも、地方公演の直後だし、お疲れじゃないの?」

卜部すえが潤んだ切れ長の眼で梶花恵のほうを見て言った。

「いいえ、すこしも。あなたから朗読のことを言っていただいて、それが支えみたいだったわ」

それから話は自然と詩劇『かわいた泉』に移っていった。矢口は梶花恵に改めて構成や意図や梗概を話した。花恵は足を組み、顎を手で支えながら、矢口忍の説明を聞いていた。

卜部すえは、矢口が、そうして説明しながら、原稿に書いてもなく、彼女に話してもない内容が、細部に加えられているのに気づいた。

矢口忍は喋りながら酔ったような気持になっていた。いくらでも新しい思いつきが飛び出してくるような気がした。矢口がこれほど早口に、熱をこめて喋るのを見るのは、卜部すえもはじめてだった。

しかし梶花恵は、矢口が梗概の説明を終ったとき、しばらく足を組んだまま黙っていた。卜部すえは花恵が当然何か言うものと思っていたので、驚いたような表情で梶花恵のほうを見た。そのとき、梶花恵は、ひとこと、「魅力的なストーリー、私、そう思います」と言った。彼女は煙草を象牙の長いホルダーに挿した。矢口はすぐ火を彼女のほうに差しだした。卜部すえはなぜかそんなことをする矢口が、ふだんの彼らしくないと思った。

「そう言っていただけて嬉しく思います」矢口忍は自分でも煙草をくわえると言った。「この劇はまず朗読劇として上演しますから、脚本を耳で聞きながら推敲してゆきたいのです。あなたには、少々退屈な仕事かもしれません。しかし専門のかたに朗読してもらえたら、ぼくとしては、願ったり叶ったりです。これ以上の幸運は考えられません。それに、あなただったら、きっと、朗読していただいている間に、いいヒントをいろいろ出していただけると思います。

ぼくは、そのことも期待しています」

矢口忍は、梶花恵をすえと区別して扱う気持は毛頭なかったし、彼女がまだほんの駆出しの女優であることも知っていた。しかし実際には、彼は梶花恵の前で自分がふだんのように自由ではなく、ひどくぎくしゃくしていると思った。煙草に火をつけるのでも、足を組むのでも、何かを喋るのでも、なぜか窮屈な感じがしたのである。

梶花恵は十日ほど休みがとれるから、集中的に仕事をすすめてもいい、と言った。

「ぼくとしても、そのほうが都合がいいですね」矢口は言った。「劇団のほうでも新年早々に稽古に入りたいと言っていますので」

それから彼は梶花恵に朗読劇の上演を引きうけてくれる劇団の話をした。それが江村卓郎の友人が演出家をしている劇団であること、詩の朗読には従来ずっと力を入れていたこと、彼の詩劇上演は劇団の要求にぴったり合ったこと、などを矢口は花恵に説明した。

「私も何人かあの劇団には知り合いがいますわ」梶花恵は大きな眼を見ひらいて言った。「俳優養成所で同期のお友達も、あの劇団に加わっているんです」

「それならいっそう好都合ですね」矢口が言った。「調子が出ていたら、そのまま朗読劇上演に加わってもらいたいし……」

「そうできたら、私も嬉しいですわ」梶花恵は象牙の長いホルダーを眼の高さに固定し、ゆっくり煙を吐きながら言った。「私、どんな仕事でもしたいんですから」

矢口は朗読の細部の打合せを終ってから、二人を食事に誘った。すえはずっと黙っていた。建物の外に出ると、冷えた晩秋の夜気が矢口を包んだ。ネオンが輝き、車が光の奔流となって流れていた。

梶花恵が詩劇の朗読に矢口の部屋に通っているあいだ、卜部すえは、いままで味わったことのない不安にさいなまれるのを感じた。こんな思いをするくらいなら、なぜ自分で朗読を引きうけなかったのだろうか、と思うことがあった。

「なんて私って下らない女なのだろう」とそのたびにすえは考えるのだった。「私が梶さんに朗読を頼んだのは、ただ忍さんのためを思ってではないの？　あの詩劇は忍さんが劇作家として第一歩を踏みだす大事な作品なのよ。どんなことをしても、完全な作品にしなければいけないのよ。私はそのために梶さんを頼んだのではなかったの？　それなのに、いまごろになって、それを後悔するなんて、何てなさけない女なのだろう。私に専門家のような朗読ができるわけはないじゃないの？」

彼女は急に夜が早くくるようになり、暗い道に街灯が光りだすのを見ると、矢口忍の部屋を訪ねたい衝動を押えかねた。彼女が矢口の住む建物の前までいったことも、事実、一度や二度ではなかったのである。

しかしそのたびに彼女は頭を振って、こう自分に言いきかせた。

「私はどんなことがあっても、忍さんの邪魔になってはいけないんだわ。忍さんの邪魔になるような女にだけはなってはいけないんだわ」

ある夕方、卜部すえが仕事を終って帰り仕度をしていると、同僚の伊藤菊江が言った。

「あなたに会いたいっていう人がきているわ」

「私に？」

「ええ、あなたに」

「どんな人？」

すえは矢口忍が訪ねてくれたのではあるまいか、と、一瞬、胸が甘く痺れたような気持になった。

「すてきな男のひと。眼が青くって、男らしくって。どこの国のひと？　私に紹介してよ」

卜部すえは、明るくふくらんだ気持が風船のようにしぼんでゆくのに気がついた。

「あら？　あなた、嬉しくないの？」

「嬉しいわ」すえは気を取りなおして言った。「あのひとね、課長の家に下宿しているシリアの留学生なの」

「課長って、うちの課長？」

「ええ、そうよ」

「まあ、うちの課長も案外いかすのね」

「どうして?」

「どうしてって、外国の留学生なんか下宿させるなんて」

卜部すえは伊藤菊江が外国人というだけで少しとりのぼせているのをおかしそうに眺めていた。

「あのひと、ふつうのひとよ。いいひとだわ」

玄関に出ると、イリアス・ハイユークが固くなって立っていた。

「矢口先生のところへ、一緒に、いって、もらえますか」

「ええ、いいわ」すえはうなずいた。「私もずっと行っていなかったの。ちょうどいいわ」

卜部すえは会社を出ると、公衆電話で矢口忍と話した。

「私です。今夜、ハイユークさんがお目にかかりたいっていうんです。おうかがいしてよろしいでしょうか」

すえは声が嬉しさにはずんでゆくのを感じた。

矢口はすぐ来るように言った。

二人は郊外線にゆられて、矢口の家を訪ねた。

「先生、わたしね」ハイユークは矢口の顔を見ると、すぐ言った。「来年三月で、くにに、かえらなければ、ならないです」

「どうして？」

矢口と卜部すえは同時にハイユークのほうを見た。

「給費が、三月で打ちきり、になります。残念ですが、かえらなければ、なりません」

「それは本当に残念ですね」矢口忍は浅黒い、実直そうなハイユークの顔を見て言った。「日本語もだいぶ進んだのに。給費はのびないのですか？」

「のびないのです」ハイユークは青い、眼尻の上った眼で矢口を見つめた。「それに、くにでも、わたしに、かえってくるように、言っています。父の身体が、あまりよくないのです」

「それはいけませんわ」卜部すえは眉を心配そうにひそめた。「いま、お帰りになるのは残念ですけれど、でも修士はおとりになったのだし……」

「わたしは、博士に、なりたいんです」ハイユークは四角ばった肩の間に首を埋めるようにして言った。「くにでは、博士の肩書が、大事なんです。博士になると、みんな、尊敬するし、いい職にも、つけます。でも、博士には、なれません」

「日本の制度はほかと少し違いますからね」矢口が慰めるように言った。「博士号はとりにくいでしょう」

「わたしね」ハイユークは何度か口ごもってから言った。「ほしいものが、もう一つ、あります。でも、たぶん、だめ、です」

「何ですか?」矢口は、元気づけるような調子で言った。「何か、ぼくらが援助してあげれば手に入るようなものですか?」

「いいえ、だめ、です。きっと」ハイユークは口ごもり、青い、吊り上った眼を床の上にさまよわせた。「わたし、何と言って、いいか、わかりません。言うの、難しい。うまく、言えません。だめ、です。ほしいもの、うまく、言えません。それは、いいのです。言えませんから」

矢口忍はハイユークに口ぞえして、何とか喋らせようとしたが、ハイユークはますます混乱し、日本語まで支離滅裂になっていった。

「わたし、かえること、言いにきた、だけです。くにに、かえる。残念です。先生、ひとつだけ、ききたいことが、あります。いい、ですか、きいて」

「いいですとも」

矢口忍は実直そうな、浅黒いハイユークの顔を見て言った。

「先生は、すえさんが、すき、ですか」

矢口は一瞬何を言われたか、わからなかった。ただ、そのとき、すえの顔が朱を散らしたように赤くなったのに気がついた。

「ええ、もちろん」

矢口忍はハイユークと卜部すえを等分に見ながら言った。彼はハイユークが日本語を言い違えたのではないか、と疑うような、確信のない答え方をした。しかしハイユークは頭をたてに強く何度か振った。

「いい、です。とても、いい、です。わたしは、言うこと、ありません。とても、いい、です。これ以上、いいこと、ありません」

矢口は劇作やら朗読やらのために日本語の勉強時間が十分にとれなかったことを謝った。

「いいえ、いい芝居、書けたほうが、うれしい、です。わたしも、その芝居、見たいです」

「春に公演するから、きっと間に合うわ」

すえが慰めるように言った。彼女の上気した頰から、まだ血の色がさめきっていなかった。すえにも、なぜハイユークがあんなことを言ったのかわからなかった。しかしそんなことを考えるよりも、彼の給費の延長が認められず故国へ帰ることのほうが、彼女の心をいっぱいにしていた。

卜部すえはハイユークに帰国の手順や、家族のことや、彼を受けいれる役所のことなどを訊ねた。ハイユークも落着きをとり戻し、あれこれ将来の見通しについて詳しく話した。

ハイユークが帰ってから、卜部すえはしばらく矢口忍の部屋に残った。そして机のまわりに乱雑に積んである本を棚に並べたり、ベッドの上に脱ぎすてたままのシャツを片付けたりした。すえが台所で皿を洗っていると、矢口がうしろから彼女を抱いた。

「駄目です。これを洗ってしまわないと」

「そんなこと、しなくていいんだよ」

矢口はすえを正面にむけて言った。

「いけません。濡れてしまいますわ」

すえは両手を胸の上に置き、矢口を押しのけるようにした。

「君はいつもそうだね」矢口は、眩しそうに顔を伏せようとするすえに言った。「君は、いつも逃げようとしている。そうじゃないと、ハイユークと一緒だね」

「いいえ、そんな」すえは必死になって顔を横に振った。「私、そんなこと、わざとしているんじゃありません」

「でも、ハイユークは君が好きだよ」

「私にはわかりません」

「いや、ぼくにはよくわかる。彼は君が好きなんだ。彼は君をシリアに連れて帰りたいのかもしれないよ」

「そんなことになったら、私、ことわります」

「彼はいい男だよ」

「ええ、いいかたです」

「それなら、ことわること、ないじゃない?」

「本気でそんなこと、おっしゃるんですか」

卜部すえの眼に涙が溢れてきた。

「ばかだな。本気でそんなこと、言うわけないじゃないか」矢口はすえに口づけして言った。

「ぼくがハイユークに言ったこと、聞いたろ? ぼくは浅野だろうがハイユークだろうが、君を渡しゃしない」

矢口忍は自分の言葉には嘘はないと思っていた。彼は自分でも卜部すえを愛していると思っていたし、親友の江村卓郎にもそう言っていた。

しかし彼が梶花恵と会うようになってから、卜部すえがひどく物足らなく思えるときがあった。梶花恵はおよそ遠慮というものを知らない女性だった。彼女はよく喋り、のべつ笑い、めまぐるしく身体を動かしていた。駄々をこねるように身体をくねらせたり、気が違ったようにゆすぶったり、肩をすくめたり、手を組んだりほどいたりした。

悪ふざけの種を見つけ、矢口がそれに引っかかると、けたたましい声をあげて身体をくの字にして笑いこけるのだった。その癖、ひどく気まぐれで、不機嫌な日は、矢口の冗談にもにこりともせず、薄い唇をへの字に曲げ、最後には「頭が痛いから」と言って、帰っていった。彼女が朗読の時間を守っていたのは、はじめの二、三回で、そのあとは、一時間は遅刻するのがふつうだった。しかしそんなときでも、彼女は言い訳じみたことは何も口にしなかった。

「矢口さんて、わりに家のなかを綺麗にしているのね」

梶花恵は朗読のあと、ウイスキーを飲んでいるとき、そう言った。

「そうですかね」矢口は何かまた引っかけられるなと思いながら言った。「あなたがくるので多少は綺麗にしているのも事実ですがね」

「あら、私、それじゃ、恩に着なければね」花恵は一口、ウイスキーを飲んでから言った。「私なんか、誰がきても、家のなか、めちゃくちゃよ。お手伝いのひとが、こんな家、見たことないって言ってたわ。ベッドの上も、客間も、洋服はぬぎちらし、お皿は食べちらかし」

「壮烈ですね」

矢口は笑った。

「そうなのよ」梶花恵は調子に乗って言った。「時どき、使っている脚本がどこかへいっちゃうの。そんなとき、大へんよ。ベッドもひっくり返す。本も何もみんなひっくり返すの」

「凄いな」

矢口は曖昧な顔で笑った。

「しまいに何が何だかわからなくなっちゃうの。そんなとき、寝るところ、ないでしょ。仕方がないから、マットレスを廊下に引っぱっていって、そこで寝るのよ」

「あとはどうするんです?」

「あとは、お手伝いのひとがやるの。でも、お給料を倍にしてくれって言われるわ。家じゅうが、めちゃくちゃですもの。当り前ね」

「食事はどうするの?」

「そりゃ、持ってきてもらうのよ」

「台所はあるんでしょう?」

「ええ、あるわ。でも、トランクや帽子箱やドライ・フラワーでいっぱいだわ」

「お料理したこと、ないんですか?」

梶花恵はけたたましい声で笑った。それから凄い勢いで頭を左右に振った。

矢口は思わず花恵の大きな黒い眼を見つめた。

矢口忍は梶花恵の生活が放埒で、乱雑であればあるほど、それらを肥料にして、途方もなく大輪の花が咲いているような気がした。それは、肉厚で、華麗で、強烈な芳香を放つ熱帯の花のような感じだった。

一度、矢口が梶花恵とカメラマンと静かな住宅街を歩いているとき、突然、彼女が見ず知らずの家に入って、そこで写真を撮りたいと言いだしたことがあった。堂々とした石の門から見通せるその邸宅の奥の見事な温室が彼女の気に入ったからである。

さすがのカメラマンも一瞬ためらったが、梶花恵はそういう男の態度にいら立った。

「あなた、あたしの写真を撮る以上は、あたしのために、死ぬつもりでいてよ」

結局、矢口がその家に入って話をつけた。

彼女はその宏壮な邸宅も温室も自分のためにあるような顔をしていた。深々とした木立に囲まれた芝生の庭で、彼女は手を腰にあてたり、顔を上に向けたりして、さまざまなポーズで写真を撮らせた。そういうところはまったく臆面がなかった。

矢口忍はこうした彼女にどうしようもなく惹かれてゆく自分を感じた。一緒にいると、閉口もし、うんざりもしたが、一度彼女と離れると、息苦しいほど豪奢なものが鳴りひびき、きらめきつづけて、彼のそばを通りぬけていったような気がした。そんなとき、矢口忍はきまって大きく息をつくと同時に、そうした贅沢なものを占有していたことに、子供っぽい満足感を味わった。

ばかげたことだと思いながら、一日一日と梶花恵の臆面のなさに自分が捉えられてゆくのがわかった。まるで花粉に酔いしれた虫が、花芯のなかに粉だらけになってのめりこんでゆくさまに似ていた。

梶花恵と別れたあと、卜部すえに会うと、彼女の影の薄さにあらためて矢口は驚くのだった。すえは、声まで低くて聞きとりにくかった。音は絶えて、ただ黒く潤んだ眼だけがひっそりそこに見開かれていた。

矢口には、どうしてこんな変化が起ったのか、自分でもよくわからなかった。卜部すえと話しているとき、よほど気分の焦点をあわせていないと、みるみる彼女の姿がぼけてゆき、彼女から気持が離れているのを感じた。

事実、詩劇がほぼ完成し、公演用テキストができあがると、演出家の下宮礼二や劇団の人々と会うことが多くなった。劇団側はこの作品を単なる朗読劇ではなく、できるだけ矢口の狙った効果を生かして上演したいと申し入れていたからであった。しかしそのため、矢口は前ほど卜部すえと会う機会をつくれなかった。以前だったら、一週間もすえに会わないでいると、矢口は何か落着かなくなり、都心に彼女を呼びだしたものだった。

しかし芝居の稽古に立ち会っていて、夜おそく自分の部屋に戻るような日が二週、三週とつづいても、矢口はほとんど卜部すえのことを思い出さなかった。思い出しても、さし当って片付けることに忙殺されていて、彼女のことは何となく後廻しにしていた。

「何かあれば言ってくるだろう」

矢口は心の底でそう思っていた。

その日、演出家の下宮が新しい上演方法を考え、その説明を俳優たちにしていた。そのとき劇団の事務員が入ってきた。

「矢口先生、お電話です」

電話の声はト部すえの声であった。

「しばらくだったね」

矢口忍は遠くの声に向って言った。

「とてもお電話したかったんですけれど、お邪魔になると思って。いま、よろしいんですの？」

「いいんだよ。ちょうど演出家の説明が終ったところだから」

「実は、ハイユークさんが急に帰国することになって、先生にお目にかかる時間がないんです。よろしく伝えてほしいということなんです」

「それは残念だね。芝居を見てもらえると思っていたのに」

「舞台のほう、進みまして？」

「かなり面白くなりそうだよ。梶君もそのまま劇団のほうに加わったしね。それに衣裳やアクションがつくと、ちょっと感じが違ってくるんだ。一度見にくるといいのに」

「きっとお邪魔になりますわ」

「遠慮深いんだね、君は」矢口はそう言ってから、すえをしばらく放り出していた自分が、何とはなしに咎められた。

「いつか食事でも一緒にしない？」

「よろしいんですの？」すえの声が明るくなるのがわかった。「でも、お邪魔しているのじゃありません？」

「全然」矢口は言った。「舞台のことやなんか、君にも話したいからね」

「まあ、うれしい」すえの声はふるえた。「私、どんなにうれしいか、言葉じゃ言えません」

矢口忍がすえと場所や時間を決めて稽古場に戻ると、ずんぐりした演出家の下宮礼二が、ぎょろ眼をむきだし、顎の先にはえたひげに手をあてながら、合唱隊の位置を指示していた。

「つまり、こんな具合に、合唱隊が観客席を取りかこむのです」下宮は矢口の姿を見ると、そう説明した。「合唱隊を舞台の片隅に立たせて、ただ朗読するというのでは、面白味がありません。だから、観客席のなかに下りてきて朗読させます。主人公たちも、自由に舞台から観客席に下り、また観客席から舞台に上るようにします。そうです、舞台という固定観念をこわしてしまいたいんです。劇場全体が芝居上演の場になるわけですね」

下宮礼二の指示で若い演出助手が稽古場のなかを走りまわり、合唱隊を幾組かに分けたり、組ごとの場所を決めたりしていた。そのたびに若い男たち、女たちが波のように揺れ、湧きたち、渦を巻いた。

「はい、それまで。動かないで。並んで、並んで」

演出助手の声がし、ざわめきが止み、すぐに次の朗読がはじまった。

「もっと力強く。もっと暗く」

下宮が合唱隊の湧きだすような声に向って叫んだ。声は力強くなり、いっそう暗く重い響きを帯びた。

男と女がこんなふうに一つになり、共同の目的のために、心を合わせて動くのを、矢口はいままで見たことがなかった。

はじめは棒立ちのまま、素材のままだったのに、それが一日一日と、丸味を帯び、表情を持ち、複雑な形に変化してゆく——大勢の男女が、ただその形をつくりだすために、夢中になって声をあげ、手を振り、身体を動かしているのであった。

矢口は、こうした稽古場での感銘を卜部すえに話してやりたいと思った。

矢口忍は詩劇の仕事がはじまってから、友人の江村卓郎と会うほか、ふだん付き合っている詩人仲間と顔をあわせる機会が少くなっていた。

それに稽古が夜おそくなり、稽古のあと、演出家を囲んで若い男女が演劇を論じたり演技論を戦わせたりするのに付き合うようになると、矢口忍の日常は、以前とかなり変化していった。

彼はもともと大学の講義もあり、午前中に仕事をすることが多かったが、稽古場に出入りするようになってから、大学に出る日をのぞくと、ほとんど昼近くになって起きだした。

当初、矢口は、時計が十二時を指しているのを見ると、一日の大半が終ってしまって、自分だけが取り残されたような、一種の道徳的なうしろめたさを感じた。顔を洗ったり、新聞に眼を通したりしていると、もう外はそろそろ日暮れてゆくという感じだった。

しかしそんな時刻に稽古場にゆくと、演出助手も、若い男女の俳優も「おはようございます」と言って挨拶した。

「ぼくがいままで忠実に仕えてきた日常の時間など、彼らには問題じゃないんだな」と、矢口忍は、若い男女が台本を読んだり、身体を動かしたりするのを見ながら考えた。

「彼らには、彼ら独自の時間がある。日が昇ったり暮れたりするのに無関係な、彼らの精神のリズムに合致した、独自の時間がある。彼らに較べたら、いままで朝早く起きて充実感を覚えていたぼくなど、何という俗物だったのだろう」

矢口はこうした男女のなかに梶花恵を置いてみると、彼女の風変りな生活や挙動がいささかも突飛に見えないのを不思議に思った。とくに彼女が恋人役に抜擢されてからは、彼女の風変りな挙動が徹底していればいるほど、この男女の群れのなかでは、一段と光彩を放つように思われるのだった。

それに矢口忍の心を強く捉えたのは、演出家の下宮礼二の自由な生き方だった。彼は、あらゆる既成の秩序は新しい芸術をつくりだす力を押えるものだ、と主張していた。

下宮の指導のせいで、劇団の稽古場では軍隊式の厳格な秩序と規律が支配していたが、それを離れると、彼らの生活は自由であり、放縦ですらあった。

「男と女が存在すること、それが芸術の源泉ですよ」ずんぐりした下宮礼二は、ぎょろ眼をむき出して言った。「詩の焔は、男と女が引かれ合う心に燃えるんです。これが消えたら芸術なんてありえませんよ。だから、ぼくはみんなに言うんです。恋をせよ、恋をせよ、恋をせよ、とね。つねに恋の火を燃え立たせておかなければなりませんよ。男にとって女があり、女にとって男がある。それが芸術の火をつくるんですね」

いつか矢口忍はそのことで江村卓郎と話し合ったことがある。

「おれは下宮とは親友だがね」江村は矢口に言った。「必ずしも彼の意見に賛成じゃないよ。彼はね、既成の秩序に反対しなければ何もできないという固定観念に捉われすぎている。あれではただ破壊の連続でしかないだろうな。恋人ができたとたん、その恋人をすてるようなものだ」

江村卓郎の反対意見があったにもかかわらず、矢口忍が下宮を中心に集る男女の群れに感じる魅力は強烈だった。それは身体を痺らせる媚薬のように矢口に作用していた。

彼は時には午後遅くなって眼覚めるようなことがあり、当然、大学のほうの休講も多くなった。ほんの数週間前まで、やむをえず休講届けを出すようなとき、彼は一種の罪障感にさいなまれたが、稽古場で夜を過すようになってから、それが不思議と拭ったように消えていた。そして自分がなぜ昼の秩序を代表する大学のようなところに勤めているのか、理解できない気持になるのだった。

彼はその頃、稽古場に江村卓郎が堂々とした身体を現わすと、よくこの昼の秩序と夜の秩序について議論した。

「おれも夜の魅力については同感だがね」江村は言った。「お前さんのように首までどっぷり漬かっては毒だね。それじゃ、せっかく活力になるものも、逆作用になるのじゃないかね」

しかし矢口忍にはそう思えなかった。下宮の言う「恋の焔」――それが芸術の根源の力であることは間違いなかった。そして彼にとって芸術とは詩を書くことだった。詩を書くためになら、詩人である以上、何でもやらなければならなかった。

矢口は第一詩集のあと、たしかに詩を書きつづけたし、技巧的にも手がこんだ、洗練された詩を書いていると批評されたが、しかし彼自身は、心のどこかで、第一詩集にまとめた詩ほど、思いのたけを歌いきった、という感じがなかった。むしろ初発の激しさがなくなっただけ、それだけ手のこんだ、韻律や字句の複雑な詩を書くようになったといってよかった。

「おれには、前の詩がいいな」

江村卓郎は酒を飲むと大声でそう言った。

「ぼくはいまの詩のほうが現代詩としてはよく書けていると思うな」

矢口が答えた。

「よく書けているかもしれないが、おれは前の詩が好きだよ」江村は酒をぐいぐい飲んで言った。「前の詩には心の歌があるよ。それがじかに伝わってくるよ。お前さんが雲の詩を書くだろ。それを読むと、おれは雲を見に、北アルプスに登りたくなるよ。矢も楯もたまらず、おれは山に登って雲を見たくなるよ。鼻の先をかすめてゆく雲が見たくなるよ。風の詩だって、そうだ。都会の詩だって、そうだ。お前の心が歌をうたっているんだよ。でも、最近のには、それがないな。専門家にはいい詩なのかもしれないが、おれには面白くないよ。歌がないからな」

江村に言われるまでもなく、それは矢口自身、痛切にわかっていることだった。彼は西欧の詩人たちの詩論も読み、日本古来の歌論などにも親しんでみた。

事実、時おり、激しい喜びに似た気持に貫かれることがあり、それを捉えようとノートを開いた。しかしそれは詩の形をとる前に消え去っていて、心のたけを歌いあげるということは、ほとんどなくなっていた。詩論の勉強も役に立たなかった。

しかし矢口は夜の世界にふたたびこの心の歌を見たように思ったのだった。

矢口忍と会うことになっていた日、朝から雪が降った。前の晩、寒いと思っていたが、灰色の空から、大きな雪が音もなく花びらのように降ってくるのを見ると、卜部すえは、そうした白い世界に自分の息が吸いとられるような気がした。いくら息をしても、空気が胸に流れこんでこないような気がしたのだった。

彼女はしばらく廊下に立って、なぜそんな気持になったのだろうか、と考えた。久々で矢口と会うことを思うと、胸いっぱいに嬉しさがこみあげてくるのに、いつもと違って、そのどこかに、ちょっぴり、悲しい感じがまじっていた。

すえはそれを雪のせいにした。自分は本当は嬉しいのに、雪なんか降ったために、ちょっとばかり悲しいのだ——そんなふうに思おうとした。そして実際、彼女が身仕度をして出かける時間になると、まだ雪は降りやまなかったのに、彼女の心は、早鐘を打ちはじめ、身体が甘美なもので痺れてゆくのがわかった。

その日は休日だった。矢口忍がわざわざその日を指定し、昼食をして、午後は映画でも見たらどうだろうか、と提案したのだった。

「先生に会うのは何日ぶりだろう。いいえ、先生なんて呼んじゃいけないんだわ。忍さんよ。

忍さん。忍さん」

卜部すえは雪の道を駅に向って歩きながら、そう声に出して言った。

郊外線の駅は、休日なのに混雑していた。プラットフォームから陸橋まで、乗客が溢れていた。線路の上に雪が静かに降りつづけていた。ふだんよりも町の物音がしなかった。卜部すえはまた、息を吸いとられるような気持を味わった。

電車はなかなかこなかった。帰る乗客もかなりあったが、プラットフォームは相変らずごった返していた。

「ひどいものだな、これでサービス向上というわけかね」

肥った革ジャンパーの男が、すえのいるのを意識して言った。

「もう四十分もストップしたままですよ」

別の男が言った。

「アナウンスでもあったのかね」

「何か隣の駅で事故だとか言っていましたがね」

やがて駅長室の前で人波が揺れるのが見え、人々ががやがや騒いでいた。

「まだ当分動く見通しはないそうですよ」

人波のなかから戻ってきた男が言った。

そのときアナウンスがあり隣の駅で人身事故があったことを告げた。

「もっと早くいえばいいのに」

革ジャンパーの男が毒づいた。

「なんでも若い女が自殺したんだそうですよ。いきなり電車に飛びこんだらしい」

誰かがすえの後でそう言っていた。

彼女は一瞬息が吸えなくなり、「あっ」と声を出しそうにした。

彼女がタクシーに乗ることを思いついたとき、すでに乗場には長蛇の列ができていた。すえはタクシー乗場に並んでいたため、やっと開通した最初の電車に乗りそこなった。

雪のせいで連絡の電車も間遠だった。すえは革の手袋をとったり、はめたりしていた。時間だけが過ぎてゆき、電車ものろのろ走り、乗り降りの時間はやたらに長くかかった。卜部すえが約束の喫茶店に着いたのは、矢口が言った時間を二時間以上すぎていた。

すでに雪はみぞれになっていて、舗道はぐしょぐしょに濡れていた。傘を斜めにして、そんなみぞれのなかを、若い男女や、女連れ、親子連れが行きかっていた。

すえはもう覚悟はしていたものの、店のなかに矢口忍の姿が見えなかったとき、さすがに涙がこみあげてきて、店のなかが滲んで見えた。

彼女はウエートレスの一人に矢口の身なり、特徴を説明して、そんな人はここにいたか、と訊ねた。

「お待ち合わせのお客さんは多いものですから」

若い女は一々取りあってはいられないというように事務的にそう答えた。

すえはテーブルに向き合っている男女を順々に見ていった。自分に見落しがあって、ひょっとしたら、矢口の顔がそこで笑っていやしないか――すえはそんな気持で店をもう一度見わたした。

あんな事故さえなければ、自分も、あの人たちのように、いまごろ、ここで、こうして矢口忍と楽しく語り合うことができたのだ――彼女は、そう思うと、あたりかまわず大声でそこに泣き伏したい気持だった。自分がそこに一人立っていて、他の人たちが楽しく話しているのが、何か非現実な情景のように見えた。ばかげた、納得できないことに思えたのだった。

「お客さん、席があきましたけれど」

すえは若いウエートレスにそう言われて、思わず我にかえった。彼女は一瞬、もうしばらくここに待っていようか、と思った。万一何かの具合で、矢口がおくれるということもあるではないか。彼のことだから、演出の打合せか何かがあって、二時間、三時間おくれることだって考えられるではないか。

彼女はそう思って、細い、はかない希望の糸にすがるような気持で、窓際の席に腰をおろした。せっかくの一日が、みじめに崩れるのを見るのは辛かった。窓の向うにびしょびしょみぞれが降り、空がいっそう暗くなっていた。

彼女はふと、さっき郊外線の駅で自殺した女のことを思った。何でそんなことをしたのだろう？　心を打ちあける人はいなかったのだろうか？

彼女は運ばれてきた飲みものに手をつけず、じっと入口のほうに眼をむけていた。

そのとき、矢口がこんなおそくここにくるわけはないという確信が、心に飛びこんできた。何かに身体をどやしつけられたような気がした。

「なんて私はばかなのだろう。きっと家に帰っていらっしゃるのに。ばか、ばか、ばか」

彼女は小走りにカウンターまでゆき、電話機をとりあげた。

電話の奥でベルが何度も鳴っていたが、矢口が出る気配はなかった。

卜部すえはまるで魂を抜かれた人間のように、受話器をおくと、ふらふらと、窓際の席へ戻っていった。

そのとき、窓の向うのみぞれのなかを、傘を斜めにして、楽しそうに話しこんでゆく男女の姿が眼に入った。二人は身体を寄せ合って歩き去ろうとしていた。

卜部すえの身体がびくっと反りかえった。彼女は反射的に戸口のほうへ走った。

男の姿は矢口忍だった。傘が邪魔をし、後から見ただけなので、はっきり眼にとめたわけではなかったが、それは矢口の姿だった。少くとも矢口の姿にそっくりだった。

誰かが彼女を呼びとめる声を聞いた。ドアをあけて、すえは二、三歩舗道のほうに走りだしていた。みぞれが肩に降りかかった。

しかし彼女の足はそこでとまった。

彼女の前には、傘の流れがゆらゆらと動いていた。矢口らしい男は、もうその傘の流れのずっと先を歩いていた。それは、追いかければ追いかけられない距離ではなかった。事実、すえは追いかけてみたい衝動に駆られた。

しかしその矢口に似た人物が百パーセントかれであるとは限らなかった。むしろ矢口を見失ったト部すえの眼が、矢口の似姿を、錯覚する可能性のほうが強かった。彼女がその男を追いかけていって、果してそれが矢口でなかったとしたら、そのみじめさは救いようがなくなる。そんなみじめさの中へ、わずかの可能性のために、飛びこむべきだろうか。

それに——とト部すえは考えた、もしそれが矢口忍であったら、彼と談笑していた女は誰だろうか。すえが矢口に追いついたとしても、彼女は、矢口に腕を絡ませている他の女と顔を付き合わさなければならなくなる。そんな居たたまれない状態のなかにいて、矢口の顔をまともに見られるだろうか。いや、いや、それより何より、矢口忍が、別の女と腕を組んで、そんな場所を通ってゆくことがありうるだろうか。そんなことを考えるほうが、そもそもどうかしているのではないだろうか。

矢口は彼女を待っていたのだ。なるほど彼女はおくれたかもしれない。しかしそれは不慮の事故のせいだったし、矢口だってそう推測するだけの想像力は持ち合わせているはずだ。その矢口が、それから二時間後に、同じ場所を、別な女性を連れて、通ってゆくだろうか。その女性が誰であれ、彼は、すえの替りに、その女を呼び寄せたのだろうか。そんなばかなことがあるだろうか。

すえがみぞれのなかに立ちどまったのは、こうした思いが彼女の衝動を辛うじて押えたからである。

「あれは錯覚だったのだ。あれは忍さんなんかではなかったのだ」

すえはそう独りごちた。彼女がみぞれに濡れた肩も拭かずに店に戻ると、戸口から彼女を見ていたウエートレスは「どうかなさったのですか」と訊ねた。

「いいえ、何でもないの。ちょっと人違いしたの」

彼女はそう言って無理にほほえもうとした。

ト部すえはどうやって自分の家に戻ってきたのか、どうしても思いだせなかった。気がついたとき、暗い部屋に電気もつけず、坐っていた。

彼女はただ、ずっと自分が重苦しい悲しみのなかに閉じこもっていたことだけを思いだすことができた。電車に乗ったような気もした。階段を上り、また階段を下りたような気がした。

しかしつねに彼女は、いまにも泣きだしそうな気持をこらえていた。その悲しみをじっとたえて、彼女は家に帰ってきたのだった。

楽しい一日の夢がこわれたことは、仕方がなかった。そのことは彼女もあきらめていた。

しかし矢口に似た男が、女と腕を組んで歩いていたこと――そのことが、どうしても彼女の心から消えなかった。どんなに理屈をつけて矢口の潔白を弁護し、そんな邪推をする自分を下劣だとののしっても、彼女の心に焼きついたその姿は、追い出すことができなかった。

「なぜあのとき、思いきって、確かめておかなかったのだろう。確かめておきさえすれば、こんな苦しい思いをしないですんだのに」

彼女は何度となく同じ言葉を繰りかえした。そしてそれを繰りかえすたびに、新しい苦しみが胸を引き裂くのを感じた。

しかしト部すえの心を最も苦しめていたのは、矢口に似た男に腕を絡ませていた女が、後になればなるほど、梶花恵に思えてならないことだった。

頭では、そんなばかなはずはない、と強く打ち消しても、梶花恵の姿は、時間がたつにつれて、はっきりした形で彼女の眼の前に現われてきた。着ている洋服の形、色、歩き方、腕の組み方、身体のこなし――そのどれをとっても、梶花恵でないものはなかった。

どうしてあの時それに気がつかなかったのか。どうしてそれほどはっきりした特徴を、あの瞬間に、見落したのか。

卜部すえは壁を両手で強く叩いた。気が狂いそうだった。

「そんなこと、あるわけがないわ。どうしてそんなことがあるの。忍さんがどうしてそんなことをすると思うの？　私は忍さんなしでは、もう生きられないのよ。いままでとは違う。もう違ってしまったのよ。忍さんがいなかったら、生きられない。生きられるわけがないわ」

彼女は両手で壁を叩き、声を押し殺して泣いた。

第四章　亀裂

考古学者の江村卓郎が矢口忍に呼びだされたのは、すでに早春の気配の漂うある夕方であった。彼らは山の仲間が集る店で落ち合った。

二人は詩劇『かわいた泉』の公演以来、ずっと顔を合わしていなかった。

「忙しかったのじゃないかい？」

矢口は江村の童顔を見ると、すまなさそうな表情になって言った。

「どんな話か知らんが、そんな改まった挨拶をされるような間柄じゃないと思うがね」江村卓郎は大きな身体を乗り出すようにした。「おれは、どんなときにも、友達と話し合う時間だけはとってある。こいつは、おれにとって、人生最大の楽しみだからな」

「君に会うと、どうも言葉がないな」

矢口忍は酒を相手につぎながら言った。

「今夜はばかにしおらしいんだな」

「ああ、ちょっと、君の気に入らぬ話をしなければならないんでね」

「おれの気に入らない？」江村卓郎は童顔に驚きの表情を浮べて言った。「それはおれのことかい？」

「いや、そんなわけはないよ」矢口はゆっくり頭を振った。「ぼくの一身上のことだ」

「ほう、どんなことか知らないが、お前さんについて、おれの気に入らんことがあるとすると、そりゃ何だろうな」

「ぼくはね」矢口忍は酒を一息に飲みほしてから言った。「梶花恵と結婚しようと思うんだ」

江村卓郎は酒を飲もうとして、そのまま、手を、自分の前でとめた。彼は、自分によくわからない言葉を聞いた人のように、眉と眉を寄せ、じっと矢口の顔を見つめた。それは驚きの表情、怪訝な表情というより、当惑した、悲しみの表情に近かった。

「梶花恵って、あの、女優のか？」

しばらくして、江村はやっとそれだけ言った。

「ああ、女優の梶花恵だ」

「君は、結婚しようと思うほど彼女と付き合ったのか？」

「別に長い間じゃない」矢口は眼を伏せて言った。「例の詩劇の公演の前後からだ」

「とすると、ここ二カ月ほどだな」

矢口は黙ってうなずいた。

「もちろん長さなんて問題じゃない」江村卓郎は大きな身体を窮屈そうに動かし、天井をしばらく睨んでから言った。

「だが、結婚を決心するとは、よくよくのことだな。そのことは、大丈夫なのか」

「ああ、大丈夫だ」

「おれは現実的な意味で言っているんだ」

「ああ、現実的な意味でも大丈夫だ」矢口は酒を江村についだ。「もちろん梶花恵は家庭向きの女じゃない。だが、ぼくが結婚したいのは、何もふつうの家庭をつくるためじゃない。何としても、あの女と一緒にいたいからなんだ」

「なるほど」江村は矢口を見て言った。「そっちのほうはわかった。ところで、すえちゃんには何と言ってあるんだね？」

「君にきてもらったのはそのためなんだ」

矢口は江村卓郎の浅黒く日焼けした童顔をちらと見た。江村の柔和な眼が、いつもと違って、息苦しい表情を帯びているのに矢口は気付いた。

「実は、ぼくは彼女にはまだ何も言ってないのだ」矢口はためらうような口調で言った。「どう切り出していいのかわからなくて、一日延ばしになっている。いつか、はっきり言わなければならないことはわかっているんだが、彼女の眼を見ると言いそびれてしまう。しかしいつまでもずるずる延ばすのは、ぼくもいやだし、第一フェアじゃない。それで、虫はいいとは思ったが、君にそれを頼みたいのだ。ぼくが、君の眼には、軽率な、心変りし易い男と見えることは、よくわかっている。正直のところ、ぼくも、どうしていいのかわからないのだ。どうしてこうなったのかもわからないのだ。このことについては、こうなってしまった、と言うほかない。卜部君に何かあったとか、彼女が嫌になったとか、そういうことじゃない。ある日気がついたら、ぼくの心のなかに卜部君がいなくて、梶花恵がいたんだ。無責任な言い方だが、そう言うほかない。それは事実なんだ。こんな言い方をして、君は腹を立てるかもしれないが」

「いや、腹を立てる、立てないという種類の話じゃないだろう」江村はテーブルの上を見つめ、しばらく腕を組んでいた。「おれはお前さんの言うことを信じるよ。おれにはそんな経験はないが、恐らくそんなこともあるのだろう。その辺のことは想像できるような気がする。だが、おれは梶花恵のことはよく知らない。おれの知っているのはすえちゃんだけだ。おれは、あの子がお前さんを愛しているのを知っている。それも、あの子らしく、何もかも投げ出すようにして、お前さんのことを愛している。そりゃ、はたから見ていても、胸を打たれるような愛し方だ。あの子がとりのぼせていると言えばそれまでだろう。だが、おれは、あんな子はめった

にいないと思うよ。あの子は、お前さんも愛してくれていると思っている。そのすえちゃんに
おれがいきなり、君が梶花恵と結婚する、と言ったら、どうなると思うね」
「そのことを考えると、ぼくも自分の身勝手を責めたい」矢口忍は冷たくなった酒を飲んだ。
「実際、ぼくも彼女のことを考えると、どうしていいかわからなくなる。しかしこのままずる
ずる引き延ばすわけにはゆかないんだ」
「すえちゃんは苦しむよ」
「ああ、それはぼくにもわかる。そのことを考えると、ぼくも辛い。だが、これはどうしよう
もないんだ」
「それなら、やはりお前さんが自分で言うべきじゃないかね」江村は酒をつぎ、それを飲み、
また酒をついだ。「おれが言うのは何でもない。もしおれがお前さんの身替りになれるのなら、
いつでもなる。だが、これだけは、そういうわけにゆかない。あの子は苦しむほかないんだ
よ」
矢口忍は黙って江村の言葉を聞いていた。
矢口忍が自分の心のなかから卜部すえがいなくなっていたのに気付いたのは、彼女を長いこ
と待っていた、あのみぞれの日の午後のことであった。
もちろん彼は長いあいだ待たされたことに多少いらいらしたし、彼女が姿を見せなかったこ

とに軽い不満を覚えたが、そのこと自体は直接、矢口忍の気持を変えさせたのではなかった。むしろ彼はト部すえを待ちながら、こんなに遅れるのは、彼女に何か起ったのではないか、と、不安な思いを感じ、そのまま彼女の家に出かけようかと何度も考えたほどであった。

彼はそうして何本目かの煙草を吸い終った。雪がいつかみぞれに変り、そのみぞれのなかを若い男女が幾組となく通っていた。

以前の矢口忍なら、そうした大都会の休日の午後に何か詩情のようなものを感じ、そこに一篇の詩をつくりあげることも不可能ではなかった。江村卓郎が矢口の詩を好んだのは、ふだん人が見失っている大都会のさりげない風景のなかに、心をときめかせたり、悲しみに深く沈ませたりするものを、彼が鋭く捉え、それを平明な言葉で表現していたからであった。

「矢口の詩を読んでいると、おれたちの住んでいるこの大都会が、まるで色彩や音響を内蔵した魔法の箱に見えてくるな。夕焼け空に立っている高層建築とか、深夜の電車の窓を濡らす冷たい雨とか、早朝のビル街の人気のなさとか、矢口が書くと、どれも、貴重な、かけがえないものに見えてくる。そんないいものが身近にあったのか、と、もう一度、それを味わいに外へ出てみたくなるな」

江村卓郎はよくそう言っていたが、矢口自身も大都会から自分が離れられないのを知っていた。彼は通勤者の列が駅を埋め、ビル街に吐きだされてゆくのに、時おり胸のうずくような喜びを感じた。大都会という巨人が、この通勤者の果てしない足音で、自らの活力を示そうとしているように思えたからであった。果てしない活力――それが矢口の感じる大都会だった。

矢口は旅を好み、よく旅をした。しかし閑散とした城下町を見たり、静かな谷間で時を過したりすることは、結果的には、あの大都会の活力を一層よく味わうことになるのだった。彼は谷川の音しか聞えないそうした旅の夜々、大都会の騒音を、具象音楽でも聞くような気持で思い出していた。中央駅を埋める群衆の足音、駅のアナウンス、車の音、建築現場のモーターの唸り、電気ハンマーの響き――それらはしばしば矢口忍の心を奇妙な酩酊感で満たした。

「ぼくは大都会が好きなんだな。高層建築や高速道路が本当に好きなんだな」

彼はそう独りごとを言った。

事実、彼はそういう感動を詩にした。愛着する風物を心のままに歌った。それはいつか何十人かの愛好者を彼のまわりにつくっていた。しかしその詩が、ここ数年来、彼には書けなかった。その日の午後、みぞれを見ていても心を強くゆすぶられるということはなかった。

矢口忍は何度か本気で、自分の心からこの無感動、無関心を追い出そうと努めたが、一向に効果はあがらなかった。まるでそうするこつを忘れてしまったかのように、何を見ても心は動かなかった。すべては平板で、ありきたりのものにしか見えなかった。

逆に、スモッグに覆われた不快な都会に、なぜあれほど感動を覚えたのか、理解できない気持になった。前日の疲労の残る通勤者たちの黄ばんだ顔や、混雑する駅の雑踏や騒音は、感動どころか、むしろ不快感を呼び起した。誰一人として喜んで雑踏にもまれている人はなかった。疲れ、いら立ち、追い立てられて、人々は日々の惰性のなかを動いているにすぎなかった。

しかし矢口忍が都会の魅力を感じなくなったのと同時に、彼がそれまで詩の題材にした身近な物――机とか、花瓶とか、暗い室内とか、窓とか――もまた、急速にその魅力を失って、机は机、窓は窓にしか見えなくなったのだった。

そのことを最初に指摘したのは江村卓郎だった。

「おれはどうも前の詩のほうが好きだな。前の詩は、読んでいて、心があたたかなもので脹らんできた。しかし最近の詩にはそれがないな。ひどく理屈っぽくなっているんじゃないかね」

江村の言葉は素直な感想だっただけに、矢口忍がひそかに危惧していたものを、ぴったり言い当てた感じであった。

矢口忍はなぜ自分がそうした無感動のなかに陥ってしまったのか、あれこれ考え、身もだえし、人工的に感動をつくりだそうとしたが、虹色に光るシャボン玉でも消えたあとのように、そこにはただ空虚な感じだけが残った。

矢口忍がみぞれの降る午後、何ら詩的な感興を見出すことができなかったのは、決してそのとき彼が不満を覚えたり、いら立っていたりしたためではなかった。たとえ卜部すえと会ったとしても、前に感じた詩情を、みぞれの午後に感じることはできなかったろう。しかし彼は、自分がそうして空虚な気持になり、都会の姿がただ退屈で平凡なものとしか見えないのは、こうして長いこと待たされているためだと思った。不満やいら立ちが、もっと深い灰色の無感動のなかから生れていることに、その時の矢口は、気がつかなかったのである。

詩劇の上演準備がはじまり、稽古場に通って演出家の下宮礼二と話したり、俳優たちの朗読を聞いたりするようになると、彼は、昔の興奮が戻ってくるような気がした。ヒットを打つこつを忘れた人間が、何かの拍子に、また打てるようになった感じだった。実際、彼はそれを詩に書いたわけではなかったが、少くとも詩の題材になるような快い酩酊感を覚えながら、そうした日々を送っていた。

それなのに、その午後、突然、彼は、また灰色の無感動のなかにいる自分を見せつけられたのであった。それと顔を突き合わすのは不愉快だった。

そのとき矢口はみぞれのなかを梶花恵が歩いてゆくのを見たのである。

矢口忍は自分が卜部すえを待っていたことも、無感動な自分にいら立っていたことも、その瞬間に忘れて、梶花恵の後姿を追った。

「まあ、偶然ですのね」

花恵は紺の長いマントの衿をすぼめるようにして言った。

「どこにいらっしゃるんですか、このみぞれのなかを？」

矢口はみぞれに濡れたまま立っていた。

「私はちょっと買いたいものがあって、この先の店にゆくんです。矢口さんこそ、どうしてこんなところに？」

矢口は、一瞬、卜部すえを待っていることを花恵に告げようと思った。しかしその大きな黒い動物めいた眼や、かげのある頬の窪みを見ていると、自分がすえを待っているなどと到底言えなかった。そんなことを言えば、相手が声をあげて笑いそうな気がしたのである。

矢口忍が後になって卜部すえのことを思い出すとき、心を最も鋭く悔恨の針で刺したのは、このときの自分の態度だった。

「第二詩集を出すために編集者と会っていたのです」矢口はそんなことを口にする自分にかすかな自己嫌悪を感じながら言った。「このところ、ぼくも時間がないものだから、こんな天気の悪い日にぶつかってしまって閉口です」

「前に、その詩集のこと、卜部さんから聞きましたわ」花恵は乾いた低い暗い声で言った。

「あのひと、それが出れば、間違いなく文学賞の対象になるって、そう言ってましてよ」

「いや、それは」矢口はぎくしゃくした口調で言った。「卜部君の誇張ですよ。とてもぼくの詩なんか、そんなものの対象になるわけありません」

「でも、演出の下宮先生もそう言ってましたわ」梶花恵は口の端に笑いを刻んだ。「詩劇もすばらしいし、有力な劇作家が誕生したんですって」

「いや、いや、そっちのほうは、これからですよ」矢口忍はそう言いながらも、自分が華やかな、甘美な波のなかにおぼれようとしているのを感じた。「『かわいた泉』はもっぱら下宮君の力で生命を保っているんです。それにあなたのおかげもある」

矢口は傘を傾けた男に背中を押された。

「こんなところで話しているわけにもゆきませんね。どこかでお話する時間はありますか」

「ええ、買物さえすましましたら」花恵はおかしそうに口の端にかすかに笑いを刻んで言った。

「でも、矢口さんのお仕事、いいんですの?」

「ぼくのほうは構いません。もう終りました。もともと終っているのも同然です」

梶花恵はその通りの装身具店に宝石の細工を依頼してあるのだ、と話した。

矢口は花恵とその店までゆき、そこからみぞれのなかを、同じ道を引き返してきたのだった。花恵は店を出るときから矢口の腕に自分の腕を巻きつけていた。そして宝石を贈ってくれた実業家の話をしきりと彼に聞かせたのであった。

矢口忍は梶花恵がその気前のいい実業家の話を辛辣にすればするほど、妙にせいせいした気持を感じ、ふだんの彼には似合わないような声をあげて笑った。

すでに矢口の頭からは卜部すえのことはまったく消え果てていた。みぞれのなかを、梶花恵と同じ道を戻り、すえと待ち合わせた店の前を通ったときも、矢口は、その店の存在すら気がつかなかった。

その日の午後、矢口忍はすえを誘って、映画会社の試写室でうつされる、北欧の高名な監督の映画を見ようと思っていた。それはドイツ歌劇を監督独自の映像で映画化した特異な作品で、かなり前から一部の愛好家の間では公開が待たれていたものだった。しかし映画の内容からいって、一般公開は見送られることになり、ただ関係者にだけ試写会の招待が出されていた。矢口忍が梶花恵と会ったとき、この試写会のことは頭からすっかり消え去っていた。前から、あれほど見たいと思っていた癖に、梶花恵の前では、それがまるで色あせて見えるのが不思議だった。

矢口は賑やかな大通りを見おろすレストランに坐って、みぞれが降りしきるのを見ながら、ボーイの運んできたメニューを受けとった。

「お食事には少し時間が早すぎますが」

ボーイが言った。

「まだ何もできないのかい?」

ボーイは無表情な顔で、そうだというように軽くうなずいた。

「どうしますか？　アペリチーフでも飲んで、しばらくお喋りしましょうか？　それともどこかで時間つぶししましょうか」

「私はどちらでもいいわ」花恵は口をとがらせ、そこに人さし指をあてて、指をしゃぶるような恰好をした。「何かいい時間つぶし、ある？」

矢口忍はとっさに試写会のことを思い出した。しかしそれが卜部すえと見るはずの映画だったことは、不思議なことに、そのとき全然彼の頭をかすめなかった。

「あ、その映画、すてき」梶花恵は乾いた暗い低い声で言った。「私も下宮さんに聞いていたわ。ぜひ、それ、見たいわ」

矢口は時計を見たが、時間はまだ十分に間に合った。

二人は車を拾うと、暗くなりはじめたみぞれの町をしばらく走った。

試写室には、悪天候のためか、思ったほど人が集っていなかった。彼はゆったりした贅沢な椅子に坐り、知った顔があるかと見まわしたとき、不意に、本来なら卜部すえとここに来ているはずだった、と思った。いったい彼女はどうしたのだろう――彼は心のなかでそうつぶやき、いらいらした、腹立たしい気持を味わい、こんなことになったのも彼女が悪いのだ、という自己弁護とも非難ともつかぬ思いが胸の奥をかすめるのを感じた。

しかし映画がはじまったとき、矢口忍は落着きの悪い不快な気分を忘れた。有名なドイツ歌劇の華やかな軽快な序曲が鳴りひびき、画面には、一人の北欧風の少女のにこやかな顔が大映しになった。

序曲の流れに従って少女の顔は、ほほえんだり、悲しそうになったり、謎めいた暗さを湛えたりした。そして時どき、その少女の顔は素早く、憂鬱な大きな眼をした作曲家の顔と変り、また少女の顔に戻った。

そのうち少女の顔にかわって、大人たちの顔が次々に大映しになった。北欧人もいれば、黒人もいた。眼鏡をかけた日本の知識人もいれば、そばかすのあるイギリスの若い娘もいた。頬骨のとがった、陰気な、窪んだ眼のチェッコの青年もいれば、端正な表情の中国人もいた。老人もいれば、若者もいた。あらゆる顔が、序曲の高まってゆく急テンポの流れに乗って、現われ、消えた。ただ顔だけが次々と現われるのだった。

矢口忍は梶花恵がそばにいることを忘れていた。そこには国籍をこえ、人種をこえた、〈人間〉というものの顔があった。悩ましい顔、明るい顔、やさしい顔、冷たい顔があった。しかしどの顔も、ただじっと、鳴り響く序曲——華やかで軽快なリズムの奥に響く甘美な音楽に聞き入っていた。

そこには〈人間〉が共通に結ばれる、恍惚とした昂揚感があった。

矢口は危うく涙ぐみそうになった。彼は感動のあまり、この憂鬱な大きな眼をした作曲家の手を強く握りしめたい気がした。その音楽を、ただ人間の顔だけで表現する監督の見事な着想にも、矢口は感動していた。

序曲が終ったとき、梶花恵は矢口のほうに囁くような声で「すばらしいわ」と言って、手を伸ばした。その痺れたような感動を、矢口もただ手を握りあってしか分ち合えないような感じがした。彼は梶花恵の左手を自分の右手で握り、そこに左手をそえて上と下から固く握った。花恵の手も、ある柔かな力で矢口の手を握り返した。

二人はそうして手を握り合ったまま、第一幕の明るい諧謔的な舞台を眺めた。

最初の字幕が現われたとき、梶花恵は矢口の手を強く揺さぶって言った。

「あら、字幕は日本語じゃないのね。これでは、私、お手あげだわ」

「何でもフランス語の字幕のしかなかったんだそうですよ。これは輸入の見本品ですからね」

「矢口さんはフランス語わかるんでしょ?」

「ええ、この程度ならね」

「じゃ、訳して聞かしてよ」

幸い映画はドイツ歌劇をそのまま忠実に映像にしていたので、せりふも少く簡単だった。矢口はそれを小声で直訳した。

滑稽な言葉がくると、花恵はくすくす笑った。矢口は自分の声が、知らぬ間に大きくなっているのに気がつかなかった。

前の席で、矢口たちのほうを振り向いて、誰かが、腹立たしそうに、しーっと声をかけた。

矢口忍は頬が熱くなるのを感じた。

「もうやめようか」

矢口が言った。

「やめないで」花恵は指を矢口の指の間に深く組み合わせて言った。「もっと耳のそばで、小さい声で言って。矢口さんの声、聞いているの、楽しいわ。耳のそばで言って。そうすれば誰にも聞えないわ」

あとになってから、矢口忍がそのときのことを考えると、すべてがそうなる他なかったような気持になるのであった。

卜部すえが姿を見せなかったこと、梶花恵と出会ったこと、ドイツ歌劇が若い男女の愛を童話ふうな無邪気さで描いた物語であったこと――こうしたことは、すべて矢口には神秘な符合のように感じられた。

それに、矢口が花恵の耳もとで訳した歌劇のせりふまで愛の言葉のやりとりで終始していた。

「私ガアナタヲ連レテユキマス、愛ガ私ヲ導イテ呉レマスカラ」とか「ドウカ、僕ノ妻ニナッテオクレ、僕ハ愛シテイル、愛シテイル」とか「愛ハ茨ノ道ニバラノ花ヲ撒クノデス」とか言う言葉は、日常の会話のなかでは、いささかも現実的な重さを持たず、むしろ面映ゆさしか感じさせないのに、矢口忍は、暗い試写室のなかで、花恵のいい匂いのする柔かな髪を顔に感じながら、それを耳もとで囁くと、まるで自分の気持をそこに託して伝えているような気がした。ちょうど舞踏用の仮面をかぶって踊っていると、女に近づくのも、その手をとるのも、仮面のおかげで、ひどく無責任に、軽々とやってのけられるのに似ていた。

梶花恵は時どきくすぐったそうに頭を振り、肩をすくめ、声を忍ばせてくすくす笑った。それから耳を矢口の唇に近づけ、矢口の唇がそれに触れると、花恵は息をとめ、手を強く握りしめた。矢口は香水とは別の、なまめいた、脂っこい、女の体臭を嗅ぐように思った。

矢口は、その夜、花恵と過しながら、演出家の下宮礼二の言葉を思い出していた。「詩の焔は男と女の引かれ合う心に燃えるんですよ。そうではありませんか。恋の火に焼かれなかった芸術など考えることができますか」

下宮の豪快な笑いが聞えるような気がした。

「魔法ノ笛ヲ吹イテ。笛ガ私タチヲ護ッテ呉レルノヨ」

矢口の耳に残っている歌劇の晴れやかな旋律が、憂いを帯びた若い女の声でそう歌っていた。

「魔法の笛？」矢口忍は梶花恵を愛撫で覆いながら考えた。「ぼくの魔法の笛は君だ。花恵よ、ぼくに心の歌を取り返してくれたのは君だ。いまこそ、ぼくは心の歌を歌えるのだ。君をこうして愛することは、遠い昔に決っていた。ぼくと君がこうやって結びつくために、すべてが、そのように決められていたのだ」

夜明けに矢口は一度眼ざめ、窓際まで立ち、カーテンのあいだから外を眺めた。

雪はすでにやんでいて、曇ったままに大都会が明るくなりかけていた。帯のような高速道路が、雪に白く覆われたビルや家々の間を、細くしなやかに走っていた。雪のせいか、大都会は清浄な、森閑とした気配に包まれていた。

矢口忍はそのとき「すべては太古からこうなるように定められていたのだ」という神秘な宿命感に貫かれるのを感じた。それは、森の奥の神社の前に立ったときのような荘厳な、ひんやりと澄んだ、静かな気持だった。

彼は部屋の闇の中で眠っている花恵のほうを眺めた。

矢口忍はほの暗いベッドの上で眠っている花恵を見ていると、激しい感情が痛いように突き上げてくるのがわかった。

つい昨日まで、梶花恵は梶花恵でしかなかった。いかに頻繁に会い、親しげに喋り合っても、所詮、それは他人であった。取り澄ました綺麗ごとに終る日常の間柄でしかなかった。

しかしいまは違っていた。この部屋にいるのは、彼と同じ欲望に燃え、同じ官能の炎に焼かれた共犯者であった。二人の間を区切っていた他人行儀の壁はもはやなくなっていた。二人は欲望という一つの坩堝《るつぼ》のなかに入れられていた。同じ目的、同じ行為で結びついた仲間であった。そのことについては、取り澄ましたり、他処《よそ》を向いたりしていることはできなかった。

この思いが矢口忍を幸福にした。あんなに遠くに、気まぐれに見えたものが、いま間近に自分のものとして横たわっていた。矢口は夢のつづきを見ているような気がした。そのとき花恵が頭を動かし、水が欲しい、と言った。

矢口が持ってきた水をごくごく飲むと、彼女はそのまま眠りかけた。矢口がその頬に触れると彼女は無意識に腕を廻そうとしたが、それは力なくベッドの上に滑り落ちた。

矢口忍が二度目に眼を覚ましたとき、すでに正午に近かった。

「おいしいコーヒーが飲みたいわ」

梶花恵はくしゃくしゃにした髪のなかに手を突っこんで言った。

「ああ、ぼくらはすてきな朝食をとらなければいけないんだ」矢口忍は言った。「ぼくは空腹だからね」

「矢口さんて健康なのね」花恵は大きなあくびをして言った。「私は朝は弱いのよ。コーヒーだけ飲みたいの。それも飛びきりおいしいコーヒーを」

矢口忍は髪をくしゃくしゃにし、シーツを身体にまきつけて熱いシャワーを浴びにゆく梶花恵を、何か新鮮な動物でも見るような眼で眺めていた。

化粧室から出てくると、花恵は、窓から大都会の拡がりを見おろしていた矢口に寄りそった。

「君って、変幻自在なんだね」

髪を項《うなじ》の上で縛り、さっぱりした表情をしている花恵を見て言った。

「どんなふうに見えて？」

「どんなふうって、何かひどく爽やかな感じだね。眼は物憂そうだけれど、顔の表情は活動的で、とてもすがすがしい」

花恵はこころよげに笑った。

「すごくいい眺めね。昨夜はこんな高い階だとは思わなかったわ」

梶花恵は矢口の腕に自分の腕を廻して言った。

「今日は雪だから、よけいすばらしいね」

「私たち、またこの部屋にしたいわ」花恵は声を明るくして言った。「私ね、とても、この部屋が気に入ったわ」

「じゃ、また、この部屋を使おう」

「でもね」花恵は甘えるように言った。「下宮先生にはこのこと内緒にしてね」

下宮の名前を聞いたとき、矢口忍はとっさに、それが誰のことかわからなかった。

「下宮って、下宮君のことかい？」矢口は花恵の動物めいた、大きな黒い眼を見て言った。

「どうしてそんなことが気になるの？」

「劇団のなかのこと、うるさいんですもの」

「しかし下宮君は物わかりがいいじゃないか。そんなことを気にするほうがおかしいな」

「私は、ほかから参加しているでしょう。だから具合がわるいの」

梶花恵は急に矢口の腕を放すと、部屋の反対側にゆき、ソファに坐り、足を組んだ。

「私ね、あまりそういうこと訊かれるの、好きじゃないのよ」花恵は長い象牙のシガレット・ホルダーに煙草をさした。「お互いにそういうことは訊かないって約束しましょうよ」

「しかし君が下宮君のことを突然言い出すものだから、ぼくはまた君が彼と……」

「何かあると困る？」

「困る困らないという問題じゃないんだ。ぼくは君を愛しているんだから」

「私、そんなふうに言われたこと、初めてよ。本当よ、それ」梶花恵は象牙のシガレット・ホルダーを眼の高さに支えて、煙をふーっと吹いた。「私、嬉しいわ。ほとんど感激しているのよ。でも、お互いに干渉しっこ、なしにしましょうね。それだけは約束してほしいの」

「ぼくのほうは干渉して貰ったって、一向に構わない」

「そんなこと、ないと思うわ」梶花恵はじっと矢口のほうを見て言った。「卜部さんのこと、私が邪魔したら困るでしょ？」

矢口忍はその瞬間、異様な衝撃が胸を貫くのを感じた。それは、花恵がすえの存在を指摘するまで、まったく彼女のことを忘れていたからであった。

「それは違うな」矢口は複雑な気持で言った。「ぼくは卜部君に好意は感じる。いや、君に会うまで、卜部君に対する気持は愛情だと思っていた。しかし君に会って初めて愛とはどういうものかわかったんだ。ぼくは君以外のひとに惹かれるなんてことは考えられない。君が卜部君と会うなと言えば、ぼくは喜んでそうするつもりだ。邪魔なんてことはない。ぼくには君以外に誰もいないんだから。今朝、ここから一人で雪に覆われた都会《まち》を見ていたら、突然、胸が熱くなった。君と二人だけでいることが、とても厳粛なことに思えたんだね。ぼくが君に結びつけられることは昔から決っていたんだ。そう考えただけで、ぼくは強く心を打たれた」

「詩人て、とてもすてきなことを感じるのね」梶花恵の窪んだ頰にかげができていた。「私ね、本当は、矢口さんの言葉に酔っているの。それに酔わない女はいないと思うわ。でも、現実って、ほら、ごたごたしているでしょ。そんなに詩みたいに綺麗にゆかないのよ。誰だって、それについてゆけないわ」

「ぼくだって綺麗ごとを夢みているわけじゃない。しかしぼくらは願わしい生き方をすべきじゃないだろうか」

梶花恵はしばらく黙って煙草を吸っていた。

「むずかしい話はよしましょうよ。それよりおいしいコーヒーが飲みたいわ」

梶花恵の言葉に、矢口忍は自分が危うく滑稽な嫉妬狂いを演じかけていたのに気づいた。

「ぼくは君を放したくないんだ」矢口はエレベーターのなかで言った。「ぼくの気持は、わかって貰えると思うけれど」

「もちろんわかっているわ」花恵は猫のようなしなやかさで矢口に腕をかけた。「私も同じ気持よ。あんな部屋で夜を過すの、私の趣味なの。私ね、贅沢なものがまわりにないと落着かないの。本当よ、生きている気がしないの」

「ぼくは君に不自由させないつもりだよ。君のためなら何でもしたい。どんなことだってできるような気持だ」

「たのもしいわ。私、そういう矢口さん、好きよ」

矢口忍は建物の地階で朝食とも昼食ともつかぬ食事をしながら、彼女の家庭のことを訊ねてみた。

「どうしてそんなことに興味があるの？」

花恵は乾いた低い声で言った。

「君みたいなひとが、どうして生れてきたのか、知りたいからね。ぼくは君みたいなひとが日本にいようとは想像もできなかったな」

「そうかしら」梶花恵はおかしそうに大きな黒い眼で矢口を見た。「劇団にはもっと変った子、いくらでもいるわ」

「いや、ぼくは君が変っているとは思わないよ。むしろ君は何とも自由で、いきいきしている。君が我儘を言うと、それさえ、君の魅力にみえる。君のご両親はどんなふうに育てたのかな？」

「すごく教育的な質問ね」花恵はコーヒーを飲み終ると、象牙の長いホルダーに煙草をつけた。

「父は外国商社の月給取りよ。戦前はヨーロッパ暮しだったらしいわ。でも、私が生れたときは、湘南でくすぶっていて、時どき会社に出て何かやっていたの。母もそんな父と一緒だったから、いつも、日本の暮しはいやだって、こぼしてばかりいたわ。私は、ま、外国暮しの夢を追っている夫婦の、遅まきの子供ね。両親は私のことをあまり構わなかったわ。私、ずっと勝手に生きてきた気がする」

「君の妙に異国風な感じは、そんな生活環境のせいだね」

矢口は、無表情に戻った梶花恵のかげのできた頬を眺めた。

「私、両親のようにはなりたくないのよ」花恵は象牙のシガレット・ホルダーを眼の高さに支えて煙を吐いた。「昔はよかった、昔はよかったで生きているの、見るだけで胸がわるくなったわ。どうしていまをよく生きないのか、どうしていまが最高だって言えないのか、私、そう思ったわ。私は両親のようにはなるまい、私は思ったとおりを生きたい——そう思いつづけてきたの」

「君はすばらしい人だね」

「だから、私ね、本当は成功したいの。成功しなければ、結局、いまが最高って言えないでしょ?」

矢口忍は梶花恵と別れてから、一度家に戻った。たった一日家をあけただけなのに、郵便受けには新聞やら郵便物やらがぎっしり詰っていた。

部屋には、空虚な、肌になじんでこない、荒廃した感じがあった。

「まるで長い旅行のあとみたいだな」

矢口はしばらく机の前に坐り、スタンドや書棚の書類入れを眺めた。

午後二時を少し過ぎた時間だったのに、曇っているせいで、夕方のように暗く、矢口は家中に電気をつけた。そうでもしないと、気持が滅入りそうな感じだった。

机の前に坐り、読みさしの本を開いたり、仕事のつづきに取りかかったりしたが、何となく落着けなかった。不安に似た、重い気分が胸の奥によどむのを矢口忍は感じた。

彼は机の前に無理に自分をしばりつけるのを諦めて、居間にゆき、二、三の手紙に返事を書いた。

そのとき、突然、昨日、映画で見たドイツ歌劇のことを思いだし、棚から、その一枚を取りだした。序曲の明るい、軽快な旋律が部屋のなかを満たすと、不意に、矢口忍は、自分が泡立ち流れる金色の波に包まれるような気がした。映画に出てきた少女のにこやかな顔が眼に浮んだ。深刻な顔、晴れやかな顔、考え深い顔、悲しげな顔、重々しい顔が、次々に現われてきた。そして梶花恵のやわらかな髪が顔に触るのを感じた。

序曲が終ったとき、矢口忍は、さっきの重苦しい不安が、跡形なく消えているのに気づいた。むしろ気持は晴れやかで、力に満たされていた。

「なんでぼくは、さっきは、あんな陰気な気持にとざされていたのだろう」矢口は急いで洋服をかえながら考えた。「ぼくは梶花恵とこんな状態になったことを恐れていたのだろうか。それとも、彼女が下宮礼二のことを口にしたのが、心にわだかまっていたのだろうか。昼の秩序を捨て、いささかだらしのない、気ままな生活のなかにのめり込んでいるのを、うしろめたく感じていたのだろうか」

矢口はネクタイを結びながら、幾分疲労の浮んでいる自分の顔を見つめた。

「だが、あの不思議な音楽が鳴り響いたとき、そうした憂苦が一瞬にして掻き消され、湧きたつような喜びが満ちてきたのだ。だが、これこそが、音楽の力なのだ。これこそが芸術の力なのだ。ぼくが不安におびえていたのは、生の快楽を両腕に抱きしめるこうした大胆な、力に満ちた態度を忘れていたからだ。ちっぽけな、けちな自分に捉われていたからだ。そんなうじうじした自分なんて捨てるんだ。この晴れやかな、大胆な世界のなかに全身を投げこむのだ。恋の焔が——生の喜びが人間の活力の源泉なのだ」

矢口は身仕度をおえた自分の姿を鏡の中に見ながらそう考えた。

稽古場に矢口が姿を現わしたとき、彼は、人前を構わず、梶花恵を抱きしめることができるような気がした。

花恵はかなり遅くなって姿を見せた。矢口は若い俳優たちの間をわけて、まっすぐ花恵のところへいった。

すでに稽古は始まっていて、下宮礼二が何人かの女優にポーズをつけていた。下宮の合図で人物が動き、俳優の一人が前へ出て重々しい声でせりふを言った。死んだ恋人を求めて死者たちの国へ下った公子が、自分の呪いに気づく場面であった。

「おお、木が枯れる。みどりの葉が、老人の髪さながらに灰色に変ってゆく。私が森に近づくにつれて、見よ、木々は枯れる」

公子役の俳優が悲痛な声をあげ、森を表現する女優たちの一群が、身をよじ、腕を苦しげに動かして、パントマイムで森が枯死してゆく場面を演じていた。

「ぼくは今夜もあの部屋で待っている」矢口忍は梶花恵のそばへゆくと、低い声で言った。

「ぜひ来てほしいんだ」

「その話は、稽古場でしてほしくないわ」梶花恵は冷たい挑むような眼で矢口を見た。「稽古が終ってから、また話して」

「君は下宮君に気がねしているんだね？」矢口忍は自分がふだんの調子とは違って、ひどく昂揚しているのを感じた。

「そうだったら、ぼくは、何もかも、彼に早く言ったほうがいいと思うな」

「やめて、それだけは」梶花恵はかげのある頰を横に向け、唇を歪めた。「あのとき約束したじゃない？」

「しかし君は彼のことを気にしている」

「気になんか、していないわ」

「じゃ、なぜ部屋にきてくれないんだい？」

「行かないって言ってないわ。まだ決められないって言っているんだわ」

「ぼくは決めてほしいんだ」

「矢口さんて、案外、強引ね」

「君がそうさせているんだ」矢口は自分でも思いがけない言葉を口にしていた。「ぼくには、もう何もこわいものがないんだ。君となら、どんなことでもできる。こんな気持になったのは、生れて初めてなんだ」

「こわいのね、矢口さんて」梶花恵は黒い大きな眼を見ひらいた。「いいわ、今夜、行くわ。でも、いつも行くなんて思っちゃ困るわ。私ね、自分がしばられるの、ごめんなのよ。そんなの、いやなのよ。そんなこと、自分で許せないの」

そのとき下宮礼二が梶花恵の名前を呼んだ。

「森の向うから君はまっすぐ走ってくる。だが、その前に、森が枯れてゆくのに怯え、訝るんだ。それを舞台の前面で、パントマイムで——そう、舞踏風に表わしてゆく」

梶花恵は、ずんぐりした下宮のそばで、手を拡げたり、顔をそらせたり、膝を曲げた脚を高く上げたりした。下宮礼二はぎょろ眼をむきだし花恵のポーズを直した。

矢口は、下宮の手が花恵に触れるたびに、全身が、針を刺されるような苦痛で、飛び上った。下宮が矢口のほうを向いて何か言っていた。彼は下宮の顎の先にあるひげが動いているのを見ていた。矢口も何か返事をした。懸命に何かを答えていた。しかし彼には、ただ下宮礼二が花恵に触れる手を、払いのけたいという気持のほか、何も感じられなかった。

矢口忍は梶花恵を誘う時、雪の夜を過した部屋の番号を合言葉のように使った。それは矢口の気持を婉曲に言い表わせるだけではなく、二千何十番というその部屋番号が、雪の夜明けに見た大都会の静寂と荘厳な眺めを、そのまま矢口のなかに呼び起したからであった。矢口忍はその荘厳さが二人の宿命を象徴するように思えた。彼がその夜明けの大都会をうたった詩は江村卓郎をひどく喜ばせた。

「こんどの詩はいいな」江村は詩の出ている雑誌を見ると、すぐ電話をかけてきた。「あれはいいよ。あのなかには、お前さんの心が歌っている。久々でお前さんの歌を聞いたよ。もう頭だけの詩はやめてほしいな。あんなものは詩じゃない。心の歌が聞えるのが詩なんだよ」

矢口忍は江村の言葉を聞きながら、自分がかつて摑んでいた詩の水脈にふたたびぶつかっているのを感じた。それに触れると、矢口はつねに自分の身体が二倍にも三倍にも脹らむような気がした。詩はその脹らみから噴水のように迸《ほとばし》りでるように感じたのだった。

矢口は若い頃の激しいそうした昂揚感をいま自分の手に取り戻したように思った。江村の電話を聞きながら、彼は、恋の焰こそが芸術の源泉だと言った演出家下宮の言葉を思い出していた。

「何はともあれ、この詩の水脈を、もう逃さないようにしなければならない。いまのぼくには、あらゆるものが魂を揺さぶるように思える。雲も、風も、窓にしぶく雨も、道ゆく人も、大都会の夕暮も、何もかも心をときめかせるのだ。思わず躍り上りそうな気持になるのだ。ぼくは以前こうした気持のなかで詩を書いていた。それが戻ってきたのだ。それがいまこの心に生きているのだ」

矢口忍にとって梶花恵はこうした心の昂《たかぶ》りを呼び起すために、なくてはならぬ存在だった。

彼は、彼女の乾いた低い暗い声に、魂が震えるように思い、動物めいた大きな眼や、かげのできる頰の窪みに、息のつまるような甘美な気持を味わっていたが、それ以上に、彼女は詩の水脈そのものと結びついた存在だった。彼は詩を書きつづけるために、梶花恵を手放すわけにゆかなかった。

「この謎めいた、冷ややかな女——この気まぐれで、傲慢で、野心的な女——大都会の騒音と贅沢と倦怠と無関心のなかから生れたこの女——それがぼくの詩の源泉なのだ。この女こそが、ぼくの幸福のすべてを支えているのだ」

矢口は夜の大都会を見おろす二千何十番かの部屋で梶花恵とともに過す折々、何度か、彼女を見ながらそう思った。

「私ね、いつか、こういう豪華なホテルに住んでみたいわ」梶花恵は象牙の長いパイプを眼の高さに支え、煙を吐いて言った。「幾部屋もつづきになっていて、いつもパーティができるようになっていて……。私ね、一軒の家にじっと住むなんて、考えるだけでぞっとするの。あんなところにいたら、苔がはえてしまうわ。生活の苔がはえたら、私たち女優はおしまいよ」

「いや、それは詩人だって同じかもしれない」矢口は梶花恵の言葉を聞きながら、心にそう思った。「生活の苔とは、所詮、日々の生活が惰性に流れ、何の感激も喜びもなくなる状態なのだ。そんなことになれば、詩を書くことはおろか、美しいものに夢中になることだってできなくなる。ただ無害で粗野な自己満足だけが日々の暮しのなかに居坐るようになるのだ」

矢口忍は梶花恵に会うたびに、彼女の喋り方、笑い方、足の組み方、煙草の吸い方に自分が魅了されてゆくのを感じた。まるで渦のなかへぐいぐい引きこまれてゆくような感じだった。花恵の横着、冷淡、放埒、傲慢まで矢口には何か貴重なものに見えた。こうしたしたたかな感じがなければ、梶花恵の、都会風の、一種凄みのある美しさは生れまい――矢口はそう思った。

事実、梶花恵は、矢口が二千何十番かの部屋番号を囁いても、つねに彼の気持を受け入れるとは限らなかった。詩劇『かわいた泉』の上演が近づき、稽古も主役の何人かにしぼられるようになると、花恵は何度かつづけて矢口の誘いを断わった。

「私に役をふって下さった下宮先生のことを考えると、遊んではいられない気持よ」梶花恵は鼻の孔をふくらますような顔をして言った。「私、帰ってからも、テキストの勉強しなければ。こんどの舞台で私の運が決るのよ。私、一生、豪華なホテルで暮すようになりたいから」

梶花恵の言い草にしては殊勝な言葉が多すぎたが、矢口は、それをそのまま信じるほかなかった。

ある晩――それは明日から舞台稽古に入るという夜であった――矢口忍は二千何十番かの部屋番号を書いた紙片を梶花恵のロッカーに挿んでおいた。間もなく、花恵は稽古場に姿を見せ、矢口を見ると、遠くから首を横に振った。

「駄目なのよ」梶花恵は矢口に近づくと言った。「今夜でここの稽古は最後でしょ。私たち、このあと、下宮先生のお宅で、最後の打合せがあるの。みんな集るのよ。遅くなると思うわ。それに、明日から、いよいよ舞台稽古。だから、よく休んでおきたいの」

矢口はそう言う花恵を無理強いするわけにゆかなかった。彼は他の仲間を誘う気にもなれず、ひとりで、顔なじみの店に出かけた。

「おや、元気がありませんね」シェーカーを振っていた肥ったバーテンが言った。「風が冷えますからね、何か暖まるものでも、おつくりしましょうか」

矢口はふだんのように軽口を叩く気になれなかった。

「いや、いいんだ。いつものを呉れないか」

矢口はそう言って、カウンターの前をじっと見つめた。

梶花恵に断わられたあとの、苦い寂寥感とともに、何となく割り切れない気持がよどんでいた。矢口忍はただそうした疑惑の苦しみから逃れるためにだけ、下宮礼二のところに電話をかけた。下宮は驚いたような声で言った。

「梶君はここにいませんよ」

「いないって、帰ったんですか?」

矢口忍は自分が間抜けな声を出していると思った。

「いや、梶君はここに来ませんよ」

「じゃ、集りはなかったんですか?」

「集りって?」

下宮は訝るように言った。下宮の言葉の調子から、梶花恵が出まかせを言ったのが矢口にはすぐわかった。

「いや、いいんです。ちょっと忘れたことがあったので。明日でいいんです」

矢口はそう言って電話を切った。

彼は平静になろうと努めた。そして自分では平静になってウイスキーを飲んでいるつもりだった。

「どうかなさったんですか?」

肥ったバーテンが不意に訊ねた。

「ぼくが?」矢口はバーテンの、眼尻の下った、好人物そうな眼を見て言った。「どこか変かい?」

「いや、そういうわけじゃありませんが」バーテンは言いにくそうな表情をした。「たったいま、畜生め、と十回ほどおっしゃったもので」

「もう酔いがまわったと見えるな。今夜は早々に退散するよ」

矢口は夜風の吹き荒れる人気ない通りに出ても、気持はいっこうにおさまっていないのを感じた。

「こんなことはわかっていたんだ」矢口は暗い夜空に明滅するネオンの下を急ぎ足で当てもなく歩いた。「あいつは下宮とか、演出助手の中村とか、出まかせの名前を言っていたのだ。打合せだとか、パーティだとか、両親に会うだとか。しかしすべては出まかせだ。顔色一つ変えないで、平気で、でたらめを並べたんだ」

矢口忍は自分の手の下から花恵が魚のようにすり抜けてゆくのに腹を立て、歯ぎしりをしたが、同時に、そういう彼女の姿態が強烈な芳香のように彼を捉えるのを感じた。

「なんという女だろう」矢口はいらいらし、舌打ちをして、眼の前から花恵の姿を振り払おうとした。「ああ、なんてひどいことになったんだ? おい、矢口よ、貴様はどうしたんだ?」

彼は自分が恥も外聞もなく、なんとか梶花恵を取り戻し、自分の腕のなかに抱きしめていたいという衝動を感じた。それは気が狂いそうに激しく矢口の喉もとを突きあげた。

「いったい、花恵は、誰と関係しているんだろう? いまごろ誰のところにいるのだろう?」

しかしいまとなっては相手は誰だって構わなかった。矢口はただ花恵を自分のそばに置いておきたかった。二度と他人の手に渡したくなかった。彼は深夜の町を寒風に吹かれて歩きつづけた。

梶花恵はすべてを下宮礼二に黙っておくように約束させた。なぜ下宮に二人のことが知られて困るのか。ひょっとしたら、彼女の相手は下宮ではないのか。もし下宮なら、花恵が矢口とのことを彼に隠しておく理由はある。だが、花恵はいま下宮のところにはいないのだ。としたら、なぜ黙っていろと言ったのか。

矢口忍は自分が幾つもの人格に分裂し、それぞれが勝手なことを言っているような気がした。一人が梶花恵の相手は下宮だと言うと、もう一人が、いや、それは中村だ、と言い、三人目が、それはいつかの実業家に決っているじゃないか、と叫んだ。

矢口は寒風の吹く大都会の夜の底をうろうろと歩きまわり、どこへ行ったらいいのか、わからなかった。自分の部屋に戻れば、苦痛とじかに顔をつき合わさなければならなかった。そのことを考えると、彼は外套のなかに首を縮め、夜風のなかを歩きまわっているほうが、まだましのような気がした。

矢口忍が梶花恵と結婚することを考えたのは、ただこうした疑惑や不安から逃れたい一心からであった。むろん梶花恵が家庭生活に向いているとは矢口も考えたわけではなかった。

しかし彼女を手もとにとどめておくには、ほかにどんな方法も思いつかなかった。ともかく花恵がそばにいて、生活を一緒にできさえすれば、他のことはどうでもよかった。矢口忍は、自分が放心して、いつか梶花恵の大きな黒い眼や、かげのできる頰の窪みを思い描いているのに気づき、はっとした。彼女の乾いた低い暗い声を想像すると、身体の奥を痺れに似た戦慄が走った。

矢口忍がこの気持を打ち明けたとき、花恵は喉をそらし、声をだして笑った。

「私ね、あなたとこんな関係になったって、結婚のことを考えているわけじゃないわ」

「ぼくだって、君がそんな娘っぽいことを考えているとは思わない。ぼくが結婚してほしいのは、君をぼくひとりのものにしたいからなんだ。前にも言ったね。ぼくは君なしでは生きられない。それは何も君に生活をみて貰うという意味じゃない。そんなことはどうでもいい。ただ君がそばにいてほしい。誰のところにも行ってほしくない。永遠にぼくと生活をともにして貰いたいのだ」

「私ね、誰かとうまく生活する自信がないのよ」

「それはやってみないとわからない」

「それに、ぜんぜん家庭向きじゃないわ」

「そんなこと、百も承知だ」

「私はすごく贅沢好きで、浪費家よ。あなたに負担をかけるわ」

「構わない。それが君の魅力の一つなんだから。君が何かを節約しはじめたら、それはもう君ではなくなるんだ」

「私ね、野心家よ。あなたの奥さんで満足、ってわけにゆかないのよ」

「それも知っている。ぼくは何も君にふつうの細君になってほしいと思っているわけじゃない。ただ君がぼくのそばにいてくれればそれでいい。そのためにだけ結婚してほしい」

矢口忍は自分が地に足の着いた堅実な考え方を全く無視しているのを知っていた。結婚のあと、当然家庭生活を考えなければならないことも、彼は、無視していた。梶花恵を自分のものにすること——それだけがすべてだった。あとはどうなってもいい、と、矢口は本気でそう思った。

矢口忍は詩劇『かわいた泉』の公演まで卜部すえのことをほとんど思い出さなかった。劇団の事務局から招待者の名前を知らせてほしいと言ってきたとき、彼は、突然、卜部すえの顔を思い浮べ、呵責《かしゃく》の思いが鋭く胸を貫くのを感じた。いかに梶花恵に夢中になっていたとはいえ、もともと彼女を紹介したのは、卜部すえではなかったか——彼は、そう思うと、自分の心変りはやむを得ないとしても、すえの慎ましさ、優しさにつけこんで、電話一つしなかった自分の態度が許せなかった。

「花恵とのことは、これはどうにも仕方のないことだ。だが、それだからと言って、卜部すえに対し為すべきことをしないでいいというわけのものじゃない。彼女に対してぼくは好意を感じていた。少くとも、そうした気持だけは、きちんと整理しておかなくてはならない」

彼はすえに対して短い手紙を書き、それに、『かわいた泉』の招待券を封入した。電話ではうまく気持が伝えられないし、むしろ実際に会ってから話し合ったほうが誤解もすくなく、自分の気持もわかって貰えそうな気がしたからであった。

公演初日の夜、矢口忍は彼自身の招待者をふくめて百人ほどの人々と挨拶を交わした。山の仲間もいれば、詩誌の同人もいた。時おり会う詩人仲間、飲み仲間もいれば、大学関係の先輩、同僚もいた。劇団関係の華やかな名前の人々からも、矢口は作者として挨拶を受けた。きらきら輝くものがあたりに満ち、河となって流れているような感じだった。彼は快い酩酊感を覚えた。

「ずっと稽古に付き合われたそうですね。下宮君もずいぶん緊張していたと言っていました。作者があれほど身を入れると、演出家も、まるで腕をためされているようなものですから」

劇団の先輩格の老演出家が温厚な口調でそう言った。そこには演出家の軽い皮肉もこめられていたが、矢口はそれを素直に祝いの言葉として受け取ることができた。

彼が稽古場に入り浸りだったのも、自分の処女戯曲の上演に伴う興奮、物珍しさ、自負心からではなく、梶花恵に対する惑溺からだという妙に開き直った気持があった。

浅野二郎のように明らさまに矢口忍の作品に不信の念を抱いていて、公演に顔を見せながら、わざと横を向いているような仲間も何人かいたが、矢口はそれに傷つけられることもなく、不快にも思わなかった。

「それでいいんだ。憎しみや嫉妬や競争心があって、それが渦巻いていて、なおかつ芝居が行われ、芸術作品がつくられてゆく。それはむしろ感動的な眺めじゃないか。シェイクスピアだってモリエールだって嫉視と敵意と妨害のなかで仕事をしたんだ」

矢口忍は小劇場のロビーを埋めている人々を一種の昂揚感に駆られながら眺めていた。

「忍さん」

そのとき誰かが呼んだような気がした。矢口は反射的に振りかえった。

卜部すえが和服姿でそこに立っていた。ひどく大人びた、なまめかしい姿に見えた。

「おめでとうございます」

すえは黒い潤んだ眼を矢口にむけて言った。

「ずっと元気だった?」

「ええ、身体だけは、どうにか」

「あれっきりになってしまって、本当に悪かったね」

「いいえ、そんな。悪いのは私のほうなんです。私、何度か、お電話したんです。でも、連絡するのが、こわくて、すぐ受話器を置いてしまうんです」

「こわい?」

矢口忍は卜部すえの黒い濡れたような眼を見た。

「ええ。きっと、私がお邪魔になっているんだと思えてきて、電話するのが、こわくなるんです」

「どこまでも君らしいんだな」矢口は人波に押されて、すえと並んで廊下の隅に寄った。「ぼくこそ早く君に連絡すべきだったんだ。それなのに、稽古やら講義やらで……」

「そんなことおっしゃると、私、どうしたらいいか、わからなくなります」卜部すえは涙ぐんで言った。「お目にかかるだけでどんなに仕合せか、とても口では言えません」

何人かの顔見知りが矢口忍を見つけて、人波を分けて近づいてきた。

「すごい人気じゃないか」山の仲間が言った。「やはりこういう新形式がうけるんだな」

「これは下宮君の意図なのかい？ それとも君の詩劇にそういう指定があるのかい？」

雑誌社にいる友人が訊ねた。彼は、座席のあちらこちらから俳優が立ち上ってせりふを言うという演出法にひどく感心した表情をしていた。矢口はそれぞれに適当な受け答えをしてから、また卜部すえのほうを向いた。

「せっかくの機会なのに、ゆっくり話もできないね」

「私、お邪魔になりますわ」すえは不安そうに廊下を埋める人々を見やって言った。「大事な方と、もっとお話しなければいけませんもの。私はお目にかかれただけで、もう仕合せすぎるんです」

「いや、この芝居について一番話したいのは君だよ。君こそが梶君を紹介してくれたんだから。今夜の成功は下宮君の演出力にもよるけれど、梶君のあの声の魅力のおかげでもあるんだ。みんなそう言っている」

「梶さんて、本当にすばらしい人ですわ」

「女優としても大型の新人だと下宮君などは言っている。でも、彼女を掘りだした当の人は君だよ」

「そんな」すえは顔を伏せた。「私、忍さんのお役に立てば、と思っただけですわ。梶さんは自分の力で何でも摑める人なんです。昔からそうでした」

矢口忍は自分と梶花恵のことを何とかすえに話さなければならぬ、と思った。しかし幕間の立話では、その機会は見つからなかった。

開幕のベルで卜部すえと別れたとき、矢口忍は、彼女が自分の心から完全に抜け落ちているのを見て、驚きに近い気持を感じた。人間の心は、一度に一人しか入ることのできぬ狭い箱のようなものだろうか――暗い観客席に坐って矢口はそう考えた。

詩劇の公演は下宮の演出の新しさや、朗読劇という新形式などが一部の愛好家の関心を呼んで、五日間の上演期間はほぼ満員だった。矢口忍はその成功が嬉しかった。

「すべて下宮君の力です。作品のなかの可能性を十分に生かしてくれたのは彼ですから」

矢口は祝賀パーティの席上そんな挨拶をした。幾つかの雑誌、新聞が下宮と矢口の共同インタビューをし、カメラのフラッシュが光った。女優たちに花束が贈られ、拍手や歌が雰囲気を明るく盛りあげていた。

「ぼくも芝居をかなり長くやってきましたがね」下宮礼二はぎょろ眼で矢口を見て皮肉な調子で言った。「いつも、こんなわけにはいきませんよ。お通夜のようなことだってあるんです」

矢口忍は祝賀パーティに顔を出していた編集者から第二詩集の出版の相談をうけた。矢口は原稿を整理してから改めて話したいと答えた。

「いいことってのは、踵を接して来るものだな」そばでそれを聞いていた江村卓郎が言った。

「前には、いくら奔走しても、出版交渉はどこでも不調だったのに、こんどは、話が向うからやってくる」

「付いていますね、矢口さんは」酔ったらしい演出助手の中村が長身を前に傾け、長い髪を額に垂らしながら言った。「このぶんでは、こんどの演劇賞は『かわいた泉』がとるのは間違いありませんよ」

そのとき黒い薄いローブを着た梶花恵が近づいてきた。動きにつれて軽やかに舞い上るその薄いローブの下に、同じ黒の、身体にぴったりついた衣裳がすけて見えた。それは黒い海藻のゆらめきの間に身をひそめる鋭敏でしなやかな魚の影のようだった。

彼女は矢口の腕をとった。

「矢口さんは付いているわ。本当に」

花恵の乾いた暗い声は、矢口の身体を、つややかなビロードのように撫でた。

「いや、ぼくはそう思えないな。肝心のことで、まだ君の返事を貰っていないからね」

矢口は、わざと広間の人々のほうに顔を向けている梶花恵の頬のかげを見つめた。

「だから、私は」花恵は矢口を見上げると言った。「あなたに付きがまわっていると言いに来たのよ」

「それは本当なんだね？」矢口は花恵の腕に手を置いた。「君は、うんと言ってくれるんだね？」

「ええ。そういうわけなの」

「ありがとう」矢口は花恵の手を握り力をこめて言った。「本当に、ぼくは付いている。君の言うとおりだ」

「そう決ったら、早く発表したほうがいいんじゃない？　いまマスコミの人たちも来ているし、いいチャンスじゃない？」

「いや、いまはよしたほうがいいよ」矢口は花恵の肩を軽く叩いた。「やはりこういうことは準備が要るんだ。万事がきちんと決ってからのほうがいい」

「梶花恵にはひどく軽率で、思いつきだけで動くところがあるな」矢口はカメラの前でポーズしている花恵を見ながら考えた。「結婚の発表は、少くとも卜部すえに話してからあとにすべきだ。せめてそれが彼女に対する心遣いだ」

詩劇の公演が終ってからしばらく矢口忍は結婚にともなう雑用に忙殺された。

彼は故郷に帰り、彼に残された財産を姉から受けとったり、親戚に挨拶廻りをしたりして過した。身近な友人知人にはいずれこうした準備が終ってから、正式に通知するつもりでいた。

ただその前に卜部すえには、彼の気持をわかって貰う必要があった。もちろんどんなに説明したところで、彼自身にも説明のつかぬ心変りを、すえに伝えることは不可能であるかもしれない。しかし一度は彼女に愛情を感じ、それを口にしたことがある以上、そうするのが自分の義務であると矢口は感じた。

ただ実際にすえに会うとなると、次々に邪魔が入った。結婚式の日取りのことで人が訪ねてきたり、斡旋業者と家を見に出かけたり、梶花恵の両親に挨拶に出かけたり、買物に付き合わされたり、矢口は身体が幾つあっても足りない気がした。

すでに季節は春に入っていて、南のほうでは桜の便りが聞かれた。

矢口忍はある雨の夜、遅くなって自分の部屋に戻ってきた。薄暗い電灯が外廻りの階段をぼんやり照らしていた。そこから庭木が雨にぐっしょり濡れているのが見えた。その乏しい光の輪のなかを、雨脚が激しく降りしぶいていた。

矢口は部屋のドアをあけ、いったん入りかけたが、通路の薄闇のなかに誰か立っているような気がして、念のために、もう一度、闇の奥のほうに眼をやった。

「どなたかに御用ですか？」

矢口忍はそこに立っている黒い影に向って言った。しかしその影は黙っていた。

矢口はそのまま放っておくのも不用心だと思った。「もしどなたかに御用なら、私が伝えておきますが」矢口はそう言って相手の出方を待った。

黒い影はゆっくり通路の奥から矢口のほうに近づいてきた。

「私です」

黒い影はかすれた声で言った。

「卜部君じゃないか」矢口忍は雨に濡れた卜部すえを認めると、思わずその肩に手を置いた。

「こんなおそく一体どうしたの？」

すえはレインコートを着ていたが、傘をささずに雨のなかを歩いていたらしく、髪は雨に濡れ、乱れた毛が額に貼りついていた。

「傘がなかったの？　こんなに濡れて。風邪をひいたら大変じゃないか。さ、早く入ってタオルで頭を拭きなさい」

卜部すえは黙ったまま、機械仕掛けのように玄関に入り、靴を脱ぎ、レインコートを土間の傘立ての上に置いた。

矢口忍は乾いたタオルをすえに渡した。

「さ、ストーヴのほうに寄って。何か着換えたら。男ものしかないけれど、風邪をひくよりいいからね」

卜部すえは髪や顔を拭った。それから顔をうつむけ、黙ってゆっくり洋服のボタンをはずした。そのとき彼女は矢口のほうに顔を向けた。

「忍さん。梶さんのこと、どうして言って下さらなかったんですの?」

矢口はどんな巧妙な言い逃れよりも、ありのままを率直に言うべきだと思った。彼は卜部すえにガウンを羽織らせ、ストーヴのそばに坐らせると、彼と花恵の間に起ったことを話した。

卜部すえはストーヴの火をじっと見つめ、まるで蠟人形のように身動きしなかった。黒い濡れたような眼が時おり瞬きをしたが、別に表情らしいものは表われなかった。

「ぼくは君にこのことを隠していたのじゃない。これは信じてほしいんだが、ぼくは誰よりも君に最初に打ち明けたいと思っていたんだ。ただいろいろのことで遅れてしまった。ぼくは自分の口から君にそれを知って貰いたかった。それにしても君は誰からこの話を聞いたの?」

「梶さんです」すえは低いかすれた声で言った。「私、偶然あの人に町で会ったんです」

「彼女がはっきりそう言ったんだね？」

「ええ、いきなり〈私、矢口さんと結婚するのよ〉って言うんです。とても信じられませんでした」

「早く言うべきだった。きっと彼女は、ぼくが話してあると思ったんだ」

「私、頭を強く叩かれたような感じでした。音も聞えなければ、周囲のものも見えなくなりました。気が付いてみたら、ここに来ていたんです」

「じゃ、昼間からいたんだね？」

「ええ」

「食事もなにもしないで？」

「ええ」

「じゃ、おなかが空いただろう？」

「いいえ、私、何も食べたくないんです。ただ、あそこに立っていると、時どき、お向いの方が訊きにくるんです。それで、雨が降りだしたんですけれど、私、あちこち、歩いていたんです」

「悪かったね。寒かったろうね？」

「寒さは感じませんでした。でも」卜部すえは眉を苦痛に歪めて言った。「私、それは悲しかったんです。とても悲しくて、このまま、消えてなくなってしまえばいいと思いました」

「悪かったね」

「そのことは、もういいんです」すえは黒い濡れたような眼をあげて言った。「私、とても苦しみました。十年も二十年も年をとった気がしました。でも、そのことは、自分で我慢してゆきます。私、忍さんの邪魔になるくらいなら、苦しみを背負ったほうがいいと思っています。お目にかかったときから、そう思っていました」

矢口忍は黙ってうなずいた。

「でも、たった一つだけ、お願いがあるんです。こんなこと、いけないことだと、私、よくわかっています。わかっていますけれど、それがなかったら、これからさき、まるで空き家みたいに生きるほかないんです。私、悲しみました。とても辛い思いをしたんです。もしそれが可哀そうだとお思いになったら、どうか……一度だけ、私を、愛して、下さい」

卜部すえはそう言い終ると、矢口の胸に顔を埋め声をあげて泣いた。

第五章　流氷

夜風はなお吹き荒れていた。北国の荒々しい冬を前にした、深い、沈鬱な静けさが、風の去ったあとの一瞬、神社の森を包んだ。

さっき聞えていた卜部すえの声も、その静寂のなかに消えていた。

しかし次の瞬間、風はふたたびごうごうと夜空に吼《ほ》え、森の木々を波立たせ、ざわめかせた。

矢口忍は突然襲ってきた過去の情景の前で呆然としていた。それは記憶というには、あまりにもなまなましく鮮明な情景であった。手を出せば、その冷たさ、温かさに触れられそうな感じだった。

矢口は一度眠ろうとして床に入ったものの、夜風の荒れ騒ぐのを聞いていると、眼は冴えてくるばかりだった。

「過去とは記憶などではなく、この身体に肉となり血となりして残っている何かなのだ」

矢口は机の前に坐り直すと、客の残していったウイスキーを飲み始めた。眠りがくるまで、彼は、自分の過去に、もう一度付き合おうと思ったのである。

彼は梶花恵と結婚した前後の、大勢の人々と交錯した記憶がむしろぼんやりしていて、花恵と二人だけの記憶が鮮明なのが意外だった。花恵の言ったこと、したことが、取るに足らぬようなことでも、はっきり思い出された。

矢口ははじめから梶花恵の風変りな性格に惹かれていた。彼女が非常識であればあるだけ、それだけ魅力が加わってゆくような気がした。家のなかが乱雑でも、ここまで乱雑にできるのなら、それはもはや才能と呼ぶべきだ——矢口は江村卓郎によくそう言っては、この好人物の友人の頭を傾けさせたものであった。花恵が何の予告もなくいきなりマスチフ犬を買ってきたときには、さすがの矢口も一晩じゅう、風呂場で鎖をがちゃつかせるこの巨大な犬におびやかされた。

花恵は二、三日、柔かな犬の首にかじりついたり、芸をさせるといって部屋のなかを歩かせたりしていたが、結局、犬の世話に悲鳴をあげて、犬屋に引きとらせた。

矢口はその間、本も読めなければ、詩も書けなかった。まして花恵と出会った折々に感じたあの激しい情感は、ふたたび泡沫のように消えはてていた。彼は朝から晩まで花恵の気まぐれに翻弄された。

故郷の財産を処分して家を買ったあとには、矢口が予想したより僅かの金額しか残らなかった。その残りも花恵の気まぐれや浪費によってみるみる消えていった。

ある日、矢口はそのことを言うと、花恵は顔色も変えず、丹念に爪にマニキュアをしながら言った。

「でも、私に贅沢をさせてくれるっていう条件だったじゃない？」

「ぼくだって君の望みのままにやらせたい。しかし目下の状態はこんな具合なんだ。だからしばらく節約してやって貰いたいんだよ」

「それより、あなたがもっと稼げばいいんじゃない？　結婚披露だってこの家だって、本当を言うと、私、がっかりしているのよ」

矢口忍は花恵の声を追い払うように眼の前に手をやった。しかしその声は森のざわめきのなかで、一層なまなましく聞えた。

矢口は花恵の気まぐれ、無神経、身勝手を承知のうえで結婚した。当初、それが都会ふうな放埒な美しさをつくりあげているとさえ思っていた。

しかし実際に二人で生活を始めてみると、それは矢口の想像したよりも大きな負担になった。矢口が早朝の電車に乗って講義に出かけ、夕方戻ってくると、花恵はようやく寝室から起きだすのだった。

「もう少し早く起きたほうがいいんじゃないかな？」

矢口は花恵のためにコーヒーをいれながら言った。

「それ、皮肉なの？」

花恵は髪の毛のなかに指を差しこみ、あくびをこらえて言った。

「まさか。ただ君の身体のためを思ってさ」

「ご親切ね」花恵はぼんやりした表情で言った。「身体のためなら、このほうがいいのよ」

「しかしもうそろそろ夕方だからね」

「構わないわ。夜起きている人だっているんだから」

「ぼくは一日働いたんだよ」

「あら、私もそれに付き合えって言うの？」

「いや、そうじゃないが、二人の生活はちぐはぐにならないほうがいいと思うね」

「私が家庭向きじゃないってこと、知っているはずよ」

「そんなこと、言ってやしないよ」

「言っているわよ。私がどう暮したって勝手じゃない？　はじめからその約束なんだから」

花恵は着換えをすると、玄関のほうに出ていった。

「コーヒーをいれてあるよ」

「飲みたくないわ。起きた早々、変な言いがかりをつけられたら、誰だってくしゃくしゃするわ」

「言い方がわるかったら謝る。ぼくはそんなつもりじゃなかったんだ」

「いまさらそんなこと言ったって、気持は直らないわよ」

花恵は玄関のほうにゆき、それから戻ってきた。

「お金、これじゃ足りないわ」

花恵の眼には怒りと不満の色が浮んでいた。

花恵が雑誌のモデルで名前が出はじめたとき、矢口は半ば冗談に、舞台のほうも忘れては駄目だぜ、と言ったことがあった。

「私にちゃんとした役がまわってこないのは、あなたと結婚したからよ」花恵は冷たい表情で、唇を歪めて言った。「劇団の人がみんなそう言っているわ。あなただって第二作を書くって言いながら、何もしていないじゃない？　第二詩集だって、結局出版社のほうで断わってきたし」

「それは作品の内容とは無関係な問題だよ」矢口は冷たい怒りが胸の奥をかすめるのを感じた。

「あの出版社は好意を持ってくれているんだが、このところ、経営が苦しいんだ」

「じゃ、もっと売れるものでも書いたらどうなの？」

「ぼくは君の仕事に立ち入らないんだから、君も、仕事のことは言ってほしくないんだ」

「あなた、何もしていないのに、そんな大きなこと、言えると思うの？」

「こんな生活をしていては、詩なんて書けないよ」

「おや、変なことを聞くわね。結婚すれば詩が書けるようになるって言ったのは誰でしたっけ」

「そんな言い方はやめてほしいな」矢口は身体が怒りにふるえてくるのを辛うじて押えて言った。「ぼくは君がいないと詩が生れないと思う。いまだって、そう思っている。しかし詩を書くには、それ相応に静かな時間もいるし、落着いた生活もいるんだよ」

「じゃ、まるで私があなたの邪魔をしているみたいじゃない？　そんな言い方、こっちのほうがよほど不愉快だわ」

矢口忍はもうこれ以上何を言っても無駄だと思った。花恵はただ身勝手に考えるだけだし、矢口自身も自分の焦燥感から自由になれなかった。

彼は一度、もうすこし家庭的な環境をつくれば、自分も花恵も落着いた生活のリズムを取り戻せるのではないか、と考えたことがある。

「子供が一人ぐらいいたほうが、ぼくたち、もっとしっくり暮せるんじゃないだろうか」

矢口の言葉を聞くと、花恵の顔色がさっと変った。

「いやよ。それだけはいやよ。あんな荷物をぶらさげたら、私の人生なんて、もう終りよ。みじめそのものよ。あれだけはいやだわ。あれだけはごめんよ。もう二度と、そんなこと口にしないでよ。聞いただけで気が変になりそうよ」

矢口忍はまだ何か方法はあると思おうとした。投げたらお終いだという気がした。

江村卓郎と会って、その後どんな具合か、と訊かれたとき、「まあ何とかやっている」と言ったのは、見栄をはるためでも、負け惜しみでもなく、ただ不満や怒りを口にすれば、そのことがもとで、一切が崩れそうに思えたからだった。江村はそれを聞くと安心したような表情をした。

「すえちゃんも、その後どうしているかなって心配していたよ」

矢口忍はその時ひどく懐かしいものに触れたような気持でその名前を聞いていた。過去は思い出すというより、むこうから自然と現われてきたのである。

矢口忍はウイスキーを飲み、しばらく神社の森が夜風にざわめくのを聞いていた。

矢口は痛いものをこらえるように顔をしかめた。卜部すえから来た手紙を、花恵が開封した日のことが心をかすめたからであった。

「なんで、こんな非礼なことをしたんだ」

矢口は机の上に投げだされている手紙を見て、声を荒くした。

「そこに置いてあるだけ、有難いと思ってよ」花恵は頰の窪みをひくひく動かして言った。

「私ね、それを見たとき、ずたずたに引き裂いてやりたかったのよ。引き裂くだけじゃない。踏みにじって、泥まみれにしてやりたかったのよ。でも、私、そうしなかったわ。わかる、その理由？　証拠がほしかったからよ。それで、手紙を破かなかったのよ」

矢口忍は卜部すえが花恵を憤怒させるようなことを書いたのかもしれないと一瞬思った。しかし一瞥した限りでは、すえはただ二人の幸福な生活が羨ましいとだけ書いていた。どこにも憤怒させるような箇所は見当らなかった。

「この手紙のどこが気に入らないんだい？　好意をぼくらに示しているだけじゃないか」

「あなたが先にあのひとに手紙を書いたんじゃないの」

「江村から彼女がぼくらのことを心配していると聞いたからね。単に近況報告のつもりで書いた。それがいけないのかい？」

「返事の具合ではそれだけじゃなさそうね」

「それはまた、君らしくない言い方だな」矢口はむっとして言った。「いったい、どんなことで君は腹を立てているんだい？」

「あなたが、あんなひととまだ関係を持っていることよ。当然だわ、そんなこと」

「手紙を書いただけだ。それだけじゃないか」

「それも、それだって不愉快だわ」

「君にも原因があるんだよ」

「まさか。あなたを横取りしたから？」

「ある意味ではね。卜部君は、ぼくが君と突然結婚したことで参っていたらしいんだ。それも、そのことを君から直接聞いたからなんだ」

「私は横取りしたわけじゃないわ。それに、結婚することになっていたから、そう言っただけじゃない？　それがどうして悪いの？」

「いい、悪いの問題じゃない。君だって、卜部君にもう少しデリケートになってやるべきだよ」

「いったい、あなたって、あのひとの何なの？」

花恵はかげになった頬の窪みをひくひく動かした。

「別に何でもない。ただの友達だ」

「それじゃ、あなたの妻として、そんな友達付合いはやめてほしいわ」

矢口忍は怒りが自分を衝き動かすのを感じた。

「それなら、君はどうなんだ？　君もお気に入りの友達を切りすてるかい？」

花恵は顔色を変えて立ち上った。

「私ね、下宮先生にも申し込まれていたのに、あなたを選んだのよ。みじめな失敗ね」

矢口忍は花恵と激しい口調で言葉のやりとりをしたあと、突然、自分が、音のない谷間に突き落されるような気がした。すべてがばかばかしく、腹立たしかった。何よりも自分の愚かさに腹が立った。そして腹立たしさが消えると、どうにもならぬ寂しさが襲ってきた。

矢口はそうした寂しさに襲われると、反射的に卜部すえに会ってみたいと思った。すえの黒い、潤んだ、切れ長の眼が、無限のやさしさで彼を包むように思われた。

「私って雲が好きなの」いつか矢口忍と郊外の雑木林を歩いたとき、卜部すえは言った。「雲が好きな人って、現実逃避の傾向があるんですって。でも、私は、現実と戦っているわ。ほら、雲が好きでも。私の一番好きな雲は、冬の初めの、冷たい、ちぎれ雲なの。もちろん夏の雲も好きよ。もくもく湧き上る入道雲も好きよ。でも、一番好きなのは初冬の、冷たい、透明な、ちぎれ雲なの」

矢口忍にいま必要なのは、すえのこういう静かな言葉だと思った。

彼は花恵と誤って結婚したとは思いたくなかった。そう思うことは自尊心が許さなかった。自分にも他人にも、花恵との結婚に満足していると見せたかった。

にもかかわらず彼は卜部すえに会いたかった。どうしようもなく彼女と会いたい衝動が突き上げてくるのを感じた。彼は大学の研究室に一人でいると、声に出してそう言っている自分に

気がついた。花恵と日々顔を合わせながら、自分の気持がそれほど花恵から遠ざかっていると
は信じられなかった。
しかし矢口もさすがに卜部すえに電話することはためらわれた。自尊心や罪障感のためもあ
ったが、最大の理由は、彼が辛うじて支えている一点が、すえと会うことで、一挙に崩れはし
まいかと、思われたからであった。
彼は必死の思いで卜部すえを呼び出したい衝動を押えた。たとえそのため自分が悶え死ぬよ
うなことがあっても、彼女にあのような仕打ちをした彼が、死ぬ苦しみを受けるのは当然だっ
た。
彼は、颪のように吹き上げてくる衝動に、一日に何度か耐えなければならなかった。
そんなある日、大学の研究室に一人いるとき、卜部すえから電話を受けた。電話線の向うに
聞えるのは、消え入りそうな、細い、弱々しいすえの声であった。矢口忍は思わず自分がその
声のなかに吸いこまれてゆくのを感じた。一切をなげうって、その中に沈んでしまいたいよう
な気になった。
しかしその衝動がこみ上げてきたとき、矢口忍は自分の身勝手を責めた。卑怯な自分の弱さ
に激しい自己嫌悪を感じた。彼は卜部すえを渇いたように求めていればいるだけ、自分を殺し、
冷淡に突っ放さねばならぬ、と思った。

すえはこの前の手紙に自分の気持は書きつくしたが、一度だけ、じかに会ってお祝いを言わせてほしい、と言った。

「お会いできれば、私、しばらく東京を離れるつもりです」

彼女は最後にそう言ったのだった。

北国の夜風はなお荒々しく神社の森に吹き荒れていた。矢口忍はウイスキーを飲み、しばらく眼を閉じていた。彼の耳には卜部すえの電話の声がいまも聞えているような気がした。

――なぜあのとき彼女と会うのを断わったのか。なぜあのとき……なぜあのとき……。

深い谷底へ石が落ちてゆくように、その声は矢口の心のなかで、いつまでも反響していた。

せめて「君といま会ったら、ぼくはどうなるかわからない」とぐらいは言ってもよかったのだ、と矢口は思った。自分が許せないとか、自己嫌悪とか、いかにも自分を罰しているようなことを言っていても、その実、ただ自分にこだわっていたにすぎなかったのだ。電話線の向うから必死になって叫んでいた彼女の心の声を、そのために、ぼくはついに聞くことがなかったのだ。

「もしそれを聞くことができたなら、どうして、ああにべもなく、このところ、また原稿が忙しくてなどと、ありもしない理由を言って、彼女の希望を断ち切ったのか。原稿などどこからも頼まれはしないし、頼まれたって書けない状態だったのに」

矢口忍はウイスキーをコップにつぎ、しばらくそれをじっと両手の間に挟んで眺めていた。激しい感情に、そうやって、辛うじて耐えていた。

「忍さん、それじゃ、どうかお元気で。いつまでもお仕合せで。忍さん。忍さん。どうか、いつまでも……」

電話の向うの声は切れた。矢口忍は研究室の窓の外に葉を伸ばしている銀杏をしばらく見つめていた。曇り空の下で葉がざわざわ揺れていた。風が出たらしいな、と理由もなく矢口はそんなことを考えていた。

彼は受話器を置いたとき、卜部すえの言葉に何かふつうでない調子があるように思った。ふだんだったら、それだけで、彼はすえのところに飛んでいっただろう。しかしそのとき矢口にはそれができなかった。

「ぼくにはそれができなかったんだ。卜部すえよ、ぼくにはそれができなかったんだ」

矢口忍は北国の夜風のなかで、そう口に出して言った。それからまたウイスキーを飲んだ。

「もしあのときぼくが彼女に会いにいったら――そしてぼくの卑劣さや弱さや虚栄心や心の迷いなどをすべて話すことができたら――虫がいいとか、身勝手とか、そういった一切の世間の評判など気にもせず、ぼくには彼女が要るのだと言ってやることができたら――そうしたら、あんなことは起らずにすんだかもしれない」

矢口忍の眼には、その夜のことが浮んでいた。夕方になって降りだした雨は、五月の雨らしい激しい降り方で庭木を濡らしていた。矢口は気だるく、熱っぽく、妙に不安な胸騒ぎを感じていた。

夜半になって、玄関でベルが鳴った。彼は立ってドアを開けた。ドアの向うには、雨にゴムの合羽を光らせた電報配達員が立っていた。

矢口忍は電報を受けとると、玄関に立ったまま、それを開いた。

――ウラベ　スエ九ジ　シキヨス」セイゼ　ンノゴ　コウイヲシヤス」ツカモト

矢口は一瞬電文の意味が摑めなかった。ツカモトというのは、すえが養われた伯父伯母の姓であった。彼女が東京を離れるといったのは、北九州の伯父たちの家に帰ることであろうとは矢口も想像していた。だが「九ジ　シキヨ」とはどういうことだ？

まさか卜部すえが死ぬなんてことがありうるだろうか――矢口は身体がぶるぶる震えてくるのを感じながら、雑念を払いのけるように激しく頭を振った。「どうしてそんなことが？　どうしてそんなことが？」

彼は電話口に走った。そして思わずすえの電話番号を廻そうとしている自分に気がついた。

「貴様はどうかしているぞ。気でも違うんじゃないのか」彼はそう叫びそうになった。喘ぎながら、彼は江村卓郎の電話番号を廻した。彼は外国から帰ったばかりだった。

「まさか?」江村の声もさすがにうわずっていた。「ともかく君のところへゆく。それから善後策を考えよう」

たまたま花恵は家にいなかった。しかし矢口忍はもはやそんなことも気にならなかった。江村が姿を現わすまで、彼はこれが何かの間違いであり、いたずらであることを祈った。事実、彼には、すえが死んだということは信じられなかった。

江村卓郎は前よりも一そう日焼けした、がっしりした身体をソファに埋めた。彼は黙って何度も電文を読んでいた。

「この文面を信じるほかないな」江村は沈痛な口調で言った。「どういう理由かわからないが、すえちゃんは亡くなったのだ。な、矢口、そのことだけは受けいれろ。どんなに辛くても、そのことは耐えるんだ」

江村卓郎は家に入ってきてから、花恵のことは訊かなかった。家のなかの様子を見れば彼がわざわざ訊ねなくても、おおよそのところは見当がついたのである。

江村は翌日一番の航空機を予約し、羽田で会うことにして別れた。

三時近くに花恵が戻ってきた。酒の匂いが漂っていた。

「起きていてくださったの? 親切ね」

花恵は乾いた低い声で言って、モーヴのレースの手ぶくろをぬぎ、ショールをとった。

「運転手のやつ、傘ぐらい差してくれればいいのに、おかげで濡れちゃった。もうはめられなくなってしまうわ」

花恵は舞台衣裳でもぬぐように、身体につけていたものを剝いでいった。

「でも、いいわね。また買って下さるものね」

花恵は酔った身体をベッドの上に倒し、脚をあげた。

「靴下、ぬがせて」

矢口忍は黙って部屋の隅に立っていた。

「どうしたの？　なんでそんなとこで黙って立っているの？」

矢口は卜部すえが死んだことを伝えた。

「亡くなったって、つまり本当に死んだわけ？」

花恵は自分で靴下をぬぎながら言った。

「ああ、あのひとは死んだんだ」

矢口忍の言葉に花恵は黙っていた。彼女は身体にガウンを羽織り、廊下に出て、浴室のほうに歩いていった。

「きっと交通事故か何かじゃない？」

花恵の声が廊下の奥から聞え、それから湯が流れ出る音が聞えた。

矢口忍はじっと部屋の片隅に立ち、花恵のぬいでいったものを見ていた。それは花芯のまわりを包む幾枚もの花弁のような感じだった。ちぢこまった花弁もあれば、くしゃくしゃの花弁もあった。硬い花弁もあれば、あたたかく柔かそうな花弁もあった。その花弁は、なまめかしく、むごたらしく散乱していて、その中心にある花恵の内側を一挙に矢口の前にあばいて見せていた。

その花弁の一つ一つは花恵自身のほか、何に対しても関心がないことを物語っていた。それらは彼女自身への——彼女の欲望への、野心への、金銭への、物質への、限度を知らぬ執着を示していた。それは散乱した花弁の形で、あまりなまなましく花恵の内側をむきだしにしていたので、矢口忍は思わずその前に眼を閉じた。彼は吐き気をともなった眩暈《めまい》を感じたのだった。

彼は事務的に卜部すえに両親がないこと、山の仲間として彼と江村が葬儀にゆくことを話した。

風呂から上った花恵はほとんど眠りかけていて、矢口の言葉に返事をすることもできなかった。

矢口忍は江村と出かけた寒々とした炭鉱町のはずれの家を、まざまざと思い出していた。すべてがそのときと同じように、いまも夢としか思えなかった。何人かの中学の同級生が泣きながら、すえの遺体のまわりを飾っていた。恩師という老人の教師が、長いこと白布をかけた彼女の枕もとで坐っていた。

曇り空の下で、短い葬列がつづき、町はずれの河の堤防に近い小さな丘の火葬場に人々は柩を送った。

矢口忍はその暗く雲の垂れた空を、黒ずんだ煙が流れてゆくのを、歯を食いしばって見つめていた。何かが一つゆるんでも、嗚咽が身体から噴き出しそうだった。

卜部すえが小さな遺骨箱に変り、伯父伯母の手に抱かれて、狭い家に戻ってきたとき、矢口忍は自分が生涯かかっても償い得ぬ罪を犯したことを感じた。

「まったくおとなしいいい子でしたがの」と年老いた伯父は矢口忍の前に茶をすすめて言った。「なんで自殺するようなことをしたのか、私らにはわかりません。そんなに悲しいことがあったら、なぜ言うてくれなんだか、それが、私らには恨みに思えてなりません」

矢口忍は遺骨箱に手を触れ、それはぼくのせいなのです。ぼくがこの優しいひとを殺したのです、と叫ぼうとしていた。しかし言葉は声にならなかった。

彼は眼をつぶり、顔をそむけた。不意に涙が溢れたからであった。

あのとき江村卓郎がいなかったら、果して矢口は無事に東京に戻れたかどうかわからないと思った。卜部すえの訃報を聞いてから、葬儀まで、彼は、ただ崩れそうになる自分を支えるだけで精いっぱいだった。すえのためにも、おれはここで崩れてはいけない。いま悲しみに浸ったら、葬儀の終りまで耐え通せまい——矢口はそう思って、歯を食いしばっていた。

「何も遺書らしいものは見当りませんでした」すえの伯父は言った。「ただ皆さんの名簿と、あの子の死を通知するようにという依頼とが、残されているだけで……」

伯父は声をつまらせていた。女たちが何度か眼がしらを拭った。

「あの子は昔からこんなふうでしたなあ」伯父は膝の上にぽたぽた涙を落して言った。「学校にゆくときも、私が学資を出しているのだからと言うて、店で働かせてくれ、働かせてくれ、と、それは何度も言い張ってな。ひとに迷惑をかけたくない——それがあの子の口癖でした。あの子のことだ、誰にも迷惑をかけておらんだったろうに、なんで黙って死んでしもうたのかなあ」

矢口忍は伯父に何か言ってやりたいと思った。すべて自分の不明から起きたことだ、自分の身勝手が原因だ——そう言いたかった。

だが、矢口には、それができなかった。彼女が遺書も何も残さず死んだことは、ただそのことを矢口に告げるだけで十分であり、他のひととは秘密を分ち合いたくない、と思っていたのかもしれないのだ。矢口忍は、卜部すえが黒い潤んだ眼を彼のほうに上げて、そう眼配せしているような気がした。

「黙って死んだのは、あなただけに知っていただきたかったから。私がどんなにあなたを愛していたかを。忍さん、誰にも言わないで。どんなことがあっても。二人だけの大切な秘密にしておいて。お願いよ、お願いよ」

矢口は深く頭を垂れた。彼は歯を食いしばった。嗚咽の衝動が何度か断続して胸を突きあげていた。

あとから思い出してみても、彼はどうやって東京に戻ったか、夢うつつであった。どこかの駅を歩いていたり、食堂に坐ったり、江村が何か言っていたり、飛行機の窓から雲を眺めていたりしたことが、ただ断片的に頭に残っているにすぎなかった。

家に戻っても、花恵がいることが、現実のこととは思えなかった。そんな家があることも、そんな生活があることも、矢口忍には、誰かが勝手につくって、そこに置いたような気がした。自分のものには思えなかった。

矢口忍は何週も大学へ出ていなかった。机の前に坐っていたが、別に本を読んでいるというのではなかった。彼はただぼんやりと机の前を見つめ、何時間も身動きもせずに過した。郷里から働きにきてくれた婆やが「旦那さま、何か召し上らないと身体にさわりますよ」と言う声を矢口忍は機械的に聞いていた。

花恵のほうはまったく矢口には無関心だった。矢口のそばで彼女は勝手に寝起きしているように見えた。

江村卓郎は忙しい時間をさいて何度か矢口忍を訪ねた。日に焼けた童顔をわざと滑稽にしかめて「元気を出せよ。くよくよ考えるなよ」と言った。

「こんなふうでは、お前さん、ますます参ってしまうぞ」

江村は彼の肩を叩いた。矢口は「わかっている」というようにただ頭を振るだけだった。

「お前さんがそんなになることを、すえちゃんは望んでいなかったと思うな」江村はがっしりした身体を矢口のほうに傾けて言った。「彼女の死の責任はお前さんだけにあるんじゃない。おれだって、外国にゆかなければ、もう少し話相手になってやれたはずだ。ハイユークが帰国したことだって、彼女の孤独感の原因だったろう。何もお前さんが一人で責任を背負うことはないんだ。もっと明るいほうを見ろよ。矢口らしくないぞ」

矢口は江村の言葉をじっと聞いていた。それは麻痺した心に甘い果汁のように沁みた。物がすこし考えられるようになると、矢口忍は自分が以前の人間と別の人間になっているのを感じた。

彼は、詩を書きたいという気持がどこにもなくなっているのに気がついた。なぜあれほど夢中になって詩を書こうとしていたのか、理解できなかった。それは遠い他人の心に起った出来事のように見えた。

詩を書くために、興奮を追い、刺戟を求めていたことが、ひどく虚しい、わざとらしいものに思えた。冷静になった眼で見ると、自分が詩人ぶって暮していたこと自体が滑稽な耐えがたいものに映った。熱心に稽古場に通ったり、演出家と議論したり、劇場の廊下で大勢の人に囲まれたりしたことが、空疎な、ばかげたものに見えた。詩を書くという名目のもとに、実際はただ、ちやほやされたり、名前が人の口にのぼったりすることを求めていたのではないか。下らぬ虚栄心、競争心を満足させるために、えらそうな口実を使っていただけではないのか――矢口の心はそんなつぶやきを洩らした。彼は、自分の心のからくりがよく見通せるような気持だった。

「では、梶花恵に惹かれたのも、お前の虚栄心のせいなのか?」

別の自分が矢口を問いつめた。矢口は長いこと黙って、答えるのをためらっていた。

「いや、必ずしもそうとは言えない」矢口はやっと別の自分にそう答えた。「ぼくは花恵の美しさに惹かれた。どうなってもいいとさえ思った。それは本当なのだ」

しかしそう答えたものの、憑きものの落ちた矢口の眼に、花恵が豊饒な歌を与えてくれる女とは見えなかった。むしろひどくかさかさした、落着きのない、消費だけに夢中になっている、物欲につかれた女に見えた。

ある晩、花恵は劇団関係のパーティに出たまま帰らなかった。矢口は午前四時の時計が鳴るのを覚えていた。翌朝になって、結局、花恵が帰ってこなかったのを知ったとき、矢口はそれを当然と思っている自分にむしろ驚かされた。

正午近くなって花恵が戻ってきたとき、珍しく彼女は、婆やに昼の食事の指示をくどくど与えていた。

「昨夜は仕方がなかったの」花恵は洋服を、花弁を散らすように、ぬぎすてながら言った。

「みんなで徹夜でマージャンだったのよ。電話しようと思ったけど、なんだか、所帯じみていやだったの」

矢口忍は花恵の出まかせが手にとるようにわかるのに、怒りがどこからも起ってこなかった。

矢口は前からそうなることがわかっていたような気がした。

その後、花恵はよく外泊した。はじめのうち彼女は本読みで徹夜したとか、仲間と飲んでいたとか、適当な口実をつくっていたが、矢口が別に追及しないのを知ると、彼女は、もうそんな気配も示さなかった。

「旦那さま、私などが口を挿むことじゃありませんが」故郷から出てきている婆やが言った。

「奥さまってものは、ああいうものじゃありませんよ。旦那さまが何もおっしゃらないのがいけません」

彼女は矢口の母の遠縁に当っていたので、彼らの家庭が冷たくなってゆくのに、本気で心を痛めていた。

しかし矢口忍はそれに対してただ黙って頭を横に振った。「いいんだ、これでいいんだ、これ以上のことがあってはいけないんだ」彼は独りごとのようにそうつぶやいた。

彼は高い塔が倒れそうになっているのを見るような気でいた。しかし塔に支柱をたてようとも、たてたいとも思わなかった。崩れ落ちるなら、自然に崩れるがいいのだ——それは自暴自棄というより、もっと突きはなした、乾いた気持だった。そういうことで自分を罰したいという気持に近かった。

卜部すえが亡くなってから三ヵ月ほどしたある晩、彼は、家のなかから黒い人影が荷物をどんどん運び出してゆく夢を見た。彼が驚いて、どうしてそんなことをするのだ、と訊ねると、彼らは眼で奥のほうを指した。矢口が、そちらを見ると、そこには卜部すえが暗闇のなかで雨に濡れて立っていた。

矢口忍は夢のなかで泣いていた。

夜明けになっていた。彼はあまりなまなましく卜部すえの姿を感じていたので、横のベッドが空なのにも彼はまったく心が動かなかった。

昼になって花恵が戻ってくると、矢口忍は夢の話をした。花恵はみるみる顔をしかめた。

「いやな夢ね。なんのためにそんな話をするの？」

「ぼくには、いやな夢とは思えないがね」

「あなたは鈍感だからよ。だいいち私たちとあのひとと、いったい、どんな関係があるの？あのひとが自殺したって、私たちには無関係だわ。私たち勝手に生きているのよ。いちいち他のひとに干渉されるんだったら、それは迷惑というものよ」

「そうだろうか？」

「そうよ。あなただって、いい加減に、あんなひとのこと、忘れなさいよ。私だっていい気持、しないわよ」

「君にそんなこと言えるとは思わないがね」

矢口忍はそのときはじめて花恵の顔を正面から見つめた。

「あら、それ、どういう意味？」

花恵はかげのできた頬の窪みを吸うような表情で言った。

「何もぼくに言わせることはないだろう？」

「あなた、妬いているの？」

「そんな蓮っ葉な言葉は君らしくないよ」

「お上品なことを言って、ごまかすわけね」

「ごまかしているわけじゃない。ただト部君の死のことは、そんな言い方をして貰いたくないんだ」

「それじゃ、なぜ、あなたはあのひとと結婚してあげなかったの? あのひと、あなたと結婚したがっていたのよ。私ね、そのことを知っていたのよ。あのひと、私にそう言ったのよ。私ね、黙っていようと思ったけれど、言うわ。私があなたと結婚したのはね、あのひとが癪にさわったからよ。あのひとが、あなたと結婚したがっていたからよ。私ね、あのひとの邪魔をしてやりたかったのよ。あのひとを踏みにじって、めちゃくちゃにしてやりたかったのよ。あのひとから、あなたを取りあげてやりたかったからよ」

矢口は北国の夜風がごうごう鳴るなかで、いまも、両手を耳にあてて、うめき声をあげていた。花恵の声は五年の歳月にもかかわらず、乾いた低い暗い響きで彼の耳に聞えていたからだった。

倒れかかった塔が音をたてて崩れていた。それは矢口と花恵の短い家庭生活の崩壊であるとともに、矢口忍を支えるいっさいのものの崩壊であった。詩も劇も文学研究も趣味も生活もすべて轟音のなかで崩れていた。それを支えようにも、立っている地面というものがなかった。一切が暗黒のなかに呑まれていた……。

矢口が何もかも棄て去って、この北国の寒々とした町に着いたとき、なお崩れ落ちたものが、あたりに散乱し、濛々と砂埃が舞いあがっていた。

彼はそうしたすべてを忘れ、過去の一切を断ち切ろうとしていた。彼がしてきたこと、考えたこと、感じたことのすべてが、矢口にはいまわしいもの、いとわしいものに思われた。それから潔められ、新しい自分が生れでるまで、こうした過去を完全に忘れ去ろうとした。忘れる以外に道はないように思えた。

「たしかにぼくはそれを忘れていた。忘れたというより、たえず逃亡していた。逃亡に逃亡をつづけていた。それは今日の今日までうまくいったのだ。しかしどういう加減か、突然、ぼくの心の地層に地すべりが起った。そして忘れ去り消え果てたと思ったものが、消えるどころか前よりなまなましく自分のなかに生きているのを発見した。これが五年間ぼくが果してきた結果なのだ。もちろん五年間の自己制裁の成果をさほど楽天的に評価しているわけじゃない。五年ぼっちで人間が変るのなら、世の中は聖人でいっぱいになるだろう。いろんな偶然から起った地すべりのおかげで、むしろぼくは安価な自己満足から救われたのだ。五年でだめなら、十年ぼくは罪の償いをすべきだ」

矢口は両手のなかに顔を埋め、神社の森が風のなかでごうごう鳴るのを聞いていた。

翌日、矢口忍が教員室に入ったとき、なんとなく二日酔いに似た気分だった。酒量は大したことはなかったが、ひどく寝不足の感じだった。

「やあ、昨夜はお邪魔しました」数学教師の野中道夫が磊落《らいらく》な口調で言った。「室井君も恐縮していました」

「ぼくのほうはあれからずっと頂いたウイスキーを飲んでいました」矢口忍は光にちかちかする眼をしばたたいて言った。「やはり室井君のような純粋な気持に触れると、ぼくらでも、思い惑うことがあるようですね。ひどく眠れませんでした」

「いまどき、私も、室井君のような青年は珍しいと思いましてね。ま、こんな気持になるのも、年をとった証拠でしょうが、なんとか、大槻さんのお嬢さんをね」

そのとき始業のベルが鳴った。昨日の夕焼けの予告どおり、秋の輝かしい光が校庭を照らし、ポプラ並木の黄ばんだ葉をきらきら光らせていた。北国の青空は息を呑むような深い澄んだ色をしていた。

矢口忍が珍しく窓から空を見上げて、教室にゆくには惜しい気分だな、と思っていると、肥った海老田が玄関のほうから駆けこんできた。

「ずっと、駆け通しでしたよ」海老田は額の汗を拭った。

「いやはや、駅で大槻さんのお嬢さんにつかまってしまって……」

「彌生子さんが何か言いましたか?」

「言いましたとも。それで、こんなに時間が遅くなってしまったんです。いずれ、昼休みにでもゆっくり話します」

大兵肥満の海老田は汗を拭き拭き、身体をゆらして教員室を出ていった。

矢口忍は最初の時間が作文で、すでに「海」という課題を出してあったので、生徒たちが鉛筆をなめなめ作文用紙を埋めているあいだ、机の間を歩いたり、窓から外を眺めたりした。箒を手にした吉田老人がひょいひょいと軽く躍るような歩き方で、校庭を横切っていった。黒ずくめの服を着てつばの広い黒い帽子をかぶったこの風変りな老人が、生涯、ひとりの女性を思いつめて、海から海へ旅をして廻った人物であるとは、どう見ても、考えられなかった。

「人間は、外見ではわからない物語を、心のなかに持っているものだな」

矢口忍は吉田老人が校舎の蔭に隠れるのを見送りながらそう思った。

おそらく吉田老人の話を聞いたことも、昨夜、突然、花恵やすえのことを思いだしたのと関係があったのかもしれない——矢口はポプラの葉が黄金の粒のように黄いろく光っているのを見つめた。

しかし彼は以前と違って、そうした過去と直面しながら、自分がそれと正面から向き合っているのを感じた。昨夜、彼の心を横切っていった過去は、やはり五年の時間の距離の向うにあった。彼はそれからもはや逃亡しようとは思わなかった。むしろたじろがず、そこにあるものを見、支え、耐えようという気持になっていた。

そのとき生徒の一人が彼を呼んだ。

手を挙げているのは図書委員をしている室井庸三だった。

「先生、ぼくはリュウヒョウのことを書いたんですけれど、課題からはずれていますか」

矢口忍は室井庸三の赤く上気した顔を見た。

「リュウヒョウって何だね？」

室井庸三のほうが困ったような表情をした。

「だって、リュウヒョウって、あの、海を流れてくる氷です」

「ああ、流氷か」

「流氷です」

「それを君は書いたのか？」

「ええ、それを見たときのことを書いているんです。でも、それは『海』って課題からはずれませんか？　急に、書いていて心配になったんです」

「流氷が海を流れてくるんなら、課題に合っていると思うがね」

「流氷を、先生は見たことないんですか」

「ああ、ないな」

「じゃ、流氷のことを書くと困りますか」

「いや構わない」矢口は言った。「作文の対象は何でもいい。心に感じたことを、まずはっきり摑む。それが大事だ。ぼくは流氷は見たことがない。だが、室井君は別に先生が見ていないからといって、手加減する必要はない。思ったように、感じたように書くこと。そうすれば、ぼくも室井君と同じように流氷を見ている気持になれる」

一時ががやがやと生徒たちの頭が揺れ、騒がしくなったが、ふたたび静まり返り、溜息や消しゴムをこする音が聞えた。

時間が終ると、生徒たちは頭を掻き掻き、矢口の机の前に下手な字の埋まった作文用紙を出しにきた。

「先生、おいらは作文、苦手だよ」

「おいらも、文章書くのだめだ。これぽちしか書けねえ」

「室井はいいよ。本、読んでるもん」

「先生、また面白え話のほうがええ。作文の時間はお話の時間にしたほうがええ」

矢口は生徒たちが作文用紙を出しながら、口々に叫ぶ声を聞いていた。

「先生、本当に流氷、見たことないんですか」

室井は二枚つづきの作文用紙をクリップでとめて、矢口に渡しながら言った。

「ないんだ」矢口は作文用紙を揃えた。「ぼくはほとんど町から動かないからね」

「でも、海ぞいの小都会《まち》までゆけば、流氷は見られます。ディーゼルカーで二十分です」

「それは知っているけれど、小都会《まち》から流氷が見えるのかい？」

「ええ、一月末か二月になれば、見られるんです」

「なるほど、あれはオホーツク海だったね」

教室を出るとき、矢口忍は室井庸三に、君は農事試験場の室井明君とは関係があるのか、と訊いた。

「明さんはぼくの従兄です」

室井庸三ははきはきした調子で言った。

昼になって食事が終ると、英語の海老田はロマン派詩人の薄い詩集を持つと、矢口忍を誘ってポプラ並木のある丘の斜面にいった。黒ずんだ町並の向うに多少の起伏があり、紅葉した雑木林がそれを覆っていた。いくらか色のやわらいだ青空が地平線の奥へ遠ざかっていた。室井庸三が言った流氷のくる海がその辺りにあるのだな、と、矢口忍はしばらく丘の上から遠くを眺めていた。

「あっちは海ですね?」

矢口は立ったまま、草の上に腰をおろしている肥った海老田に訊ねた。

「ええ、海です」海老田は薄い詩集で庇《ひさし》をつくるようにして矢口を見上げた。「矢口さんはやはりそうやっていても、詩人だな」

矢口忍も海老田の隣に腰をおろした。昼休み時間で、ボール投げをしている生徒たちが、時どきボールを追って、草の斜面を転がっていた。

「彌生子さんがぼくの詩集を見つけたこと、聞いたんですね？」

「ええ、昨夜、もう私の家に持ってきてくれました」

「それはまた、二人とも、ばかに、しっかりと共同戦線を張ったものですね」

「いや、ぼくは矢口さんがそんなふうに思っているとは考えてもいなかったんです。彌生子さんに詩集のことを言ったのは、このぼくなんですから」

「いや、そのことはもういいんです。昨日はいきなりだったもので、ぼくも心の準備ができていなかったんです。でも、いまは大丈夫です。いくら嫌だと思っても、ぼくが書いたものには遠いないんですから」

「彌生子さんからお聞きでしょうけれど、彼女は、矢口さんの詩に参っています。今朝も、詩集を、駅で返すように言われましてね」

矢口忍は草の上に仰向けになって、青空のなかにのびているポプラの黄葉を仰いだ。彼は黙って海老田の話を聞いていた。

「昨夜、貸してくれて、今朝もう取り返すのですから、彌生子さんも乱暴です。でも、彼女にしてみれば、詩集を一刻も手放したくなかったのでしょう。彌生子さんの気持にぼくも同感なんです。今朝、通勤ディーゼルカーがくるまで、ぼくたちは駅で矢口さんの詩について話していたのです。まるで、昔の中学生みたいにね。ぼくは久々で昨夜は眠れませんでした。あの詩の美しさに興奮したんです」

海老田はすでに矢口が忘れてしまっていた詩を何節か暗誦した。そしていかにも文学鑑賞の玄人らしく、細かいニュアンスを巧みに引きだしてみせたりした。

「ぼくは矢口さんの詩を読んでいると、この地上に生きていることが、信じられないような奇蹟に見えてくるのを感じました。矢口さんは時間にまで色彩をつけて見せるんですね。朝はばら色、午前は緑、正午は白、午後二時は青、午後五時は橙色……」

矢口忍は海老田の言葉が他人《ひと》ごとのように聞えた。そのとき海老田が身体を窮屈そうに縮めて言った。

「実は彌生子さんと一緒に今夜お邪魔させて頂こうと思っているのです」

矢口は海老田が自分の詩について話しても、さして心が動揺しないのを感じた。「過去から逃げたつもりでも、決して過去はなくなるものじゃない。それよりむしろ過去が自分にとってどういうものだったか、見据えるべきではないか」

矢口はようやくそんな考え方になっていた。もちろんそう考えられるようになったのは、それだけ時間の距離ができたということだろう。昨夜の苦しい経験は、こうした気持になるための、最後の仕上げであったのかもしれない。

夜になって、海老田が彌生子と訪ねてきたとき、矢口は、自分にとって詩はどういう意味を持っていたのか、もう一度考えてもいいような気持になっていた。

昨日から今日へのこの気持の変りようを、矢口忍はうまく彌生子に伝えられるだろうか、と思った。極端な変化だというふうにも考えられたが、矢口の心のなかで、気づかれず徐々に変っていたものが、一挙に、眼に見える形になった、と言うこともできた。矢口はむしろこちらのほうが本当だろうと思った。

「私ね、先生がすぐ会って下さるとは思いませんでした」彌生子は膝の上に置いた矢口の詩集を見て言った。「だって、昨日は、とてもひどくお怒りになったんですもの」

「怒った？　ぼくが？」

矢口が言った。

「ええ。私、いけないことをしたと思って、自分がとても悲しかったんです。海老田先生に詩集をお渡ししたのも、自分が本当に悪いことをしたのかどうか、見ていただきたかったからです」

「いや、昨日はいきなりだったから……」

「でも、先生はどうしてこんないい詩を忘れようとなさったのですか？　ずっとそのことばかり考えていました」

「ぼくもそれが知りたいな」肥った海老田も眼鏡の向うから人の好い眼を矢口にむけて言った。

「はっきり言って、ぼくは、矢口さんの詩を読んで興奮を感じました。一種の昂揚感を味わったんです」

「昨日も言ったように」矢口は答えた。「詩集が、過去の一番いやなものを引きずっていると思えたからですよ。ぼくが詩の世界のなかだけに生きていられれば、それでよかった。しかしだんだんそうしていられなくなった。一つには、詩が書けなくなって、新しい刺戟を、外の世界に求めたこと。もう一つには詩がつくりだす世間的な風評のなかに、自分がまぎれこんだこと——この二つの理由から、ぼくは本当の詩を失ったと思うな」

「でも、先生は東京をお離れになったわけでしょう？　ということは、世間的な風評など、お棄てになったわけでしょう？」

「ええ、そのつもりだったけれど」

「それなら、この北国にいらしたら、また詩が生れてもいいわけですわ」

「理屈ではそうだけれど、理屈どおりにゆかないことも多いんだよ」

「先生はわざとそうなさっているみたいです」

彌生子はそう言ってから、はっとした表情をした。

「わざと？」

矢口忍も一瞬何かにつき当ったような顔をして彌生子のほうを見た。彌生子の顔には、しばらく困惑の色が漂ったが、すぐ明るい生気が戻ってきた。

「先生、私ね、ときどき、へんなことを言ってしまうんです。言ってから、しまったと思うんですけれど、もう間に合いません。でも、言ってしまいます。私、先生を見ていると、わざと、そうなさっているとしか思えないんです。言いすぎでしたら、許してください」

「たしかに矢口さんにはそんな感じがある」大兵肥満の海老田も彌生子を助けるように言った。

「感情のたかまりを、横を向いて見ないでいよう、といったところがありますね。彌生子さんの言うとおりだ」

矢口忍はしばらく腕を組んで考えこんで言った。

「ぼくにはよくわからないが」

「私、また、生意気を言わせていただきますけれど、この詩集を読んでから、はじめて先生のことがわかるように思いました。だって、先生のそばに、この詩集がないと、先生のなかから一番大切なものが欠けているんですもの」

「ぼくは自分を偽ってきたつもりはないけれど」矢口は腕をほどくと、彌生子と海老田を半々に見て言った。「ただ、何か書きたいと激しく思うようなとき、そんな自分を押えつけるようにしてきました。それは本当ですね」

「ぼくなどは、そばにいる人間として、やはり矢口さんに詩を書いてもらいたいな」海老田は文学好きの教師らしい善意をまるい顔いっぱいにあらわして言った。「矢口さんの詩を読んでいると、生きることに自信がでてくるような気がしますからね」

生きることの自信——矢口はふと皮肉なものをそこに感じた。それを失って長い歳月が過ぎたのだ。

「矢口さんは、詩をあのようなものと考えておられたわけですね？　つまり、人に生きる自信を与えるものが詩だと……」

海老田はひとりでうなずくような様子をして言った。矢口は答えをためらっている自分を感じた。そしてふと、昨夜、室井明が言っていた彌生子の相手は海老田であろうか、と思った。その考えは、不意に矢口の心に飛びこんできたので、彼は、あわてて頭を振った。

「そうはっきり意識していたわけではないと思うんだけれど」矢口は海老田に説明した。「若い頃のぼくは楽天的なところがあったし、わりと人を信じられるたちだった」

「詩集のなかには、そうした信頼が何度もうたわれているように思うんです」彌生子は身を乗り出すようにして言った。「大都会の出勤時の駅のことを先生は『生きることのリズム、階段をのぼる人、下る人』って書いています。ふつうの人は屠殺場にゆく羊の群れだとか、疲れ切った惰性の日々とか言うんですけれど、先生は違います。先生は生きることを本当にいいことだって感じています。疲れも悲しみも裏切りも虚栄心も、生きることのしるしだって先生はおっしゃっています。だから、そんなものまで両手でしっかり摑んでいます。ほかの人なら、眉をしかめて投げだしてしまうものですのに」

矢口忍には彌生子の言葉が信じられないものに聞えた。自分は悲しみや裏切りや虚栄心を生きることのしるしと考えたのか。そのおかげで、破滅したこの自分が？――矢口は頭を垂れた。「この詩を書いた頃は思い上っていたのだ」矢口は畳の上をじっと見つめて考えた。彼は彌生子や海老田がいることもしばらく忘れていた。「あの頃は、生きることは、ただそのことだけで素晴らしいことに思えた。だから、善意や喜びや太陽を讃美すると同時に、人生の裏面をも――暗い、陰湿な、救いようのない部分をも――ぼくは讃美したのだ。讃美しなければならないと思ったのだ。それもまた生きることの一部だと思ったからなのだ。だが、何という無知だったことか。ひとたび裏切り、虚栄心、悲しみのなかに落ちこめば、もう生きることなど無くなってしまうのに。生きていても、それはただ影になって生きているにすぎないのに。卜部すえが死んだ後のこのぼくみたいに」

彌生子が何か言っていた。矢口忍は眠りから醒めた人のように、彌生子のほうに眼をやった。

「先生のそういう強い信頼感が、私たちに自信を与えてくれるのだと思うんです。私たちって、虚栄心や裏切りや悲しみで日々暗い思いをしています。それを、先生は大胆に両手で受け取り、それを認めようとなさっています。『人間って、悪に染まり易いそんな弱い存在だけれど、もともとそれほど立派なものじゃないんだ。そんなことで悩むより生きていることを大切にしなければいけない。一日一日与えられている時間——太陽——雲の行き来——木々の緑——頭を揺らす花々——そういうものを心ゆくまで楽しまなければいけない』先生はそう書いておられます。私ね、いまでも自分の虚栄心や怠け癖などで悩むことがあるんです。自分がいやでたまらないことがあるんです。でも、先生の詩集を読んでいると、それが不思議に消えてゆきます。そんな悪い子でも、地上に生きているっていう恵みを与えられているのだ——そんな気になるんです。そして雲や日の光や野の眺めが信じられないほど素晴らしいものに見えてくるんです」

矢口忍は、彌生子の言っているのは果して自分のことであろうか、と何度も考えた。もし本当にそうであるなら、自分もどうしてそのような救いにすがりつかなかったのであろうか。

——この五年間、自分は石のように沈黙し、固くなり、ひたすら外界への戸を閉ざして生きてきた。自分では牢獄に入っているつもりだった。楽なことは求めなかった。辛いこと、苦しいことを進んで求めてきた。それは自己制裁としては当然のことだった。

だが、自分のごとき人間に、はたして、いま彌生子が言っている楽しみを味わう権利があるだろうか。いかに彌生子が自分を悪い子であると言っても、卜部すえを殺したような人間のおぞましさに較べたら、それは天使のようなものである。

いったい一人の女を死に追いやった男に生きる喜びを味わう権利などあるのだろうか。

「結局、矢口さんは善悪の彼岸に立って、ある清朗感に達しているんですね」

海老田がそう言ったとき、母屋につづいている廊下に足音がして、彌生子の母が茶菓を盆にのせて持ってきた。

「先生がたのお話の邪魔をしているんじゃないの?」

彌生子の母は海老田に挨拶をしてから言った。

「いいえ、私どものほうが彌生子さんにリードされているんです」

海老田は肥った身体を恐縮したように小さくした。

「さっき室井さんから電話がありましたよ」彌生子の母は部屋を出るときに言った。「わざわざ呼びにくるのも何だと思ったので、外出していると言っておいたわ」

「だって、離れは離れだけれど、本当に先生のお宅ですもの。やはり外出は外出よ」

矢口忍は、彌生子が話の腰を折られたことに幾らか不満そうな表情をするのを、おかしそうに見ていた。彼女には昨夜野中と室井が訪ねてきたことを話すわけにゆかなかったが、室井明のことで、一応、探りを入れておく必要はあると思った。

お茶になって気分が寛《くつろ》いでいたので矢口は話題を変えた。

「室井君って、農事試験場の室井君じゃありませんか」

「まあ、先生も室井さんをご存じですの？」

「知っているというほどではないけれど」矢口は少し言葉につまった。「ぼくの教え子のなかに室井君というのがいて、それが親戚らしい」

「この町には室井姓は多いんです」

「なるほど、そう言えば他に何人かいるね」

「ぼくも室井明君は教えています」海老田が言った。「科学者志望だったのに、英語もよくやりましたね」

「彼は専門はどういう分野ですか？」

矢口忍は海老田に訊ねた。

「農芸化学出身で、専門は……何でも、風による土壌侵蝕の防止を研究しているようですね」

「風による土壌侵蝕って何ですか？」

「ここの平坦な農地は春先から夏にかけて物凄い風に吹かれるんです。だいたい火山灰地ですから、からからに乾いて、砂粒になって、空中に舞うことになり、結局、風が土壌を侵蝕することになる――室井君はそう説明していましたね」

「何か防止策はあるんですか？」

「いろいろあるようですが、彼はイリゲーションによる方法を考えているようです」

「イリゲーションって、灌漑《かんがい》のことですか?」

「ええ、灌漑です。日本じゃ水に恵まれていますから、灌漑工法の研究はやや遅れているのだそうです」

「しかし乾いて砂になるから風に飛ばされる。だからそれを防止するのに水を使う——単純なようですが、いい着想ですね」

「室井さんはとても頭がいいんです」彌生子は黙っていられないように口を挿んだ。「学校の頃から思い付きがすばらしいので、みんな驚かされていたんです」

「それじゃ一度、みんなで室井君を呼んで、最近の農業問題でも聞いてみませんか」

矢口忍は自分で不案内な問題を、室井のような身近な専門家から聞くのはいいことだ、と思った。

「私はあまり乗気になれませんの」彌生子は眉を寄せ悲しそうな顔をした。「本当は、私、いつも室井さんからその話を聞かされているんです。話は面白いし、室井さんの意見は正しいと思います。でも、あまりその話ばかり聞いていると、もっとほかのことを聞きたいと思います」

「たとえばどんなこと?」

海老田は茶を啜《すす》りながら言った。

「たとえば矢口先生から、もっと詩の話をおうかがいしたいんです」

矢口忍は彌生子のひたむきな視線を受けとめかねて、一瞬、海老田のほうを見た。

「詩については海老田さんが専門だから。海老田さんからぼくもキーツやワーズワスの話を聞きたいな」

「ええ、海老田先生からいまキーツをお習いしています」彌生子は浅黒い可愛い顔を悲しそうに歪めて言った。「でも、矢口先生はいままで何も教えて下さいません。いつか上田秋成を一緒に読んであげるとおっしゃいました。でも、それもそれっきりです。詩集をお出しになっているのに、それも黙っていて、詩のことなど一言も話して下さいませんでした」

「上田秋成？　そうだったかな」矢口忍はどんなときそう言ったのか憶えていなかった。「詩の話は、さっきだって、していたわけでしょう」

「ええ、ですから、さっきは本当に楽しかったのに、室井さんなんか飛びこんでくるからいけないんです」

「ずいぶん室井君に厳しいんだね？」

「だって、すぐ邪魔するんですもの」

「さっきは、彼の意見に賛成だったじゃない？」

「ええ、室井さんの意見には賛成です。室井さんは本当に正しいんです。いつも正統派なんです」

「正しいってことは素晴らしいことだよ」

「ええ、それはそうですけれど」彌生子は不平そうに唇を軽くとがらした。「でも、杓子定規で、融通がきかないようなところもあるんです」

「それは欠点かもしれないけれど、いい欠点だね」

「ええ。でも、いい欠点でも、欠点はやはり欠点です」

「それはそうだけれど」矢口忍は海老田のほうを見た。大兵肥満の海老田は茶を啜り、にこにこしながら、二人の遣りとりを眺めていた。「海老田さんはどう思います?」

「君たちは子供の頃からの友達だから、いまさら欠点も長所もないだろう」

「ええ、それはそうですけれど」彌生子は眉を悲しそうに寄せた。「でも、せっかく矢口先生と詩のお話ができるときに、いきなり飛びこんでくるなんて、あの人らしいと思います。こちらのことを考えてくれないんです」

矢口忍が初めて大槻彌生子に会ったのは、彼が東京から赴任してきたその日で、大槻家の人々のなかでも、彼女が最初に矢口と口をきいたのだった。

彼は駅からトランクを下げて神社まで歩いてきたが、そこにいたのが彌生子だった。

「矢口先生ですわね」まだ髪をお下げにしたその少女は言った。「先生をお待ちしていました。私、大槻彌生子です。四月から高校にすすみます。先生はどうしてタクシーにお乗りになりませんでしたの？　ええ、タクシーもあるんです、一台ですけど。きっと運転手の中村さんが近所で将棋を指していたんです。中村さんて気はいい人なんですけれど、将棋気ちがいなんです。父なんかとも、よく指すんです。あ、ここが家ですの。すぐ父と母を呼んできます」

彌生子の身体のなかで、若い新鮮な生命が跳ね飛び、躍りまわっているようだった。暗い北国の風景に押しつぶされたような気持でいた矢口忍にとって、彌生子の明るい屈託のなさは、何かほっとした気分を感じさせた。

「お疲れになりましたでしょう？」彌生子は矢口をまず離れの彼の部屋に案内した。「すぐ母が参ります。先生がいらっしゃるというので、今、ちょっと緊張していますの」

彌生子は母屋のほうにちらと眼をやりながら笑って言った。

「この町は何もございません。でも、寂しいけれど、私はとても気に入っています。先生が東京から来て下さったので、私、本当は感激しているんです」

大槻彌生子は浅黒い、なめらかな肌をしていて、好き嫌いのはっきりした、明るい表情の眼でじっとひとを見る癖があった。頬には微笑が浮んだり消えたりしていた。

矢口忍は初対面のときに感じた彌生子の明るさは、その後、一向に変ったと思えなかったが、変ったのは、彼女がいかにも娘らしい感じになったことだった。

神社の石段を三段ずつ跳びながら駆けのぼって、大声で「ただ今」を言う彌生子の声を矢口は以前にはよく耳にしたものだったが、高校の最終学年の頃からそうしたはしゃいだ子供っぽさが、おかしいように、彼女のなかからなくなっていった。

時どき、考えこんでいたり、そうかと思うと、冬などは急に、スケートに矢口を誘いだしたりした。ただ、矢口の眼には、髪の形が変り、身体や表情に娘らしさが加わっても、彌生子は相変らず神社の狛犬の前で立っていたお下げの少女にしか見えなかった。

室井明のことを手厳しく咎め立てても、それは野中道夫や室井自身が心配する種類の反撥でも拒否でもなかった。少くとも矢口忍はそう思った。

その夜、海老田も話に興が乗って、遅くまで文学談や旅行談をした。彼がひとりで中央山系のある峠を越えた時、熊の糞を見て蒼くなったという話は矢口たちを笑わせた。

「こんどは矢口さんもその重い腰を上げてはどうですか」

海老田が言った。

「そうですね」

矢口忍は久々で旅に出るのも悪くないな、と思った。

矢口忍は秋の深くなった夜、最終列車の響きが野の涯に消えてゆくのを聞きながら、どうして自分が突然旅行になど出かけたい気持になったのか、訝るような気持でいた。卜部すえや花恵のことをもう一度しっかり自分の眼で見据えたことが、こういう気持とどこかで繋がっているのだろうか。たしかに彼は、手づかみで、血みどろの臓腑を引きだすようなことをやったのだが、それができたことは、彼のなかにそうした変化が生れていることの証拠であるのかもしれなかった。

「いまもわからないのは、あの二人が勇気や信頼を感じると言ったぼくの詩が、なぜあの危機の最中に——人生でもし助けが必要なら、まさしくそのときだったあの危険な行路のさなかに——何の役にも立たなかったのか、ということだ。裏切りの苦悩を知っている人間に、裏切りが素晴らしいなんて思えるわけがない。孤独なすえを死に追いやるなどということをどうして許すことができるだろう。〈生きること〉がそういう汚濁を含むなら——現にぼくが、それを自分で証明したのだけれど——やはり手放しで、ただ〈生きること〉だけで万歳を言うわけにはゆかないのだ。この世には許せない罪がある。確かにある。確かにあるのだ」

矢口忍は海老田と彌生子の帰ったあとの空虚な部屋を見つめた。昨夜と違って風はなく、すでに間遠になった虫の音が、短く聞えた。

「最も許せない罪は、人を悲しみつつ死なせることだろう。愛もなく望みもなく、ただ暗黒のなかに追いやることによって、人を死に到らしめることだろう。ぼくが卜部すえにしたように」矢口はほとんど独りごとのように言った。「だが、そうした罪を抱えた人間には〈生きること〉から喜びが奪いとられている。ちょうどダンカンを殺したマクベスから眠りが奪いとられたように……」

矢口忍はぼんやりした表情で、一際澄んだ声で鳴いているこおろぎに耳を傾けていた。

「虫の生命はもう幾らもつづかないのに、あんなに精いっぱい鳴いている――何か切ないような、ひたむきな感じで鳴いている――悩みも煩いも打ち棄ててただひたすらに虫は壁の向うで鳴きしきっている――これが生きるということであろうか。このひたむきな生き方が生きることの本当の形であろうか」

矢口忍はそんな気持になっていた。

ただ彼は、海老田たちが口を揃えて言ってくれた彼の詩のよさを、まったく認めることができないのに、ある寂しさを感じていた。〈生きること〉そのことが喜びであるためには、やはり海老田や彌生子のような善良な人間である必要があるのだ。

「だが、〈生きること〉が喜びでなくても、せめていつかそれが美しく見えるような人間にはなりたい。そう見えるようになるまで自分の濁りを澄んだものに変えてゆくこと――もしぼくに望みが残されているとしたらそれだろう」

矢口忍は縁まで出て、雨戸を閉めた。夜気は思ったより冷えていた。彼はいつになく自分の気持が落ちついているのを感じた。

矢口忍はその後、何回か、海老田から旅行に誘われたが、実際その計画をたてようとすると、いろいろ用事ができた。とくに秋の終りの知床への旅や冬休みを利用してのスキー旅行は、海老田が旅館まで予約していただけに、矢口の都合がつかなくなると、しきりと残念がった。

「ぼくは五年も、矢口さんの重い腰を上げさせようとしてきたんですよ。ところが、重い腰を上げたと思ったら、ほかのほうに行ってしまうんだから」

海老田は数学の野中道夫にそう言って愚痴をこぼした。

最初のときは矢口の郷里で父のすぐ下の妹が死んで、彼は、花恵と結婚する直前に訪ねたきりの叔母の家に出かけた。冬のスキー旅行を棒に振らざるを得なかったのは、考古学専攻の江村卓郎が札幌まで来て、そこから長距離電話をかけてきたからだった。

「どうしてもお前さんに会ってゆきたいんだ。なにしろ向う何年かかかる大仕事があるんでね。そのことでおり入って相談ごともあるんだ」

電話の向うで、すでに酒の入っているらしい江村卓郎の声がした。

「いま冬休みだろ? 出てこいよ。おれが行きたいのは山々だが、ここの大学の教授と打合せが終らないんだ。それが終ると、東京に帰らなければならん」

矢口忍も、これが去年あたりだったら、何か理由をつけて断わったかもしれない。しかしいまの矢口忍にとっては、江村と会うか、海老田とスキーにゆくか、どちらを選ぶかと言えば、それはどうしても江村のほうになった。江村卓郎の口調のなかにも、どこか矢口を会いたくさせるものがあったのだった。

五年ぶりの旅であった。彼の町からディーゼルカーでオホーツク海沿いの小都会《まち》に出て、そこから本線の特急に乗った。

矢口忍はスチームのきいた綺麗な車室のなかで、遙か昔に消え去ったものに再会しているような妙な懐かしさを感じていた。網棚のスーツケースも、乗客の服装も、言葉も、眼つきも、彼がかつてよく知っていたものだった。垢ぬけていて、高価で、理知的で、賑やかな大都会の匂いが、その車室のむっとする熱気のなかにこもっていた。

矢口は平坦な雪の原を眺めた。黒ずんだ森があり、谷の変電所があり、サイロの建つ農場があった。そこには零下十度の寒さが立ちはだかっているのに、列車のなかは汗の出そうなほどの室温だった。遠くの風景が、矢口の肌と一続きにならなかった。矢口の思いと無関係に窓外の風景が走っていた。

札幌に着いたとき、矢口はすでに旅の疲れ以外のものに押しつぶされ、くたくたになっていた。

ホテルのロビーで江村卓郎に再会したとき、矢口のほうは相変らずがっしりした、真っ黒な江村を見出したが、江村卓郎のほうは、一瞬、矢口の顔をまじまじと見つめた。

「お前さん、苦労したな」

江村はひとことそう言った。

「そんなに変ったか？」

矢口の言葉に江村は大きくうなずいた。

「そんなに変ったかな」矢口は江村卓郎の童顔を懐かしそうに見つめた。「ぼく自身はむしろ東京にいた頃よりは、気持は楽だったんだが。もっとも久々に特急に乗ったら、自分がひどく田舎者になったなって感じたな。都会の匂いに敏感になっているんだ。これは意外だった」

「変ったというより、何というかな、昔より厳しい感じがする」江村はソファのなかにがっしりした大きな身体を沈めて言った。「昔は、お前さんはいかにも都会風の瀟洒《しょうしゃ》な感じだった。一徹者の浅野二郎を憤慨させるような、軽妙で、器用で、颯爽としたところがあった。それがなくなった。まるで修道院に暮している隠者っていう風貌だな」

江村の遠慮ない言い方に矢口忍はおかしそうに笑った。

「それは、いまのぼくには、身にすぎた褒め言葉だな。そうありたいが、なかなか、そうはゆかない」

「しかし思ったより、ずっと元気そうだ」

「この秋からなんだ、昔のことをあれこれ考えられるようになったのは」矢口忍は運ばれてきた辛口のシェリー酒を口にした。「やはりぼくが本当に立ち直るためには、時間の距離が必要だったのだと思うな。本当を言うと、それまで、ぼくは自分の過去を思いだすのが恐ろしかった。それから逃亡するので精いっぱいだった。それがぼくの生活だったんだ」

「それがお前さんのよさだからな」江村卓郎は一瞬眩しそうな表情になった。「その一本気なところが、お前さんの詩人としての栄光だよ」

「そんな言葉はもう忘れたな」矢口忍は静かな口調で言った。「ぼくはこちらにきてから一行も書いていないよ」

「いや、おれに言わせれば、ぞろぞろ書いている詩人より、沈黙している詩人のほうが、どれだけ真の詩人かわかったものじゃない。お前さんもその例さ」

「ばかに点が甘いんだな」矢口は笑った。「ぼくは詩人などじゃない。それが本当にわかっただけでも、北国にきた甲斐があった。秋頃から自分の過去をやっと振り返ることができるようになって、ぼくは、ますますそう思うようになった」

矢口忍は大槻彌生子が彼の詩集を見つけたことや、同僚の海老田と詩について話したことなどを、江村卓郎に言ったのである。

「しかしおれは、その彌生子さんや海老田さんと同意見だな」江村卓郎はしばらく黙ってシェリーを嘗めてから言った。「おれも、お前さんの詩が好きなのは、〈生きること〉が本当にいいことだと直覚させてくれるからだよ」

「しかし当のぼくには、もはやその資格はないんだ」

「その気持はわかるが、おれは、また、お前さんに、そういう苦しみを越えた詩を書いてほしいな。強く生の喜びを歌う詩をね」

「ぼくは卜部君を絶望させたんだよ」矢口忍は頭を垂れ、低い声で言った。「彼女を絶望させて死なせたんだ。そんな人間に、生の喜びが与えられたら、生そのものが無意味になってしまう」

「しかし厳密に言えば、罪のない人間なんて存在しない」江村卓郎はソファから身体を起すようにして言った。「お前さんがすえちゃんのことをそれだけ思ってあげたことで、罪なんてものは、消えているんだ」

「そんなものじゃないんだ」矢口忍は乾いた眼で江村のほうを見上げた。「もし本当に罪が赦されるなら、ぼくはどんなことでもしたい。罪にもいろいろあると思う。だが、ぼくは、ぼくを信じた女《ひと》を絶望させたんだ。それは二重の罪を犯したことだ。たとえひとがぼくを赦してくれても、自分じゃ赦す気にならないだろう。赦せるわけがない」

それは矢口忍の本心だった。詩も音楽も、もしそれが真に彼を罪悪感から救い出してくれるものだったら、昔のように惑溺することもできたろう。しかしいまの矢口には、詩や音楽の喜びは、かえって自分の罪悪感を強く照らしだす役目しか果さなかった。強い光が物の影を際立てるように、生きる喜びは矢口の内心を暗い悲哀と苦痛で満たした。

矢口忍もふと楽しい気分を感じることがあった。しかしそんなとき、きまって、もし卜部すえが生きていたら、これをどんなに楽しんだだろう、という声が聞えた。その瞬間、矢口忍は、自分にはこうした気分を味わうことは許されてはいないのだ、という反省が、鋭い矢のように、心を貫くのを感じた。

江村卓郎にしてみれば、何とか旧友矢口をこうした暗さのなかから引き出したかった。彼は友人の直観から、矢口忍の煉獄のような苦しみが、無駄に終るとは思っていなかった。ただ矢口のような人間には、それを通る以外には真の救済はあり得まい、と感じることはできた。江村は、友人として為しうるのは、ただ矢口忍が自分の力でその煉獄を通りぬけるのを待つことだけだ、と思った。

「しかし何かの形で矢口を支えることはできるはずだ。それが煉獄を早く通りぬけるのに手助けになれば、これに越したことはないではないか」

江村卓郎が北海道に出かける用事ができたとき、すぐ矢口を呼びだすことを考えたのは、こうした気持があったからだった。二人はしばらく共通の知人の噂をしたあと、ロビーを出て食堂に入った。矢口忍はそれをしおに話題を江村のほうに切りかえた。

「こんどの発掘は大規模なものらしいね？」

「おれとしては外国へ考古学調査隊を、編成してゆくのは初めてなんだ」江村卓郎はボーイに料理を註文してから言った。「お前さんは知っているかな？　シリア政府がユーフラテス河をせき止めてダムをつくっている話を？」

「聞いたような気がするが」

「ダムができると、ユーフラテス上流の相当の流域が水没する。この水没地帯の無数の遺跡を、水没する前に、発掘調査する要請がシリアの考古学総局から届いたんだ」

「それは大した仕事だね」

「実は、相談ごとというのは、その隊員に、お前さんにも加わって貰いたいと思うんだがね」

「ぼくに？　どうしてぼくがゆく必要があるんだ？　ぼくは考古学にはまったく素人だ」

「そうとは言えまい」江村卓郎は運ばれてきたスープを口にしながら言った。「昔、おれと一緒に考古学物語を翻訳したじゃないか」

「いや、あれは単にアマチュアとして考古学が好きだったから、やったまでだよ。それと、本物の発掘に参加することとは、まったく別問題だと思うな」

「おれは昔から一度お前さんと外国へいってみたいと思っていた。それが発掘のための旅であるなら、なおいいと思っていたんだ。おれはね、地面の下に埋っている人類の過去をただ掘っているわけじゃない。むしろ人間の夢を掘っていると言うべきかな。おれは壺の破片や、粘土板や、住居跡や、神殿遺跡を掘りながら、お前さんと、昔の人間の喜びや悲しみについて一緒に話したいと思っていたんだ。おれにとって、それ以上の贅沢は考えられないからね」

もちろん矢口忍も考古学が好きだったし、彼の詩集のなかには、夜明けの砂漠に向って歩いてゆく考古学者を歌った詩も入っていた。ユーフラテスという響きだけで、眼の前に、古代都市や砂漠やオアシスやアラブの村や顔を隠した女たちが現われるような気がした。だが、それと、現実のシリアへ出かけることとは、まったく別の事柄だった。シリアと言われても現実感が湧かなかった。

「すぐ返事をする必要はないんだ」江村卓郎は言った。「おれがそういう希望を持っていることを知って貰えれば、もうそれで十分なんだ」

江村は食事のあいだ、ダマスクスで耳にしたユーフラテス・ダムの水没地区の発掘状況について話した。

「イギリス隊、フランス隊、西ドイツ隊、イタリア隊、ベルギー隊、そしてアメリカ隊……」

「まるでオリンピックだな」

「まさしくオリンピックさ。おれはダマスクスの政府高官から、なぜ日本は参加しないんだと訊かれて、返答に困ったよ。日本だけなんだ、調査隊を送っていないのは」

二人は食事を終ると、ホテルのバアにゆき、昔のようにウイスキーを飲みながら、かなり遅くまで話しこんだ。シリアの話も出れば、共通の知人の噂も出た。山のこと、映画のこと、音楽会のことなど、かつて矢口忍が関心を持っていた事柄についても江村は新しい情報をもたらした。

「忙しいのに、よくそんなに映画を見る時間があるね」

矢口がそう言うと、江村卓郎は笑った。

「そのくらいの時間がつくれないようでは研究も息切れしてしまうさ」

その夜、矢口忍は久々で洋式の風呂に入り、洋式の部屋で眠った。彼は素裸の上に毛皮を着ている花恵の夢を見た。そんな夢をみたのは彼が北国へきて初めてのことだった。矢口は夢のなかで、そんな放埒な恰好をする花恵のことを叱っていた。すると、卜部すえがきて、花恵を叱らないでくれ、と頼むのだった。

翌日、矢口忍は江村と別れた。帰りの特急のなかで、矢口は幾日も大都会で過したような気がした。車窓の向うを走ってゆく雪原や、丘を覆う林に不思議な懐かしさを感じた。

冬の終りのある日、矢口忍が教員室の窓から、太い氷柱が久々の太陽に輝いているのを見ていると、教室から戻ってきた大兵肥満の海老田が、どうですか、ひとつ流氷を見にゆきませんか、と声をかけた。

「今年はすこし早く見られるということです」

海老田はストーヴの前に手をかざした。

「小都会《まち》までゆけば見られるそうですね」矢口も立ち上ってストーヴのそばに寄った。「前に、生徒が作文に書いていましてね、それで、実は、ぼくも一度見ておきたいと思っていたんです」

「それは室井君じゃないですか？」

「ええ、室井君でした」

「彼が、ぼくに、矢口先生に流氷を見るようにすすめたらどうか、と、言ってきたんですよ」

「そう言えば、たしか、見頃になったら声をかけてくれ、と言ったような気がします」

海老田は、こんどの日曜に、一日、流氷を見るためのピクニックを早速計画していいか、と訊ね、それに彌生子や室井庸三も加えたらどうだろうか、と言った。

矢口忍は、室井庸三を加えるなら、試験場の室井明も一緒に連れていったらどうだろうか、と提案した。

「ぼくも室井明とは久々だし、それはいい考えですね。それじゃ、この次の時間にでも、室井庸三にそう言っておきましょう」

矢口忍は、海老田がそんな小旅行でも、矢口と初めて一緒に出かけられると言って嬉しそうな顔をするのを見て、長いこと不義理を重ねていたような気持になった。そしてそうした小旅行にさえ、ながいこと心が動かなかったことがかえって不思議なことに思えた。

ちょうど、流氷を見に出かける前の晩、九時すぎに、庭のほうで声がした。矢口忍が廊下に出てみると、数学教師の野中道夫が雪を掘ってつくった通路に、窮屈そうな恰好で立っていた。

「なんとも、こんな遅くにお伺いして、恐縮です」野中はしきりと頭をさげて言った。「例によって室井君が、死にそうなことを言うもので、私も困り果てているのです」

「室井君も一緒ですか?」

矢口が訊いた。

「ええ、向うに立っています」

「どうか、上ってください。ウイスキーも買ってありますから」

野中は恐縮し、室井明を呼びに行った。

室井は前に来たときよりも、元気がなかった。顔色まで冴えなかった。矢口忍がしきりと土壌侵蝕の研究に話をむけても、「いや、効果のない実験です」とか「骨折損みたいで」とか言って、話に乗ってこなかった。

それを見ると、野中道夫が言った。

「矢口先生、今夜は室井君は駄目なんですよ。なにしろ本人は、大槻彌生子さんに正式に断わられた、と思っているんですから」

「先生、思っているんじゃなくて、事実なんですよ。ぼくは断わられたんです」

室井明は顔を伏せたまま言った。声が泣いているように聞えた。

「君は彌生子さんにプロポーズしたのかね?」野中道夫は、矢口のすすめるウイスキーを飲みながら、室井のほうをむいて言った。「君は、何も言わないで、嘆いてばかりいるから、ぼくらだって、どうしていいかわからない」

「ぼくはプロポーズしたわけじゃありませんけれど」室井明は顔をあげようとしないで言った。

「それでもよくわかります」

「だって、君は、いま、それは君の思いこみではなく、事実だと言ったじゃないか?」

「ええ、それは事実です」

「しかし彌生子さんに何も言わんのなら、事実かどうか、わからんじゃないか?」

「いいえ、言わなくても、彌生子さんがぼくを嫌い、避けている事実はわかります」

「どうしてだね?」

野中道夫はうなだれている室井明を見つめた。

室井は唇を噛んで、しばらく黙っていた。

「ぼくは、こんなこと、言うのは、卑怯みたいで、いやですが」室井はようやく言った。「事実を証明するために、話します。実は、一週間ほど前、ぼくは、彌生子さんに流氷を見に網走までゆくことを提案したんです。しかしまるで相手にもされませんでした。わざわざ網走まで行って流氷を見る気になれない、というのが、その理由でした。ぼくは諦めてその計画を撤回しました。そうしたら、昨日、従弟の室井庸三が遊びにきて、海老田さんと流氷を見にゆかないか、と言うんです。そして彌生子さんも一緒なんです。ぼくは、庸三のやつに、忙しいからゆけない、と言ってやりました。しかし本当は、もしぼくがのこのこ出かけていって、彌生子さんと顔を合わせたら、あのひとがきっと困るだろうと思ったからです。だって、ぼくのほうは断わって、海老田さんの誘いは受けたんですから」

矢口忍は思わず、それにはぼくも一緒なんだ、と言いかけて、急に、口をつぐんだ。室井明の苦しそうな顔を見ると、気楽に彌生子と流氷を見にゆくなどとは、ちょっと言い出しにくい感じだった。

「これでも、ぼくの思いこみでしょうか」室井明は首を垂れたまま言った。「彌生子さんは、ぼくを嫌って、流氷を一緒に見にいってくれないのです。その証拠に海老田さんとは一緒にゆくことになっているんです」

野中道夫も、ウイスキーのコップを手にしたまま、首を傾《かし》げ、矢口忍のほうを見た。

「ぜひ室井君もゆくべきですよ」矢口は言った。「ぼくも海老田さんから誘われているんです」

「先生がご一緒だとしても、ぼくには出かける勇気はありません」室井明は頭を垂らし、唇を歪めて言った。「彌生子さんがぼくを避けているのがはっきりわかっているのに、のこのこ付いてゆくなんてみじめです。しかもあのひとが好意を寄せている人が一緒ですから、ぼくは、二重に、みじめです」

「君の言うのは海老田さんのことですか？」

矢口は室井の思いつめた顔を眺めた。

「だって、ほかに考えられません。ぼくが誘ったら断わったのに、海老田さんのときは、一も二もなく出かけると言うんですから」

「しかし別の理由だってありますよ。何も相手があなただから断わったのではなく……。ぼくはそのほうが可能性が強いと思いますね。もしそうだったら、あなたが流氷を見にゆかないのは、折角の機会を失うことになりませんか」

野中道夫も矢口さんの言う通りだ、ぜひ気持を変えなければいけない、と、ウイスキーのコップをいじりながら、独りでうなずいていた。

しかし翌朝、矢口忍が彌生子を伴って神社の森を出て、約束の時間に駅までいってみると、みんな集っていたのに、室井明だけが来ていなかった。

「明君はどうした？」

「何度も誘いましたけれど、駄目なんです。矢口先生に悪いけれど、よろしくと言っていました」

矢口はそれを聞くと、ちょっと拍子ぬけした気持になった。二人のために、何とか役立とうと気負っていた自分が、一人相撲をしているように思えたからであった。

矢口たちの町から海岸のその小都会《まち》まではディーゼルカーで二十分ほどの距離だった。駅は海を見おろす小高い場所に建っていた。黒ずんだ木目の浮き出た古い駅舎が、曇った陰気な空の下に、ひどく生まじめな様子に見えた。窓ガラスも光り、構内も清潔だった。待合室にはストーヴの火が燃えていた。

「なんとなく明治の匂いがしますね」

矢口は海老田に言った。

「ええ、これは明治末年の木造建築のはずですよ」

海老田は反りのある黒い瓦屋根を見上げた。

「先生は建築もおくわしいんですの？」

彌生子が矢口のほうを見て言った。

「いや、建物のことは知らないんです。明治と言ったのは偶然でね。なんとなく品のいい建物なので、ちょっと、そんな気がしただけです」

「やはり感覚が鋭いな、矢口さんは」

海老田が肥った身体を左右にゆらせながら、雪の掻いてある斜面になった駅前広場をおりていった。

駅からは港の船のマストと灰色の空が見えるだけだった。

「ここからは見えませんね？」

矢口は海老田に言った。

「流氷ですか？」海老田は足をとめた。「見えません。すこし港が入りこんでいますから。広場の向うからタクシーを拾います。そしてどこか、一番よく見える海岸までゆきましょう」

運転手のすすめで四人が着いた海岸は小都会《まち》から一里ほど離れた小さな岬であった。凍りついた道が、鋸歯状に低くなっているその岬の頸部を深く刳《く》りぬいていた。

小都会《まち》を出るとすぐ道は海岸に沿っていたから、矢口忍は灰色の曇り空の下に拡がる氷原に似たオホーツク海を、ずっと、息をつめて眺めていた。

「濃い、がっしりした氷塊がありますでしょう」運転手は右手のほうへ眼を走らせながら言った。「あれが本当の結氷です。平らになった灰色がかったのは軟氷で、間もなく南のほうで解けてしまうのです」

矢口忍は暗澹と垂れこめた雲の間から、時おり、銀色の光が洩れ、海を覆う大氷原のうえに、弱々しい光芒《こうぼう》を投げるのを、じっと眺めた。それは極光《オーロラ》に似た、崇高な、神秘な光であり、人間の営みをすべて虚しく思わせるような、侘しい、孤独な、深い寂寥感を湛えていた。氷原と氷原の間に、黒ずんだ平坦な海面が、不規則なでこぼこした線に囲まれて覗いていた。

「あの上を歩けますか?」

矢口が運転手に聞いた。

「ええ、大きな氷塊でしたら、陸地と変りありません。岬までゆくと、番人がボートを出してくれます。それにお乗りになって、氷の上をお歩きになると面白いですよ」

四人が岬で車をおりると、雪が深く覆った斜面に、道がつくってあり、その先に小屋が建っていた。

老人の番人が四人を迎えた。

「どうでしょう、流氷らしい流氷を見られますかね?」海老田は氷塊がぎっしり重なり合って浮んでいる海を見ながら言った。「ぼくが乗っても沈まんようなやつがいいな」

「刻々に動いておりますのでな」老人も愉快そうに肥った海老田を見て言った。「これと決めておくわけにはゆきませんが、海に出られたら、恰好なのを、お見つけになられますよ」

ボートには彌生子、室井庸三、海老田、矢口の順で乗り、老人がゆっくり櫂《かい》を動かした。

雪の覆う海岸から、黒ずんだ海がうねうねと氷の間につづいていて、ボートはその氷の谷間を滑っていった。鋭く切り立った氷塊もあれば、ガラスのように凸面にまるくなって平坦な背中を見せている流氷もあった。

氷の壁は海面の下に沈み、海面には泡や氷片が浮んでいた。壁と壁の間に細い割目ができていると、光の加減で、その隙間が灰青い色に反射していた。

「どうでしょう。この氷塊なら、みなさんがお乗りになっても、十分浮んでおると思いますが」

老人はおどけた調子で海老田に言った。

「これなら大丈夫でしょう」大兵肥満の海老田も大きくうなずいた。「これは北極海からきた超大型でしょう。氷原の散歩としゃれましょうか」

「亀裂には注意して下さい。私はこの辺で赤旗を出して待っておりますから」

老人は四人を氷塊の上におろすと、竿に旗を結んで、そこに立てた。

「がっしりした地面のようですが、これで時速千メートルぐらいで流れているんです」海老田が氷原の上を吹く風に外套の衿を立てながら言った。「もっとも、こうぎっしり詰っていては、もっと速力が遅いでしょうがね。反対に、一晩のうちに湾内の氷が全部流れ去るというようなこともあるそうです」

「ほほう、一晩でね」

矢口は海の涯までつづく氷塊の群れを眺めながら、思わずそう言った。氷原の上にいるせいか、息が白く見えた。靴の下で氷がぎしぎし音を立てた。

「この氷は、結局、南へ流れて消えるわけですわね？」

彌生子が海老田に訊ねた。

「もちろん北海道の南限あたりで解けてしまいます。それでも、ふつうは北緯五十度が限度だから、この辺で流氷が見られるのは、やはり珍しい例と言われているんです」

矢口忍は、フードのついた半オーヴァを着た彌生子が沖のほうに向って歩いてゆくのを見ていた。氷塊はどこか先で行きどまりになっているはずなのに、遠ざかっている彌生子の後姿を見ていると、湾を埋めつくす氷原の涯まで、そのまま歩いてゆけるような感じだった。

山脈のように高く盛り上った氷塊もあれば、倒壊した家のように、重なり合っている固い氷塊の群れもあった。亀裂もあれば、谷もあり、入江もあれば、池もあった。固い氷面はつるつるしていて、海老田は何回か足をとられそうになった。そのたびに彼は矢口のほうに、足もとに注意するように叫ぶのだった。室井庸三は「先生、大丈夫ですか」と言って肥った海老田の腕をとった。

「大丈夫、大丈夫。君こそ、ぼくに押しつぶされてしまうじゃないか」

海老田がそう言っても、室井は小さな身体を敏捷に動かしながら、海老田を支えた。

矢口は彌生子の姿があまり遠くに小さくなってゆくのが、何となく心配だった。時どき亀裂を飛びこえてゆくらしく、彌生子の身体が軽く空中を飛んだ。

矢口は彌生子にあまり遠くへゆかないように言った。彌生子はフードに包まれた顔を振り向け、大きくうなずき、手をふり、それからまた前へ歩きつづけた。

灰色の雲は紫を帯びた層になって、氷原の涯へ遠ざかっていた。彌生子の姿はその白い氷原の向うに、ごま粒のような点になって見えた。

矢口が海老田のほうを振り返ると、海老田との距離もかなり離れていた。彼は彌生子を呼び戻すつもりで、氷原の凹凸を踏んだ。雪が十センチほど積っていて、彌生子の足あとが、まっすぐ規則正しく、雪を踏みわけていた。

小さな亀裂があり、その裂けた氷壁には青い淡い光が、ぼうっと漂っていた。右手に氷塊と氷塊の間に黒ずんだ海が湾入していた。海岸は遙か後に遠ざかり、番人の赤旗も氷原の向うに小さく見えた。

氷原の上では、風がまともに当るせいか、氷塊の角に鳴る音が、前より強く聞えた。

矢口忍が彌生子に追いついたとき、彼女は氷塊と氷塊との間に深く切れこむ黒ずんだ海の前に立っていた。

海のなかに沈んでいる氷壁の裾が、ほの白く水面の下にのび、その底は暗い緑のなかに消えていた。まるで極地に立っているような神秘な静寂が氷と海を包んでいた。

矢口も思わず黒ずんだ海の静けさに息をのまれた。

「凄いな」矢口はひとりごとのように言った。「海岸から遠いせいか、何だかこわいみたいだ」

「私はもっと遠ざかっても平気です」彌生子はフードに包まれた顔を海のほうに向けたまま言った。「流氷がここで終っていなかったら、もっともっと遠くまで、歩いてゆきたかったんです。流氷の涯まで歩けたらよかったと思います」

「だって、流氷が流れだしたら困るな」矢口は半ばからかうように言った。「なにしろ時速千メートルといえば、かなりの早さだ」

「私は平気です」彌生子は、氷原の上を吹いてくる風のほうに顔をむけた。「流れたって構いません。本当を言うと、さっきから、氷塊が流れださないかなって思っていたんです」

「でも、海老田さんの話じゃ、これだって、太平洋に入るか入らぬかに、解けるわけだ」

「解けたって構いません」彌生子は執拗に風のほうに顔をむけて言った。「それまでのあいだ、流れてゆけるんですもの」

「きっと白熊やおっとせいが彌生子さんを見て驚くと思うな。見慣れない仲間がいるなと、思ってね」

彌生子は矢口の冗談に笑わなかった。彼女はしばらく黙って、黒ずんだ海を見つめていた。

「私ね、本当は」彌生子は小さな声で言った。「先生と一緒に、このまま、太平洋まで流れてゆきたいと思っていたんです。さっきから、そんなことを考えながら、歩いていました。先生と一緒だったら、白熊やおっとせいが笑っても、私、平気です」

矢口は、一瞬、何と答えていいか、戸惑った。

氷塊に乗って太平洋まで流れてゆくというのは、いかにも彌生子が思いつきそうなロマンティックな考えであった。彼女は高校の頃、一時、風船旅行や孤島生活に憧れて、矢口にも詳細な計画をよく打ち明けた。一度など、熱気球の計算ができたといって、神社の石段を駆け上り、矢口の部屋まで飛んできたことがあった。

しかしいまの言葉には、矢口忍を微笑させたあの快活さはなかった。

矢口は別の彌生子をそこに見るような気がした。

灰色の雲の間からまた薄日が白く洩れ、幾筋もの光となって氷塊の上を照らした。鳥が一羽、風にさからいながら遠くの岬をめざして飛んでいた。

ちょうどそのとき、室井庸三のかん高い声が聞えた。

「もの凄く綺麗な池があるんです。早く見にきて下さい」

室井はそう叫んでいた。

矢口は室井のほうに手をあげ「わかった、すぐゆく」という身ぶりをした。

「さ、太平洋にゆくのは後にして、室井君たちのところにゆかない?」矢口は彌生子の言葉を冗談にまぎらわして言った。「この前、室井君の作文にも、流氷のなかの池の色が綺麗だと書いてあった」

「男の子のくせに、お池の色のことなんか書くなんて、変った子ですのね」

彌生子も顔をふり向けると、すぐ矢口の調子に合わせて言った。

「彼はね、あれでなかなか感じ方が鋭いんだ。子供にしては大へんな読書家でね。図書委員もしているし、この前の流氷って作文もよかった」

「先生に作文の指導をしていただけるから、いまの子は仕合せですわ」

「別に特別のことはしていないから、かえって気の毒だと思うな。ぼくはいまでは平凡なことが一番いいと考えているから。平凡なこと、平明なこと、よくわかること」

「それが一番すばらしいことじゃないでしょうか?」彌生子は真剣な表情で矢口に言った。

「ふつうは偉そうなことを言うこと、目立つこと、うわべを飾ることだけに心をつかいますもの。先生みたいに、そう簡単に、平凡なことがいい、なんて言えません」

「しかし、たとえば彌生子さんだって、大学にもゆかず、逆に目立たない道を選んだじゃありませんか?」

「ええ、それは……」

彌生子は言葉を探すような表情をしたが、そのまま黙った。

そのとき海老田が手を振った。

「凄い色です。こっちです」

二人が海老田の後から付いてゆくと、平坦な白い氷塊の間にできた楕円の池が見えてきた。氷塊の一部が解け、すり鉢状に窪んで、そこに透明な水が湛えられているのだった。

しかし矢口はこれほど澄んだ水の色をいままで見たことがなかった。海老田や室井が二人を呼びにきたのも無理がないと思った。それは信じられないほど、明るく澄んだ青で、青さが底まで透明に見えている感じだった。それでいて、宝石のような、ある種の堅牢な均質な深みがあり、単なる水の色とは思えなかった。

「手が染まりそうですね」海老田が言った。「周囲の氷が青くならないのが不思議に思えるほどです」

「まったく素晴らしい色ですね」矢口も溜息をついて言った。「自然て、ときどき途方もないことをやりますね」

「私ね、こういう綺麗なものを見ると、急に悲しくなることがあるんです」彌生子は誰にともなく言った。「だって、こんな綺麗なものも、すぐなくなってしまうんですもの。何一つ永続きするものはないんですもの」

矢口はかつて卜部すえが初冬の雲を仰ぎながら、これと同じことを言ったのを思い出した。

矢口たちが赤旗の立っているところまで戻ると、老人は、あなたがたが流氷に乗ってから、もう何メートルか沖のほうへ動いた、と話した。

「海を埋めたこれだけの氷塊が流れ去るなんて、やはり実感として、ぴんとこないな」

海老田は肥った身体を船に乗せると言った。

「ぼく、こんど詩を書いてみます」室井庸三が言った。「雲から洩れていた光のことを書きたいんです」

「いけないわ、そんなこと」

不意に彌生子が言った。

「どうしてですか?」

室井庸三は不満そうな声をあげた。

「どうしてってことはないけれど」彌生子は自分の言葉に困惑したような口調で答えた。「なんだか、生意気みたい……」

「いや、いいんだ」矢口忍は二人をとりなすように言った。「多少生意気だっていいよ」

「彌生子さんは、矢口先生のことだと、すぐ邪魔するんです」

室井は勝ちほこったように叫んだ。

「そんなこと、ないわ」彌生子はおかしなほどむきになった。「ただ、あなたが生意気みたいに見えたからよ」

「明さんもそう言っていました。矢口先生のこととなると、彌生子さんは眼の色が変るって」

彌生子は室井庸三の肩をどやした。

「よくないわ。年上の人をからかうなんて」

船はぐらぐら揺れて、雪の厚く覆った岬に着いた。四人は一列になって、細い雪の道をのぼった。海老田が老人に謝礼を払い、一番おくれて上ってきた。

矢口は黙って、先に歩く彌生子の後姿を眺めた。彼の心に重いものがしこっていた。

「室井庸三が言ったことは本当かもしれない」矢口は重い気持で考えた。「さっきの彌生子の言葉を聞いたいまとなっては、室井庸三の言ったことは、出まかせと受けとるわけにはゆかない。だが、そうだとすると、室井明がぼくの家を訪ねてきたのは、彌生子のことを頼むためではなく、ぼくの関心の程度を探るためだということになる」

矢口は雪に埋まった足を引きぬくのが、ひどく億劫な感じがした。

「ぼくは、今の今まで、まさか彌生子が、そんな意味で好意を持っていようとは、夢にも思わなかった。一つには彌生子がまだ少女のままだと思っていたからだし、もう一つには、ぼくはもう女を愛する資格も、女から愛される資格もないと、固く思いこんでいたからだ。だが、ぼくがそう思っても、別に修道士になったわけではない。ただ、頭でそう思っていたにすぎないのだ。かえって、そのことが、ぼくを油断させたのだろうか」

彼はふと卜部すえの面影を思い浮べ、眼を閉じた。世界が暗くなるような感じだった。

「先生、さっき、あんなことを言って、ごめんなさい」タクシーのそばまできたとき、彌生子は振り返って、矢口忍を正面から見て言った。「あんなこと、もう絶対に言いません。でも、先生、私が、いつも、そう思っていたことは、本当なんです」

第六章　異　邦

矢口忍は顎をひくようにして、じっとジェット機の丸窓から空港の建物を眺めていた。急に降りだした驟雨《しゆうう》のため、建物の屋上に集る見送りの人々の傘が色とりどりに動いていた。そのなかには大槻彌生子も姉の智子も海老田もいるはずだったが、もちろん矢口のところからは見えなかった。

矢口は機内で旅客たちが手荷物を座席の下に入れたり、座席ベルトを締めたり、話し合ったりするのを、遠くから見るような眼で眺めた。低い軽やかな声が、間もなくジェット機が出発することを告げていた。

矢口忍は自分の緊張をときほぐすように、もう一度、顎をひき、息を深く吸った。エンジンの音が高くなり、機体がびりびり震えだしていた。

矢口は機体がのろのろと、まるで巨大な昆虫か何かのように、滑走路を匐《は》ってゆくのを眺めていた。建物の屋上から彌生子たちもこの不器用なジェット機の動きを見ているだろうか——

矢口はそう思って窓の外を見たが、もう建物は見えず、雨に濡れて色の濃くなった芝生と滑走路がつづいているだけだった。

矢口には現実感がまるでなかった。いくら顎をひいて自分を落着かせようとしても、自分がどこにいて何をしようとしているのか、ひどく曖昧な気持になってゆくのだった。

これは、ひょっとしたら、夢かもしれないな——何度か矢口はそうつぶやいた。

しかし夢といえば、矢口が江村卓郎のところにシリア考古学調査隊に加わりたい旨の手紙を送ってから、すべてはどこか夢のような具合に進行しはじめていたのだった。

矢口忍が校長に夏季休暇を利用してシリアに出かけたいと申しでたとき、郷土史の研究家だった彼は、白髪のまじる短く刈った頭を前後に振りながら、「シリアね。メソポタミアだね。いいね。うらやましいな。そうか。そうか」と独りごとのような言葉をつぶやいた。

誰からもとくに反対は出なかった。数学の野中道夫などは「五年も鳴かず飛ばずだったから、それだけ遠くに飛ばなけりゃいけませんよ。シリアにはうまい酒がありますかな」と言って、早速、壮行会を開くことを提案したりした。

矢口忍は、自分が北国で静かに暮せたのも、こうした善意の同僚がいてくれたおかげだ、と思った。

「もし帰りがおくれたら、万事ぼくが引きうけますよ」海老田は大きな身体を窮屈そうに動かして言った。「どうせ出かける以上、ゆっくり行ってきて下さい。そして、お土産に砂漠の詩を書いてきて下さい」

矢口忍は海老田が詩のことに触れても、以前のように心が動揺しないのを感じた。もちろん詩を書くとか、何かを見つけるとか、そんな目的が彼のなかにあったわけではなかった。ただ矢口忍は、渇いた人間が水を求めるように、無性に遠くへ旅立ちたいと思った。それは彌生子たちと流氷を見にいったあと、突然、彼を把えた衝動であった。

ジェット機が飛びたち、眼の下に工場地帯と石油タンクと密集する人家が斜めに拡がったとき、矢口忍は窓に額をつけるようにして「これが大都会なのか」とつぶやいた。それは自分の顔を初めて鏡で見ているような奇妙な感覚だった。家が並び、高速道路がのび、豆粒ほどの自動車が走っていた。雨のなかに黒いガラス板のような海面と、港と、船と、クレーンの群れが、窓の端を横切っていった。

しかし大都会がこんなにも醜く、陰惨な形をしているとは、矢口忍にはとても信じられなかった。かつて自分はこんなところに住んでいたのだ——矢口はそんな思いで、窓の外に眼をこらした。

間もなく雲が視界をさえぎり、ジェット機はがくがく機体を揺らせながら上昇をつづけていた。

彌生子たちにはもうこの飛行機は見えないだろうな――そんな考えが不意に矢口の頭をかすめた。すると、そのときになって、自分がいま母国を離れて遠い旅に出かけるのだという感慨が襲ってきた。それは寂寥感と解放感とが入りまじった不思議な気持だった。

矢口忍は雲の下に彌生子と智子と海老田が空を仰いでいるのが見えるような気がした。

矢口忍がシリアにゆくことを大槻家の人々に話したのは三月の学期が終ろうとしている頃だった。大槻英道は何度もうなずいて言った。

「矢口さん、ともかくおめでとう。あなたが外国に出かけるような気持になっただけで、東京の小川君も安心するでしょう」

矢口は恩師の小川剛造が大槻英道のもとに時おり便りをよこすのを知っていた。しかしひたすら過去から逃れようとしていた矢口には、それは自分を過去へ結びつける絆としか感じられなかった。矢口は小川剛造に長いこと便りを出さなかったことを、そのとき、思い出した。

「ユーフラテス・ダムってどの辺にあるのかしら?」

世界地図を出してきた彌生子が言った。

「まだどの地図にも書きこまれていないでしょう。目下、どんどん村や遺跡を水没させている最中だから」

「先生、東京まで見送りにゆかせて下さい」

矢口忍がシリア考古学調査の概要を話し終ったとき、彌生子が眼をきらきら輝かせて言った。

「まあ、彌生子、そんなことをしたら、かえって先生にご迷惑よ」

母が彌生子をたしなめた。

「私って、まだ、大都会をよく見たことがないんですもの。先生を見送りがてら、一度行ってみたいわ」

しかし母は娘一人で大都会にゆくなんて非常識だと言って反対した。結局、大槻英道がなかに入って、彌生子の姉の智子が同行するという条件で、東京ゆきが許可になった。たまたま海老田が加わっている研究会が東京で開かれることになり、海老田もついでに空港まで矢口を送りたいと言い出した。

「せめてぼくたちぐらいは送らせて下さいよ」

海老田にそう言われると、矢口もむげにそれを断わることはできなかった。

……海老田も彌生子も智子もいまは空港を出ただろう、と、矢口は思った。

ジェット機が雲の上に出ると、矢口には信じられないような真夏の太陽が輝き、空は澄んだ深い青さを湛えていた。眼の下には、綿をぎっしり敷きつめたような眩しい白い雲の群れがひしめいていた。むくむく盛り上っているのもあれば、横に崩れているのもあった。そこに降りればそのまま歩けそうな気がした。

矢口忍はそんな雲の連なりを見ていると、江村卓郎が突然パリをまわってシリアに入らないか、と言った日のことが思い出された。

「日数も限られているし、考古学調査隊だって人員が欲しいんだろう？ 遠まわりするわけにゆかんよ」

矢口はそう言って反対した。

「いや、とくに遠まわりじゃない。時間的にはパリに飛んで、パリからダマスクスに来ても、東京から南廻りで来るのと、あまり違わない。それに、お前さんも長いことパリを見たがっていたじゃないか？」

結局、矢口忍は江村の言葉に従うことにした。反対するにせよ、本当のところ、矢口には何をどう言って反対していいかわからなかったのである。

考古学調査隊のメンバーは江村を含めてすでに六月初めにシリア入りしていた。矢口だけが特別隊員として七月半ばに発掘に加わることになっていた。

矢口忍はパスポートを申請したり、注射をしたり、幾つもの書類をつくったりして夏前の何日かを過した。郵便がなかなか着かなかったり、着いたと思うと、用件がまだ済まず、新たに手紙を書いたりして、ふだんの生活とは異なるリズムで日々を過した。

しかしそんな忙しいさなかでも、矢口は、自分が旅に出たいという本当の理由は何なのか、たえず自問していた。激しい、灼《や》けつくような衝動が、矢口忍を遠い国に駆りたてたが、それがどこから生れているのか、なお彼は、はっきり見極めることができなかった。

江村卓郎が機会を与えてくれたことを除けば、矢口忍に思い当るのは、やはり海老田や彌生子が彼の詩集に関心を示したことであった。二人は口を揃えて、矢口の詩が「生きる喜び」をうたっていて、それを読むと、地上に在ることが素晴らしいことに見えてきて、日々を生きることに一層の勇気を与えられると言っていた。

彼はふと、ハイユークの手紙を受けとった秋の日の夕方のことを思い出した。

「あの日、すでにこうなることが決っていたのだろうか」

矢口忍は雲の切れ目から、どこか海岸線の一部が、後にずり退ってゆくように移動するのを、眼で追っていた。緑の濃い山の起伏と、谷間と、川と、小さな町が箱庭のように見えた。「しばらく日本の山河とお別れだな」矢口は窓から、そんな思いで海岸線をレースのように縁どる白い波を見ていた。海岸線が見えなくなると、あとは海面の拡がりの上に浮ぶ雲の塊が見えるだけだった。

「ぼくは海老田や彌生子が考えるような人間じゃない。ぼくはかつては地上の生を素直に喜べた。しかし詩を書くようになってかえってそれを失った。その結果、卜部すえや花恵との事件が起ったのだ。だが、それは花火のようなもので、あとには一層暗い闇が待っていたのだ」

矢口忍は疲れからか、軽い酔いのためか、しばらくうとうとしていた。彼が眼覚めたとき、ジェット機は眠りこむ前と寸分違わぬ雲海の上を飛んでいた。単調な震動音はもはや矢口には感じられなくなっていた。

食事があり、そのあと映画が上映された。機体はほとんど動揺せず、窓の外を見なければ、どこか高い場所に固定された普通の室内にいるような感じだった。

矢口忍は雲がさまざまに変化する姿に見入っていると、また夢のつづきを見ているような気持になった。ジェット機に乗っているのも、パリに向けて飛んでいるのも、とても現実に起っていることとは思えなかった。

「いったいこれが、北国の暗い生活のつづきなのだろうか?」矢口忍は、一瞬不安な気持を感じた。「人間を悲しみのなかで死なせた人間が、こんな夢のような旅に出ることが許されるのだろうか?」

そのとき、矢口は、もしこの旅が北国の生活の延長なら、それは罪を潔める旅でなければならぬと思った。彼はどこかでそれを強く求めているのを感じた。それは海老田や彌生子が彼の詩のことを言った時から、刻々に、彼の心のなかに大きくなっていた欲求であった。

「ぼくは五年間ただ沈黙し、一切を拒み、何も求めることをせず、そうやって罪を潔めようとした。しかし五年たって、時間の隔たりのおかげで、その罪がどのようなものだったか見ることができるようになると、ぼくは、罪を見据えて、それを真に潔めるための行いを何一つしていなかったことがわかったのだ。ただ過去と別れ、ひたすら別個の生活をすることだけに気持を向けていた。しかし海老田や彌生子がぼくの詩のことを口にしたとき、まだ、本当の問題は全く解決されていないのが明らかになったのだ。いまのままでは駄目なことがわかったのだ」

矢口忍はジェット機の轟音のなかで自分がいまたった一人きりでいるのを感じた。雲の切れ目から、どこか北極に近い海が見えていた。このままそんな極地に不時着しても、矢口は、それをむしろ自分が喜ぶだろうと思った。罪が真に潔められるのなら——本当の喜びがふたたび摑み得るなら——どんな厳しい鞭にも打たれたい、と矢口は真剣に考えた。

「結局、ぼくが〈生きる喜び〉を求めて罪を犯したのなら、罪から潔められるためには、本当はその〈生きる喜び〉とは何であったかを考えなければならなかったのだ。なぜ〈生きる喜び〉が消えたのか。なぜ花恵のなかに一時的にでもそれを見出したのか。それよりも、なぜぼくはかつてあれほど素直に生きることが喜べたのか?」

矢口忍は早く亡くなった両親と暮した幼少期の記憶を思い浮べた。雲にせよ、木々のそよぎにせよ、小川の流れにせよ、思い出の中に現われてくる生活の情景はすべて美しく懐かしかった。

矢口忍はパリに着くまでの間、長いこと忘れていた両親のことや、姉と過した少年時代の夏休みのことを思いだしていた。矢口が現実に戻ったとき、ジェット機はすでに着陸態勢に入っていた。

東京を飛び立ったのは朝だったが、時差のせいでパリはまだ夕闇の漂う時刻だった。江村卓郎の後輩の橘信之が矢口忍を出迎えていた。二人は初対面だった。

「お疲れだったでしょう」

橘は浅黒い、端正な顔立ちの青年で、フランス人のなかにいても背が高く、動作がきびきびしていた。たまたま橘が留学先のパリからシリア発掘に加わるというので、江村卓郎は矢口の世話を橘信之に依頼したのである。

「ぼくを待つので、シリアにゆくのが遅れたのじゃありませんか?」

矢口忍はドゴール空港の垢ぬけした、超近代的な、優雅な雰囲気に打たれていた。香水の匂い、葉巻の匂いが流れていた。

「いや、夏前に片付ける仕事が残っていたので、ちょうどよかったのです。ぼくもご一緒の飛行機で出かけます」

橘信之は矢口のトランクを持った。

「なんとなくフランスに着いた実感がします」矢口忍はやわらかに聞えるフランス語のアナウ

ンスに耳を傾けて言った。「うまく説明できませんが、やはりすべてが優雅ですね。気取って、取り澄まして、優しいですね」

「江村先輩が矢口さんは詩人だと言っていましたが、本当ですね」橘信之は出口に向ってゆっくり歩きながら言った。「ぼくなど、慣れたこともありますが、どうもデリケートなことを感じないのでいけません。矢口さんにそう言われると、ぼくもそんな気がしてきます」

飛行場を出て高速道路に入ると、橘の運転する車は矢のように走った。宵闇のなかに美しい弧を描く照明灯が冷たい優雅な感触でつづいていた。左右の大地は広々とひらけ、公園のように清潔で、森のたたずまいも典雅だった。矢口忍はまるでおとぎの国にきたような気がした。

東京をたつ直前、雨に降りこめられたどす黒い工場地帯と密集した住宅地を見ていただけに、同じ地上にこれほど清潔で端正な国があるとは、矢口には信じられなかった。

彼が暮した北国の町も静かな自然に囲まれた素朴な気分を湛えていたが、宵闇のなかに見えるフランスの田園は、もっと楽しげでもっと軽やかな感じがした。醜いもの、粗野なものが、すべてこの端正典雅なもののなかに吸収され、消化され、消え果てていた。

車が都会《まち》のなかに入ったとき、矢口忍は輪廓のくっきりした、壮麗な町並に息をのんだ。深々と枝を拡げた巨大なプラタナスの並木が大通りの両側につづいていた。八階建の建物が物差しを当てたようにどこまでも連なっていた。ショウウインドーが明るく輝き、町はゆきかう人々で賑わっていた。

広場があり、噴水が照明され、水晶が砕けるように輝いていた。暗い、寂しい横町があった。バスや車が流れるように走っていた。

「向うに、照明された建物のあたまが見えるでしょう？　あれがノートル・ダムです」

橘信之の言葉に矢口は心が震えてくるのがわかった。

「そうか。これがパリなのか」

矢口忍は何度もそうつぶやいた。

翌朝、矢口忍は六時ごろ眼が覚めた。前夜飲んだ葡萄酒と旅の疲れとのため、夢も見ないで深く眠った。

彼はカーテンをあけ、窓から夏の明るいパリの空を眺めた。矢口忍は、どうせ数日しか滞在できないのなら、最も典型的なパリらしい界隈にホテルをとってほしいと江村に頼んだ。江村はそれを橘に伝え、橘はカルティエ・ラタンの、ソルボンヌ大学のそばの安ホテルを矢口のために用意していた。

「ここにはがたがたのエレベーターしかありませんよ。それに床も傾いています」

橘信之はそんな言い訳めいたことを言ったが、矢口はまさしくそういうホテルに住みたいと思っていた。肥った、やさしい青い眼をしたホテルの女主人は、愛想よく矢口を迎えた。

「まあ《オ・ラ・ラ》、三日きり《トロワ・ジュール・スルマン》？　残念ね《セ・ドマージュ》。でも《メ》、こんどは長く滞在して下さい《ア・ラ・プロシェーヌ・フォワ・ネ・ス・パ》」

女主人の喋るフランス語に、矢口は、懐かしいものを聞くように耳を傾けた。彼はイリアス・ハイユークとフランス語で話したことを思いだし、卜部すえの潤んだ黒い切れ長の眼を思いだした。

「とうとうパリくんだりまで来たよ」矢口忍はエレベーターがゆっくり、ごとごと昇ってゆく間、卜部すえにそう呼びかけた。「ほんの数日だけれど、君とよく話したパリに来られた。君は、ぼくがフランス語を話すように、って、ハイユークを紹介してくれた。そのハイユークにも間もなく会えるよ」

矢口忍は前の日のことを思い出しながら、窓から朝の通りを見ていた。そこは裏町らしい不揃いな屋敷が重なり合い、どの屋根にも屋根裏部屋の窓がついていた。窓には鉢植えの花が並んでいた。屋根瓦の上には赤い植木鉢を並べたような煙突がついていた。向いの窓では、老婆が花に水をやっていた。

矢口忍は公園のそばのプラタナスの下に椅子を並べているカフェにゆき、カフェ・オ・レを頼んだ。涼しい朝の風が吹き、道路清掃人が掃除したあとの通りは、水に濡れ、清潔だった。朝の光が公園の鉄柵の向うの花盛りの花壇に射しこんでいた。矢口がカフェのテラスで彌生子と海老田に絵はがきを書いていると、橘信之が道を横切ってくるのが見えた。

「お休みになれましたか？」

「ええ、ぐっすり眠りました。夢一つ見ませんでした」

「今日は早速ですが、パリを案内させて下さい。何しろ日数がありませんし、江村先輩から厳しく言われておりますので」

「いや、橘さんのご迷惑になるといけないから、ぼくは一人で歩きますよ。なんだか、ひどく親しみの持てる都会《まち》なので、大丈夫だと思います」

「ええ、矢口さんなら、もちろん大丈夫ですが、ぼくも、好きなパリをいろいろ見ていただきたいんです。シリアゆきの準備は終っていますし、ぼくのことなら、心配なさらないで下さい」

矢口忍は橘の好意を受けるほかないと思った。橘信之は、まるでガイドブックのようで恐縮ですと言いながら、ノートル・ダムやルーヴル、オペラ、凱旋門などを車で廻った。

三日目の夕方、パリから車で二時間ほどの距離にあるシャルトルの有名なゴシックの大寺院を見て戻ってくると、橘信之は矢口とモンパルナスの町角のカフェに入った。

矢口忍はパリの印象が身体じゅうに溢れているような感じだったが、そのどれよりも、いま見たばかりの大寺院の窓に嵌めこまれたステンドグラスの印象が強烈だった。ルーヴル美術館で数々の名画も見たし、ノートル・ダムのステンドグラスも見ていたが、このシャルトルの大寺院のステンドグラスはそれよりまた一段と深みがあり、赤の燃えるような色合い、青の瞑想するような静寂は、どこか深く生の窮極にあるものを暗示しているように思われた。

とくに矢口忍は長方形の窓いっぱいに嵌め込まれた聖母像の美しさが忘れられなかった。首をかすかに傾け、幼児キリストを膝にした聖母が柔和な眼を大きく見ひらいて、深く沈んだ赤い背景から浮び上っていた。

矢口忍はモンパルナスの宵の口の賑やかな人通りをカフェのテラスから眺めながら、橘信之を相手に、聖母の印象を話した。

「ぼくはクリスチャンではありませんが、あの聖母を見たときには、無限のやさしさがこの世にあるんだな、と思いました。人間は無数の罪を犯すけれど、その罪を、聖母の慈悲が無限に包みこんでくれるような感じでした。ぼくは橘さんがいなかったら跪《ひざまず》いたかもしれませんよ」

矢口忍はビールを一口飲んでから、浅黒い長身の橘にむかって、そう言った。

二人がそんな話をしているとき、四、五人のフランス人が同じカフェのテラスに入ってきた。若い知識人ふうの雰囲気を持っていたが、同時に、どこかスポーツマンらしい快活な身のこなしが感じられた。

しかし矢口忍は、そのなかに一人日本人らしい女性がまじっているのに気がついた。あるいは日本人ではなかったかもしれなかったが、ほっそりした上品な顔立ちは、美しい女たちがひっきりなしに通ってゆくモンパルナスの町角でも、ひときわ眼についた。

何かおかしな話題でもあるらしく、若い女は仲間のフランス人と一緒に愉しげに笑っていた。テーブルを三つ、四つ隔てた向うに、若い女は顔をこちらに向けて坐っていたので、矢口のところから、笑うたびに現われる綺麗な白い歯や、すがすがしい眼もとがよく見えた。若い女は髪を時どき掻きあげる癖があり、一種の優雅な仕草で華奢《きゃしゃ》な手を耳のあたりへあげた。矢口忍はその指や手が芸術品のように美しいと思った。

矢口たちがステンドグラスの話をつづけていると、やがて若い女だけが立ち上り、仲間の一人一人と手を握り、カフェを出ていった。

矢口忍は一瞬、その後姿に眼をやった。

「綺麗なひとですね」橘信之もすでに気がついていたらしく、モンパルナスの町の灯のなかに消えた女のほうを眺めた。「誰かの詩にありましたね。『歩み去る美しき人よ。永遠にまた相見ることなしや？』」

「ボードレールでしょう」

矢口はそう言ったが、不思議な寂寥感が心に残っているのに気づいた。

その夜はパリで最後の夜だというので、橘信之は矢口をモンパルナスの古い有名なレストランに連れていった。青葉の垣で仕切られたテーブルにグラスや銀器がきらきら光っていた。快い夜気が流れ、大通りを走りぬける車の音が時おり潮騒のように高くなり、低くなった。

橘信之は給仕頭《メートル・ドテル》の老人と顔見知りらしく、挨拶を交わした。老人は奥の広場に面した席へ二人を案内した。

矢口忍は橘信之からこのレストランが今世紀の初め、モンパルナス界隈の画家や詩人がよく集った店だという話を聞きながら食事をした。給仕頭《メートル・ドテル》の鄭重《ていちょう》柔和なもてなしや、給仕《ギャルソン》たちの爽やかな身のこなしは、まるで舞台に登場してくる俳優のように見えた。

「ここでは、ただ食事をするだけではなく、こうしたもてなしや雰囲気や飾りつけを楽しむんでしょうね」

橘は赤葡萄酒をうまそうに飲みながら言った。

「こういう店も素晴らしいと思いますが、昼に入ったふつうのレストランもいいですね」矢口忍も気持のいい酔いを感じて言った。「日本なら昼食などそそくさと食べてしまいますが、ここでは、いかにも食事を楽しんでいるって感じがしますね。同僚と夢中になってお喋りし、ゆっくり運ばれてくる料理と料理のあいだの時間まで楽しんでいるようですね」

「ぼくも二年ほど日本を離れているので、だいぶ忘れかけてきましたが、時間の感じはたしかに違いますね。日本に帰ると、なぜか、もの凄く忙しくなるんです。みんな忙しい、忙しいと言って、昼食なんか楽しむ余裕はありません。暇になると、こんどはかえって手持ち無沙汰になって、何をやったらいいかわからなくなります」

「ぼくは北国の中学で教えていますから、わりに時間があるほうです」矢口忍はグラスのなかの葡萄酒の赤い色を見ながら言った。「それでも、昼は、いつも、自分の時間という気はしませんでしたね。夜になって、やっと自分の時間を取り戻すという感じでした」

「夜になっても、取り戻せない人が多いんじゃないでしょうか」橘が言った。「自分の時間を会社なり仕事なりにあずけ放しという感じですからね」

「しかしパリだって会社はあるし、仕事だって忙しいはずでしょう?」

「ぼくの感じでは、この都会《まち》の人は自分の時間を絶対に他人に譲らないように見えますね。自分の時間で何をするか勝手です。仕事をするか、花をつくるか、散歩をするか、それは勝手です。しかしそれが自分の時間である証拠には、誰しもがそうした人生の些細なことを楽しんでいますね」

そう言えば、矢口忍はパリにいる間、この都会《まち》の人が散歩する姿をよく見かけた。公園で鳩に餌をやっている老婆を眼にした。矢口は、そんなとき、かけがえない生きる時間を彼らは両手にのせて測っているのではないか、と思った。それほど人々の姿には、深い静けさが漂っているように思われた。

矢口たちのダマスクスゆきは午後の便だったので、矢口は午前中にルーヴル美術館にゆき、見残していた絵画と、中近東の古代彫刻や浮彫りを見てまわった。前には橘信之が案内してくれたので、気楽に歩きまわることができたが、こんどは一人で出かけたのと、多少時間が気になったのとで、無事に美術館を出たときは、ほっとした。

まだ約束の時間には間があったので、チュイルリー公園をぬけ、印象派美術館のほうへ歩いた。午前の光が濃く繁るマロニエの並木に射し、その日かげで子供たちが遊んでいた。右手の壮麗なアーケードのつづく通りを自動車がたえまなく走っていたが、そうした騒音も花壇や木立や石像のあいだで消えてゆくように思われた。

「もうこの都会《まち》を訪ねることはないだろうな」と矢口忍は石のベンチに腰を下して考えた。噴水も、白い石像も、ゼラニウムやペチュニアの咲きこぼれる花壇も、並木も、矢口に別れ難い気持を呼び起した。

もし橘信之のように長くここに滞在できるのなら、これほど切迫した、憧れにも似た気持で、町並や、公園や、子供たちや、セーヌの上に拡がる空を見ることはあるまい、と矢口は思った。しかしもう午後には、それは過去のものになる。彼の記憶のなかにしか残らぬものになる。

その思いが、夏の午前の爽やかな光を浴びるこの都会《まち》のたたずまいを一層美しいものに見せていた。コンコルド広場の方塔《オベリスク》の向うに、日に霞んだシャンゼリゼ大通りと凱旋門が見えた。

彼はその一つ一つに、別れを告げる思いで眼をこらし、それから足を返すと、セーヌの河岸に出て、ゆっくりノートル・ダムが見えるところまで歩いた。

ホテルに帰ると間もなく橘信之が迎えにきた。

「ダマスクスまで三時間半ですから、日本からの距離に較べれば一飛びの感じです」橘はオルリー空港に着くと言った。「遠いといっても、シリアはやはり同じ歴史の空間のなかにあるんですよ。それにしてもわが祖国は遠いな」

矢口は橘が感嘆とも失望ともつかぬ声をあげるのを笑って眺めた。

「ぼくは地球上の物差しでは測れない場所にいる感じですね」矢口忍は空港のロビーを歩いている人々に眼を向けて言った。「まるで夢のなかに生きているみたいですからね。自分では落ちついているつもりでも、きっとうわの空でいるんだと思います」

「そうは見えませんよ」橘が言った。「矢口さんはこの都会《まち》に初めからしっくり嵌まっているって感じだな」

二人がそんな話をしていると、ダマスクスゆきの搭乗が始まる旨のアナウンスが聞えた。

「おや、彼らは昨日モンパルナスのカフェにいた連中ですね」

橘は搭乗を待つ乗客のなかにいる四、五人の若いフランス人を見て言った。矢口もそのほうを見て、それが、昨夜、日本人らしい若い女性と一緒にいたフランス人であることに気がついた。

しかしそこにはその女性はいなかった。

矢口忍は橘と並んで座席に着くと、窓からオルリー空港の建物に三色旗が翻るのを眺めた。二人の五列ほど前に、モンパルナスで見かけた知識人ふうのフランス人たちが席をとっていた。矢口は、橘に言われなければ、彼らが前日同じカフェに坐っていた連中であるとは気付かなかっただろうと思った。

機内はアラブ音楽が低く流れ、スチュワーデスも紫に薄紅色を組み合わせたサリー風の民族衣裳を着て、きらきら光る金のイヤリングやネックレスを身体につけていた。

矢口はすでにヨーロッパではないものの中に身を置いたのを直観した。これが次に見聞しようとしている中近東の世界であろうか――矢口はそう思った。すでにパリを見ただけで、いかに多くのものを、いままで知らずにいたか矢口は思い知らされていた。頭で知っていても、それを現実に味わってみることは全く別個のことであった。それを矢口忍はオペラで、ルーヴルで、ノートル・ダムで、痛いように知ったのだった。身体で味わうこと、刻々に移る時間の中に身を置くこと――その意味合いを、短いパリ滞在ほど矢口に深刻に教えたものはなかった。生きるということは、時間が刻々に過ぎ、朝が昼になり、昼が夜になることだな、と、彼は、心に深く納得する思いで感じたのだった。それを飛び越して人間は生き得ない――そんな単純自明なことが、新鮮な発見のように彼の心をときめかした。

そのとき、彼は、突然、昨日モンパルナスで見た女性は、前に坐っている連中とどういう関係なのだろうかと考えた。

彼が午前中ルーヴルに寄って、チュイルリー公園を歩いているときにも、典雅な石像や芝生や花壇の連想からか、その日本人らしい若い女性のことが思い出された。彼女の爽やかな快い微笑や、髪を掻きあげる日焼けしたしなやかな手などが、不意に矢口忍の眼に浮んだのであった。

おそらく様子から察して、パリに留学に来ている女子学生であろうと彼は考えた。そしてこの典雅で落着いた都会《まち》で心ゆくまで勉強できる幸運を彼女のために祝福してやりたい気持になった。

「こんな都会《まち》に半年か一年いられたら、もっといろいろのことがわかるようになるだろうか」

矢口はそのときセーヌの流れを見ながら思った。「いや、いや、ぼくはすでに三日いた。三日いれば、この都会《まち》の持つ最も大事なものは十分に直覚できたはずだ。これ以上、この都会《まち》に恋着すべきではないのだ」

しかし矢口忍はセーヌ沿いに歩きながら、パリとの別れ難い思いを強めているのは、昨日の、あの笑顔の爽やかな女性のせいではないか、という気がした。

「どうも相当パリの毒気に当てられたな」

矢口はそう独りごとを言った。彼は頭を振ると、そうしたばかげた考えを心の外へ押し出そうとした。事実、彼はノートル・ダムが見える頃になると、女のことなど、すっかり忘れ去っていた。

「どうも飛行機が飛び立つときはいい気持がしませんね」橘信之は浅黒い端正な顔を矢口にむけて言った。「ぼくはこの瞬間がいやなので飛行機は苦手なんです。一人のときはウイスキーを飲んで早目に酔うことにしているんです」

「じゃ、どうかウイスキーを飲んで下さい」矢口は橘の言葉に笑いながら言った。「外から見ただけでは、橘さんがそんなデリケートな神経の持ち主だとは思えませんよ」

「野蛮人に見えますか?」

「いや、そうじゃありませんが、もっとタフな感じはしますね」

「ぼくは見かけ倒しなんです。母がよくそう言います」

「お母さまはご健在なのですか?」

「ええ、両親とも元気です」

「羨ましいですね」矢口は心から言った。「ぼくなど、天涯孤独も同然ですから」

「じゃ、まだ結婚されていないのですか?」

「いいえ、結婚しましたが、すぐ別れました」

「あ、それは……」

橘信之は余計なことを訊いて申し訳ないという表情をした。飛行機はいつか上空に出ていた。

「もうパリは眼の下ですよ」矢口忍は橘の気持を変えるように言った。「あれはセーヌですね。S字状にうねっている」

「お蔭さまで、いやな瞬間を気付かずに過ぎました」橘信之は息をついて言った。「これで、あと着陸のときまで大丈夫です」

「着陸のときも具合が悪いんですか?」

「ええ、具合がよくないのです」

「橘さんらしくないですね」

「仕方がないですよ。現実にそうなんだから」

「言い方が悪かったら許して下さい」

矢口忍はそう言ってから、窓の外に遠ざかるパリ市街を見つめた。

彼は「そこにあの未知の女性がいるのだな」と思った。それは、昔、卜部すえや梶花恵に会ったときとは全く別個の感じだった。ちょうどステンドグラスの聖母の美しさに打たれたときと同じように、未知の女性の笑顔や髪を掻きあげる優雅な仕草が、素直に心のなかに流れこんできた。

「何を考えていらっしゃるんですか?」橘信之が言った。「パリに未練がおありになるんじゃありませんか?」

「ええ、ないと言えば嘘になりますが、しかしぼくは実に充実した三日を過しました。何か十分過ぎるものを与えられたような気がします」

「それなら嬉しいんです。ぼくも矢口さんを待っていた甲斐がありました」

飛行機がダマスクスに着くまで橘はパリの考古学研究所の講義や、留学生活の面白い挿話を話して聞かせた。

イタリアを離れるか離れないかに夕方になり、矢口忍が見たいと思っていた地中海を横切るときはすでに夜に入っていた。

「昼間でも、今日は曇っていますから、地中海は無理でしょう。アレッポに着いてから、ひとつレバノン海岸に出て、地中海で泳ぎましょう。そのくらいの暇は江村先輩もくれますよ」

橘はそう言って矢口を慰めた。

「いや、いま地中海の上を飛んでいると思うだけで、ぼくは幸福です」

矢口の答えは決して言葉だけではなかった。彼はパリに着いたときにも、果して自分にこんな喜びを感じる資格があるだろうか、と自問したし、有名なステンドグラスの聖母の前に立ったときにも、同じような問いを自分自身に向けたのであった。

地中海が夜の闇で見えなかったときにも、彼はこれ以上の喜びは許されるべきではないと自分に言いきかせた。

機内アナウンスがあり、ダマスクス空港に着いたのは現地時間で九時をまわっていた。明るいオルリー空港から見ると、ただ滑走路の青と赤のランプがついているだけの、真っ暗闇の飛行場であった。

「暗くて何も見えませんね」

矢口は窓の外にしばらく眼をこらしてから言った。

「おそらく灯火管制をやっているんでしょう」橘信之もちらと窓の外をのぞいて言った。「前にイスラエルと交戦がありましたし、アラブ諸国のなかでも、シリアは最も緊張感の強い国でしょう。戦時態勢ではないにしても、すぐそうなれる態勢にはあるんだと思いますよ」

事実、飛行機を降りると、むっとした暑熱のなかを、ずっと、電灯のついている建物まで憲兵が腕を後手に組んで立っていた。建物のなかは優雅な気分にあふれたパリの国際空港とは違って、室内装飾は少く、倉庫のように実用的で殺風景だった。大勢のアラブ衣裳をつけ、頭に白い布をかぶり黒い留輪を嵌めた男たちが荷物を担いだり、大声で話したりしていた。天井で大きな扇風機がまわっていた。

矢口と橘は飛行場に着いてからヴィザを申請するので、多少時間がかかった。窓口の向うでカーキ色の制服の男が、汗を拭き拭き、書類に何か書きこんでいた。

「あ、江村さんが来ている」

橘信之が柵の向うを見て叫んだ。

矢口たちが手続きを終えて外に出ると、江村は「よくきたな。よくきたな」と言って、何度も矢口の手を握った。

「自分でも本当のことのように思えないな」

「パリはどうだった？　気に入ったかい？」

「ああ、すばらしい町だね」

矢口忍はそう言ってから、ふと例のフランス人たちのことを思いだした。しかし彼がふり返ったとき、空港の建物のなかには、それらしい姿はなかった。

「発掘の具合はどうですか？」

橘信之は荷物を江村の車に積んでから、助手席に乗った。

「まずまずだね」江村はエンジンをかけて言った。「富士川教授もかなり有力な遺丘《テル》だと見ている」

去年から今年にかけて江村卓郎は札幌の富士川教授と二度ほどユーフラテス上流の水没地帯に散在する遺丘《テル》を見てまわった。古代の都市や集落が異民族の攻撃、疫病、洪水などで廃墟となり見棄てられたあと、同じその場所に、後代の人々が都市や集落を建設する。それがふたたび破壊され土塊に帰する。こうして同じその場所に何層もの都市、集落の廃墟が積み重なってゆく。何百年、何千年ののち、この廃墟の集積はいつか丘陵になって残る。それをふつう遺丘《テル》と呼ぶが、遺丘《テル》のなかには二、三層のものから十層を越えるものもある。矢口が北国の中学の図書室から借りだした図版入りの分厚い書物には、十五層に達するシャガル・バザルの遺丘《テル》の説明と写真が載っていた。

はじめて江村卓郎がユーフラテス・ダムの水没予定の谷間を車で走ったとき、数え切れぬ遺丘《テル》の存在に思わず溜息が出たのだった。

「あの遺丘《テル》の下に無数の考古学の宝物が埋蔵されているのだ。黄金の頸飾りもあろう。華奢なフェニキアのガラス器もあろう。古代ペルシアの陶器だってどれほど埋まっているかしれない。恐らく大洪水以前の人類の歴史を書きつけた粘土板などもあるはずだ。それが永遠に人造湖の中に沈んでしまうのだ。人間は二度とそれを眼にすることはできないのだ」

江村はそう思うと、居ても立ってもいられない気がした。何か特別な方法で遺丘《テル》の一つ一つを透視することはできないものか、と考えた。しかし結局、遺丘《テル》は丹念慎重に試掘壕《トレンチ》を掘り、徐々に発掘個所を拡げてゆくほか手段はなかった。忍耐と持続力の仕事であった。

江村がダマスクスに戻ってシリア政府直轄の考古学総局にゆくと、江村と同じく恰幅のいい総裁は全面的な努力を約束した。

「私どもはできるだけ水没地区の遺丘《テル》や遺構を残そうと努めているのです。移動できるものは移動させ、発掘できるものは発掘したいと思っています。水没地区からの出土品に限り折半で国外搬出を許可しているのも、出土品が人類共同の遺産であるという考えに基づいています」

江村卓郎は帰国すると、すぐ札幌に恩師の富士川一彦を訪ね、日本も考古学調査隊を編成してユーフラテス水没地区の発掘に加わるべきではないか、と言った。

富士川は自宅の裏の農園で野菜をつくっていた。それを見ると江村は大きな息をついた。

「先生はよくのん気にこんなことをしていられますね」

富士川は小柄な逞しい身体を起して言った。

「君、考古学者は身体がもとでだ。しかしゴルフをしてまわる時間はない。野菜づくりだって、仕事の一環だよ」

江村卓郎が考えていた以上に富士川一彦は元気であり、体力がつづいた。教授を札幌から引っぱり出すまでは江村の役目だったが、一度《ひとたび》富士川自身がユーフラテス流域にくると、こんどは富士川が江村を引きずりまわす側にまわった。彼は単に水没地区だけではなく、メソポタミア地方にも車を飛ばし、未掘の遺丘《テル》があると必ず車を停めて、自分の足でその頂上に上らなければ気がすまなかった。

「これはわれわれの対象にはなりませんよ。もう上らなくてもいいんじゃないですか?」

江村がそう言うと、富士川は大きな眼をむき出して言った。

「君はぼくをかばっているつもりだろうが、それは逆だよ。ぼくの喜びは遺丘《テル》の土を踏むことだよ。陶片や矢じりや石斧の山の上に立つことだよ」

富士川一彦は六十歳を出た人とは見えない速さで丘を上り、素早く辺りを見まわし、遺丘《テル》の性格を推定させるような特徴的な陶片を見つけた。

「ぼくらの特殊条件を考えれば、なるべくなかなか水没しない上流地帯の遺丘《テル》を掘らなければいかんね」一応の調査を終って、アレッポの町へ戻ったとき、ホテルで地図を拡げて富士川が言った。「ぼくはこの辺りが有望だと思うが、君はどう思う?」

江村卓郎も、すぐ水がくる流域を掘ったのでは途中で発掘を放棄することになるので、上流地帯にしなければならないとは思っていた。しかしその上流地帯といっても広大な拡がりであり、そこに散在する遺丘《テル》も数え切れなかった。

「これは先生にお決めいただくほかありませんね」江村卓郎は地図に記された赤いまる印を眼で追いながら言った。「眼力の点じゃぼくはまだ先生にはかないませんから」

「君、体力だって、まだ負けんよ」

「いや、残念ながら、それは本当ですね。先生があれほどタフだとは思いませんでした」

「野菜畑をやっているせいだよ」

富士川一彦は江村卓郎から一本とったので、嬉しそうに笑った。

富士川と江村は調査を終ると、日本の会社から発掘資金の寄付を募る計画をたてた。文部省から研究費がとれなかったので、江村自身が紹介状を持って大企業の社長室や総務課を訪ねるほかなかったのである。

「来年か、再来年は研究費がとれるだろう。それまでは寄付でやるほかないね」

富士川一彦は著書も多く、企業関係にも顔が広かった。

「こんどの発掘は的中率は何割ぐらいですか」

ある大口の寄付を頼みにいった大企業の社長は、社長室の窓から、小さく見える高速道路や家々の並びを見おろしながら言った。

「富士川教授は八割がた確実だと言っておられます。しかしこれだけは掘ってみないとわかりません」

「私は昔からギャンブルが好きでした。もちろんこれは純粋に学術調査費として寄付するのですが、古代の財宝が出るか、出ないか、その辺も、私はスリリングな気持で期待しています」

車が国道を走ってダマスクスの町並に入るまで、江村卓郎は橘と矢口に日本隊の発掘現場や、他の考古学調査隊の発掘状況を説明した。

「こんどの発掘調査費はほとんど企業関係から出ているから、何かまとまった出土品があると具合はいいんだ」江村はすでに人通りの絶えた住宅街のほうへハンドルを廻した。「富士川さんは、いまの遺丘《テル》には絶対の自信を持っている。すでに土器類はかなり出ているからね」

「しかし日本隊は今年掘りだしたばかりでしょう?」橘信之が言った。「そんなに早く成果があるものですか?」

「あげないと富士川さんが困るんだ」

「しかし発掘はギャンブルじゃないでしょう。フランス隊だって、今の場所だけでもう五年掘っているし、これは水没地区じゃありませんが、イタリア隊はマルディク遺丘《テル》で十三年も掘っています」

「いや、おれだって、それは知っている」江村卓郎は頭を振って言った。「だが、考古学の発掘を宝捜しと思って金を出している連中もいるんだ。五年も十年もただ掘りつづけられれば、それに越したことはない。しかし今年の成果如何《いかん》で、来年の発掘調査費がどうなるかが決るんだ。何が何でも大物を掘りあてないと困るんだ」

「どうも江村さんらしくありませんね」橘信之は承服しかねるような口調で言った。「もっと息の長い計画じゃないと、外国隊にやられますよ」

「ばかにフランス式になったものだな」

「それより江村さんのほうが、ばかに日本式になったものですね」

矢口忍は寝静まったダマスクスの町々に眼をやりながら、二人の話を聞いていた。

どの通りも四、五階建の建物が暗く、神秘に、ひっそりと並び、彫りの深いかげを刻んでいた。

「この辺が高級住宅地だ」江村卓郎は矢口のほうを振り返って言った。「なかなかいい都会《まち》だろ?」

「ダマスクスという響きから予想していたよりは近代的な都会《まち》だな。ぼくはもっと乾いた、熱っぽい、市場《スーク》や人混みのつづく、古代的な都会《まち》を想像していたんだ」

「昼と夜じゃ相当印象は違うな」

車は静かな住宅街の一画に停った。

「これがホテルなのか?」

矢口は車をおりると切り石を積んだ重厚な建物を仰いだ。

「いや、これはふつうの住宅《アパルトマン》だ。実は二人ともホテル代を節約してもらって、今夜は日本化工の出張所に泊ってほしいんだ」

「日本化工ってのもスポンサーですか?」

橘信之はためらうような表情で言った。

「いや、スポンサーじゃないが、考古学調査隊の活動を何から何まで援助してもらっている」

「シリアで何をやっている会社だ?」

矢口は玄関の鍵をあけている江村に訊ねた。

「ユーフラテス・ダムの水を使って、シリア砂漠を灌漑しようとしている」

「砂漠を灌漑する?」

「そうだ。砂漠を緑にしようというんだ」

日本化工のダマスクス出張所は、玄関の間につづく食堂と居間、寝室三つを備えたふつうの住宅で、どこか人気のない寄宿舎のような気分があった。

すでに食事は終っていたので、江村卓郎は台所の冷蔵庫からビールを取り出し、それで乾盃した。

「隊員がダマスクスにくるときには、ここに泊らせてもらっている」江村が説明した。「経費節約で掘りつづけなければならんからな」

「どうも、話を聞くと、涙ぐましいですね」橘信之は浅黒い端正な顔を江村のほうにむけた。

「ぼくは、涙ぐましい物語はあまり好きじゃないんです」

「お前さんは気楽な性質《たち》のところへ、フランスかぶれしたから、もう手がつけられんよ」

「そうかな? もっと気楽にしていないと、ばてますよ。発掘なんて長距離競走なんだから」

「そりゃ、わかっている」江村はまるい童顔に、あまりこたえていないような表情を浮べて言った。「しかし現実に、財布を預かってみろ。お前さんのように気楽にはゆかんよ。おれは一家の主婦の気持がよくわかる心境だ」

矢口は江村の言葉に笑った。

「ぼくが乏しい予算を食っていると思うと、ちょっと申し訳ないな」

矢口が言った。

「構わんよ、そんなこと」江村は矢口のほうに頭を振った。「お前さんの隊員参加は全員の賛成を得ているからね。橘、お前さんが余計なことを言うから、矢口が気をまわす」

「矢口さん、ぼくの言ったことは気にしないで下さい」橘はビールを一息に飲んでから言った。「ぼくは予算のことをとやかく言っているんじゃないのです。予算のことなんかどうだって構いません。どうせ足りないんだから。ぼくの言いたいのは、金が不足なのを精神力で補おうという態度なんです。何が何でもやり抜こうという体当り的な精神なんです。それでは合理的な方法も考えられなければ、生活を楽しむ余裕もなくなります」

「橘も正論を吐くようになったな」

「いや、正論までゆきません。議論の前提です」

「よし、わかった」江村が言った。「体当り的なニュアンスがあったら撤回する。だが、ともかく金は限られている。それを合理的に有効に使うのは当然だろう」

「当然です」

橘信之はなお釈然としないような顔をしていた。

矢口はさっきから二人の話を聞きながら、同じ学問の先輩後輩はいいもんだな、と思った。橘信之は、育ちのいい青年らしく思ったことを何でも口にした。江村は江村で、それをむしろ嬉しそうに受けていた。

矢口はビールを取りに台所に立った。台所と玄関との間の壁に、日本化工の出張員たちの名札が並んでいた。矢口は通りすがりにその中の一枚を見て、おや、と思った。

そこに「室井明」という名前が出ていた。

「室井明っていう人を知っているかい？」矢口忍はビールを持って食堂に戻ると、江村に訊ねた。「ここの出張員らしいけれど」

「室井明？　聞いていないな」

「玄関の脇に名札が出ているが、そのなかにあるんだ」

「あれは、シリアに出張した全員の名札だ。いま、アレッポの支社と作業現場に配置されている。だが、室井って名前は憶えがないな。知り合いなのか？」

「同姓同名かも知れないが、北海道のぼくの町にも室井明という農業技師がいたんだ」

「農業技師なら同一人物である可能性が強いな。こちらへ来る話でもあったのかね？」

「いや、直接には聞いていなかったがね」矢口は二人にビールをついだ。「この春に札幌の試験場に移ると挨拶には来たんだが。君に話したことのある大槻さんのお嬢さんね、あのひとに室井君は参っていて、それでずいぶん悩んでいたんだ。しかしシリアに彼が来たとすると奇縁だな」

「人生には、そういうことはよくあるんだ。ぼくもデパートのトランク売場で同じトランクを買っていた女性と、ローマでばったり会ったことがある」

「ロマンスでも生れませんでしたか？」

橘が横から口を入れた。

「橘じゃあるまいし、そう安っぽいロマンスは生れんよ」

「惜しいことをしましたね」橘信之はビールを飲んでから言った。「ローマの休日としゃれるのも悪くないのに」

「お前さんと付き合っていると、たしかに精神は刺戟されるな。それがフランス式のエスプリというやつかね？」

「いや、フランスに罪をなすりつけないで下さいよ。無駄口をたたくのはぼくの悪癖ですから」

矢口は一足さきに風呂に入った。

夜が遅くなると、空気が冷えてゆくのがわかった。客間から裏庭に面したテラスが張り出していた。矢口忍は汗を落すと、テラスまで出て、星を仰いだ。都会とは思えぬほど夥しい数の星が輝いていた。

「すごい星だな」

矢口は傍らに近づいてきた江村に言った。

「砂漠ではこんなもんじゃないぜ。星と星がびっしり空を埋めている感じだ」

「それは凄いだろうな。君のおかげで思いもかけぬものを見る。パリもすばらしかったよ」

「気に入ってよかったな」江村はテラスの手すりに手を置いて言った。「ともかくおれたちは文明のさまざまな姿を見ておく必要がある。日本にいると、あれだけが人間の唯一の生き方だと思いこんでしまう。ところが、人間てのは、もっといろいろな生き方、考え方をしている。そうした別の生き方、考え方に触れると、いままでいかに固定観念に縛られていたか、よくわかる」

「本当だな。ぼくもパリに三日しかいないが、忘れがたい経験を味わった」

矢口はそう言ってステンドグラスの聖母を思い浮べた。翌朝、矢口忍は五時近くに眼覚め、露台に出た。日かげの空気はまだひんやりと冷たかったが、裏庭の向うの通りから朝日の当っ

ている広場が見え、すでに暑気が漂いはじめていた。露店が並び、大勢の男たちが雑踏してい
た。白い布を頭からかぶり、黒い留輪をのせたアラブ服の男もいれば、シャツ姿の男もいた。野菜や果物が山のように並んでいた。生活の匂いがむんむん立ちこめていた。

昨夜は気がつかなかったが、建物の向うに白褐色の巨大な岩山が朝日に眩しく照らされ、岩襞がくっきり刻みだされていた。岩山の麓から中腹にかけて、豆粒ほどに見える家々がびっしり並んでいた。

「ずいぶん早いな」江村卓郎はがっしりした上半身を裸のまま露台に出てきた。「よく眠れたかい?」

「ああ、ぐっすり眠った。これがシリアの第一夜かという感慨に耽る暇もなかったよ」

「朝食をとったら、すぐ出かけよう。何とか昼すぎにアレッポに着き、午後はホテルで休んで、夕方になったら、発掘現場に出かける。ダマスクスの見学は後廻しにしてほしいんだ」

「もちろんそれは構わない。しかしぼくはアレッポで休まなくてもいいぜ。どうせ発掘現場まででゆくんなら直行して貰ってもいい」

「まあ、出発してみればわかるよ」江村は軽く腕を動かし、シャツを着ながら言った。「もうそろそろ暑くなり始めているだろう? 十時すぎになると軽く三十度を越える。午後に砂漠を突っ走ったら、おれたちが干乾しになるよ」

矢口忍が露台に立っている間にも暑さが大地からむっと立ち上ってくるのがわかった。向いの巨大な岩山はすでに白っぽい靄のなかに薄らいでいた。

「すごい暑さだとは思っていたが、それ程なのか?」

「ま、すぐわかるよ。それより早く朝食にしようか」

二人が食堂に入ると、橘信之が台所ですでにコーヒーをいれていた。

「ばかに気がきくんだな」

江村はテーブルにパンやバターを運んで言った。

「江村さんは顔も洗わず、歯も磨かないんですか?」

橘が訊ねた。

「歯を磨いたりしたら、歯みがきの味が残って、コーヒーのうまさが台なしになる。おれはコーヒーを飲む前に歯は磨かんよ」

「これは大へんな野蛮人と共同生活することになりますね。矢口さんも覚悟なさったほうがいいですよ」

「どっちが野蛮人か、見てみないとわからんぞ」

江村は童顔をふくらませ、憤慨したように言った。お互いに言いたいことを言いながら、まったく毒がないのも、二人の人柄だと、矢口は声をだして笑った。

朝食を終ると三人はすぐ車に乗り、ダマスクスの町々を北に向った。すでに暑熱が町を包み、強烈な太陽が眩しく照り返していた。

アレッポへ通じる街道は、まっすぐ北に向ってのび、乾いた岩山や赤茶けた荒地の台地を抜けていた。

熱風が吹きこむので窓は閉め、三人ともサングラスをかけ帽子をかぶっていた。矢口も作業服に着換えていた。

「喉が渇いたらエビアンを飲んでくれ」江村はミネラル・ウオーターをさして言った。「お湯になっていてまずいが、水は飲んだほうがいいんだ。これからはこの灼熱地獄がつづくけれど頑張れるかな?」

「ぼくは大丈夫だ。暑さには強いほうだ」

「話以上ですね」橘信之もいささかたじろいだように言った。「学問への情熱がなければ、この炎熱のなかに出かけるなんて、気ちがい沙汰ですね」

「そりゃ当り前さ」江村卓郎はフロントガラスの前方に眼をそそいで言った。「情熱がなければ、誰が太平洋を一人ぼっちで横断するかね。人間が一文にもならぬことに夢中になるのは、それに情熱を感じるからだ。世の中には、生きることに情熱を感じるやつと、そうでないやつと、二種類いる」

か？」

「二種類だけですか？」橘信之は頭を傾けて言った。「少し分け方が大雑把すぎやしません

「いや、大雑把なものか。情熱で生きるやつと、そうでないやつと、二種類しかいない」

「情熱を感じない連中は何で生きているんです？」

「惰性だろう」

「惰性ですか？」

「それに他人の眼だな」

「なるほどね。他人の評価ってわけですね」

「しかし情熱で生きるやつは、なりふり構わないところがある。他人の評判、評価などはどうでもいい。金になる、ならぬも、どうでもいい。快適かどうかも問題にならぬ。ただ自分の好きなものに夢中になる。意味があると思ったものに熱中する。それが情熱で生きるやつの生き方だ」

「まるで恋愛ですね」

「そりゃ、恋愛だよ。生きることに恋をするんだ。君も矢口の詩をいつか読んでみるといい。矢口の詩には、そのことが切実にうたわれている」

「それはすばらしいですね」橘信之は矢口のほうにサングラスをかけた顔を向けた。「ぜひぼ

くにも拝見させて下さい。ぼくが江村さんのなかで感心するのは、情熱だけですから。これだけは、誰が何と言っても、ぼくは信用しているんです」

矢口忍は、青い空が、暑熱に白く霞んでいる地平線に低くなってゆくのを、じっと見ながら、果して自分がこの二人のように、なりふり構わず何かに熱中したことがあっただろうか、と考えた。

「情熱だけとは何ごとだ」江村は、憤慨したような声を出して、横に乗っていた橘信之のほうを見た。「お前さんは、気を許すと、すぐつけあがる」

「ちゃんと前を見て運転して下さいよ。ここにはわれらの詩人も乗っているんですから」

橘信之は笑いながらそう言った。

矢口忍は炎熱に灼かれた茶褐色の大地が、いまにも炎に熔けそうにゆらめいているのを眺めながら、それはいかにも自分の旅にふさわしい風土であると思った。炎が自分を潔めてくれるなら、その熱さはどのように激しくても耐えられるだろう——矢口は心でそうつぶやいた。

「アレッポで少し休む時間があると言ったね？」

矢口は低い家並のつづく閑散としたハマの町を出てから間もなく、何かを思いついたように江村に訊ねた。

「ああ、真昼はちょっと動けないからね」

「できたら、その間に、一人訪ねたい人物がいるんだが」

「アレッポの都会《まち》に住んでいるのか？」

「ああ、そうだ。ハイユーク……イリアス・ハイユーク。卜部君が紹介したシリアの留学生を君は憶えていないかい？」

「お前さんが日本語を教えていたんだっけ？」

「そうだ。ぼくは彼に会わなければならないんだ。去年の秋に久々で手紙を貰った。彼はぼくが卜部君と結婚したと信じていたんだ」

「そのことを言うために会うのか？」

江村はバックミラーで矢口忍の顔を見て言った。矢口は首をふった。

「いや、それはもう手紙に書いておいた。しかしハイユークは卜部君を愛していたんだ。もし留学が打ち切りにならなければ、彼は結婚を申し込んでいたかもしれない。それに、卜部君とぼくが結婚すると思って、身を引いたような感じもある」

「別にそのことはお前さんのせいじゃない。それをシリアくんだりまで持ってきたんだったら、お前さんは、まだすえちゃんの本当の気持をわかってやれないことになる」

「いや、そのことは、ぼくなりに、いろいろ考えた。しかしハイユークにだけは事実をすべて話しておかなければならないんだ。実は、彼に会うこともシリアにくる目的の一つだったたんだ」

江村卓郎はしばらく黙って道の遠くを見てハンドルを握っていた。

「わかった。何とかハイユークと連絡をとろう。ドクターに頼むのが一番いいな」

江村卓郎は独りごとのように言った。

「ドクターって誰ですか？」

助手席にいた橘信之が訊ねた。

「アレッポにいる日本人の医者だ。シリアにくるほどの奴は誰でもこのドクターの世話になる。シリアにもう二十年も住んでいる。政府の嘱託で公衆衛生が専門だ。何しろシリア中を歩いているから、どこにいっても誰とも顔なじみだ。上は大統領から、下は辺境の遊牧民まで友人なんだ」

「日本人の医者がなぜこんな国で働いているんです？」

「そんなことは知らん。ともかくシリアじゃドクターのことを知らぬ奴はいないんだ」

矢口忍は黙ってドクターなる人物の話を聞いていた。そしてふと、北国の中学の吉田老人のことを思いだした。

矢口忍が吉田老人のことを思いだしたのは、そのドクターと呼ばれた人が日本を二十年も離れているという点が、どことなく、船員になって生涯の大半を海外で暮した老人と似ていたからであった。

以前の矢口忍なら、単なる愛憎のこじれが、のっぴきならぬ人生を、かくも容易に変えるなどということを信じることはできなかったに違いない。しかし北国の中学に引きこもった自分のことを考えると、人生とは、実は、野心でも金銭でもなく、ただ愛をめぐって動いているのではないか、と思われることがあるのだった。

矢口がそんなことを考えてぼんやりしていると、江村が間もなくアレッポだと言った。丘に囲まれた黒ずんだ都会《まち》が灼熱の太陽に照らされて埃っぽい感じで拡がっていた。建てかけの建物や、資材置場や、荒地のつづく郊外の道を黒山羊の群れを追ってゆく日焼けした少年が歩いていた。少年も白い布を頭からかぶり、矢口たちの車に手を振って、白い歯を出して笑った。

ダマスクスより親しみの持てる町並がつづき、広場や町筋は市場《スーク》から出てくる買物の男たち女たちで雑踏していた。

ホテルは中心の繁華街に向っていた。髪を短く刈った、痩せた男が受付に立っていた。若いボーイが矢口たちの荷物を運んだ。

「サロンにいって一休みしようか」

江村が先に立って、日よけをおろした、ゴムの巨木の立っている、がらんとしたサロンに入ったとき、矢口は、モンパルナスのカフェで見かけ、ダマスクスの飛行場まで一緒だった五人のフランス人たちがそこでトルコ・コーヒーを飲んでいるのに気がついた。

その途端、江村卓郎が何か叫びながら、フランス人のほうへ近づいていった。フランス人のなかから髪の薄くなった、ずんぐりした男が立ち上って、江村と手を握った。二人はしきりと何か話し合っていた。

「例の連中でしょう?」

橘信之も気がついて、矢口のほうを見た。

「ええ、奇縁ですね。あれ以来、ずっと一緒ですね」

江村が戻ってきたとき、橘があれはどんな連中なのか、と訊ねた。

「あの連中はフランス考古学調査隊のメンバーさ」

矢口忍はステンドグラスの聖母がこうした人間関係を上から見ているような、不思議なめぐりあわせを、そのとき、ふと感じた。

第七章　発　掘

午後三時になると、枕もとの電話のベルが鳴った。矢口忍はしばらくうとうとしていたので、自分が薄暗くしたホテルの一室にいることを、一瞬、忘れていた。彼ははっとして上半身を起し、それからすぐ受話器をとった。

「出発の準備はいいかい？」江村卓郎の声であった。「結局ドクターとは連絡がとれないので、ハイユークのことは言伝《ことづて》を頼んでおいた。どうせ三日に一度はこちらに戻ってこなければならないから、会う機会は必ずあるよ」

「なにもすぐ会う必要はないんだ」矢口は、自分が休んでいる間にも江村が八方に連絡をとっていたに違いないと思うと、済まない気持が先に立った。

「そんなに気をまわすなよ」江村は言った。「ここに来れば、山にいるときと同じさ。お前さんのことはおれのことでもある。一つザイルにつながっているようなものさ」

矢口が階下に降りてゆくと、仕度をした橘信之が江村と何か話し合っていた。

「矢口さん、これからちょっときついそうですよ」橘が言った。「市街《まち》を出たら、こいつをかぶって下さい」

橘はヘルメットと防塵眼鏡を矢口に渡した。

「現場までは道があって道がないようなものだからね」江村卓郎が食料品や雑品を入れた筒型のズックの袋をジープに積んで言った。「車も、これから先はこいつしか使えないんだ」

通りに日が照りつけ、向いの建物が灰褐色に眩しく光を反射していた。サングラスなしでは眼をあけていられなかった。三十五度を越える暑熱が矢口を包んだ。

「窓は開けないほうがいい」車が走り出すと江村卓郎が言った。「熱風が吹きこむ上に、凄い砂塵だからね」

江村がハンドルを握り、矢口と橘が運転席に並んで坐った。

「ともかく現場までの道を頭に入れるのが一仕事なんだ。目じるしになるものが少いからな」

アレッポの市街《まち》を出ると道は北東に向っていた。市街《まち》のはずれに出て倉庫や建てかけの建築が並んでいたかと思う間もなく、白褐色の乾いた荒野が拡がった。

「いきなり砂漠なんだな」

矢口忍は青空の涯が白くかげろうで揺れている大地の拡がりを見て、独りごとのように言った。

「これでも五月まではまだ緑の草が見られるんだ」江村が言った。「しかしその後は草は立ち枯れ、水は一滴も残らない。天も地もからからになるんだ」

矢口忍はかつて江村と山に登った頃の、身ぶるいするような喜びの感情がよみがえってくるのを感じた。

茶褐色の大地が斜めに脹れあがってゆき、その稜線のあたりに、濃い青空を背景にして、同じ茶褐色の土壁の村落が現われた。日干し煉瓦を積み、その上に泥を塗っただけの四角い建物だった。

そんな村を矢口たちは幾つか過ぎていった。

二時間ほどして、家畜の群がる小さな町へ入った。低い家並のかげが黒く地面に落ちていた。アーケード風に家と家の間に屋根をかけた市場《スーク》に人が集っていた。すべて頭から布をかぶったアラブ風の男たちだけだった。

「こんな町でも、起源は古代ローマより古いんだ」江村はユーカリに似た並木のつづく町のまん中の道を走りながら言った。「いまでも古代ローマの水道がそのまま残っている。この炎天下でも、ローマ水道の水は涸れたことがないんだ」

ジープのなかは燃えるような暑さだったが、外はさらに暑かった。どの家も窓を小さくし、その窓も閉ざしているのは、外の暑熱をさえぎるためだった。夏のシリアでは風とは熱風以外のものではなく、それは草木を枯らす炎熱の運び手なのであった。

矢口の喉はからからに渇いた。用意してきたミネラル・ウオーターはすでに熱かった。

「まずいだろう？」矢口が水を飲むのを横眼で見ながら江村が言った。「これがシリアの最初の洗礼だな」

「いや、これがいいんだ。さっきから、山に一緒に登った頃のことを思い出しているんだ。なぜか、あの頃の気分だな」

矢口忍の言葉に、江村は防塵眼鏡をあげた。

「おれもそんな気持だった。お前さんと一緒にいると、辛いことも、苦しいことも、何でもいいことに見えてくるな。正直言って、掘るのはいいんだが、町と現場の往復には泣かされるんだ。しかし今日はそうじゃない。これも発掘の一環だって気が痛切にするね」

「ぼくには何もかも生れて初めて見るものだからね」矢口忍はアラブ服の男たちを見ながら言った。「家だろうが、人だろうが、すべてが心をときめかせるんだ。このとんでもない暑さだって、ぼくには、強烈な色彩のような陶酔感があるんだ」

「おれはね、お前さんを呼んでよかったと思うよ」江村はジープを停めて言った。「なにしろ、この炎熱地獄だからね、人によっては、ここに来たことを呪うやつだっている。だが、この土地の激しさをお前さんならわかって貰えると思った。おれもこの砂漠が好きなんだな。どうしようもなく好きなんだな」

江村はジープを降りると、ユーフラテス上流地区を管理している農業事務所に寄った。その間、矢口は橘信之と家のかげに立っていた。

「江村先輩も矢口さんといると本音が出るんですね」橘が白い綺麗な歯を出して笑った。「ぼくらといると、怒鳴ってばかりいて困るんですが」

「ぼくはむしろ江村とあなたのほうが羨ましいみたいですよ。言いたいことを言い合って、しかも同じ学問で結びついているという信頼がある……」

「それは江村先輩の偉さです。ぼくだって、誰とでもあんな具合じゃないんです」

二人がそんな話をしているところへ江村が出てきた。

「いよいよこれから道はないんだ。砂漠のなかを突っ走るんだ」

彼はそう言ってエンジンをかけた。

町を出るとジープはいきなり荒野のなかに走りこんだ。物凄い砂塵がジープのまわりに渦巻いた。炎熱で燃えるような車内は、乾いたざらざらした煙状のもので満たされた。

「この微小な泥の粉塵がシリア砂漠の特色だな。こいつのおかげで、ちょっとでも強い風が吹くと、眼もあけていられないんだ」江村は前後左右に揺れる車体を巧みに操りながら言った。

「おれたちの車のあげている砂塵は十キロ先からも竜巻のように見えるんだ」

「しかしこう目標もない砂漠じゃ、どうやって、道の見当をつけるんだい？」

矢口は助手席の前の手すりを摑んで訊ねた。

「もちろん初めはシリア人の人夫にその都度道案内してもらった」江村はハンドルを右へ左へ細かく切りながら言った。「そのうち地面の凹凸や、山の形や、谷の傾斜などで自然にわかるようになったんだ」

いままで涯ない砂漠と思っていた黄褐色の大地の向うに灰色の巨大な岩山が起伏するのが見えた。村道であろうか、踏み固めた道筋が現われ、うねりながら遠くの村落のほうへ伸びていた。

江村がそれを指しながら、何か怒鳴ったが、矢口は聞きとれなかった。物凄い暑さとざらざらした泥の粉塵に包まれて、矢口も車体の動揺に身体をゆだねるので精いっぱいであった。

「水は遠慮なく飲んでくれ。発掘現場にも十分用意してあるから」

「それにしても物凄いですね」橘信之が車の動揺に飛び上りながら言った。「話には聞いていましたが、この悪条件下、夏だけを使ってフランス隊やイタリア隊、アメリカ隊と同じ成果を挙げようというのは無理じゃないですか？」

「無理なものか。昼寝の時間を切りつめても頑張るんだ」

「この広大な遺丘《テル》の群れでしょう？　とても二年や三年頑張ったって駄目ですよ」

「そうはいかん」

「フランス隊はどうなんです？」

「彼らは別さ。国も近いし、発掘だって政府が援助している」

「日本だって文部省の研究費ぐらいとれるでしょう？」

「とれるものなら、とってほしいね」

「どうも江村さんを見ていると、この夏、一発で、宝の山をぶち当てたいような気配ですからね」

「ぶち当てたいね。その気でやらなければ、何も出てこない」

「フランス隊はそんなふうには考えていないでしょう？」

「彼らだって、人海作戦だ。さっき会った連中も発掘に加わるんだ」

「彼らも掘るのか？」

矢口が思わず訊ねた。

「ああ、彼らの専門はローマの劇場遺跡だがね、有力な遺丘《テル》にぶつかったらしい。総動員で掘るということだ。おれたちも負けてはいられないんだ」

「そういう考え方は江村さんらしくないな」橘信之は防塵眼鏡の向うから江村を見て言った。

「ぼくは十年がかりでやりたいですよ」

乾いた岩山が起伏し、ふたたび村道のようなものにぶつかった。

「地形が変ったろう?」江村が顎をしゃくって言った。「ユーフラテスの流域地帯に入ったんだ」

矢口忍は日本にいるあいだに、江村からこんどの発掘について詳しい説明を受けていたし、地形や、発掘地点についても、地図や写真と首っ引きで、できるだけ正確に頭に入れておこうと努めていたのだった。

しかし実際に砂漠にきてみると、そんな知識は何の役にも立たないのがわかった。たとえばユーフラテス河は地図の上では一本のすじにすぎないが、実際には流域は広く、遠く頂きが白褐色に見えている丘陵は、ユーフラテスの対岸だと江村は説明していた。

道は上り下りし、ジープは右に左に揺れた。地面はからからに乾き、ひび割れ、茶褐色の草が一面に枯れていた。日に灼かれた崖が右手から突き出し、道はその中段をまわりこんでいた。ジープがその岩山の裾を曲ったとき、江村卓郎はブレーキを踏み、前方を指した。

「ユーフラテスだ」

江村はうやうやしい口調で言った。急に緑の目立ち始めた平坦な谷の向うに銀色の川すじが光の靄の中をうねっていた。

矢口忍は一瞬、何か鋭い痛みのようなものが身体を貫くのを感じた。まさか自分が生きているうちに、人類の文明の起源を齎《もたら》した神聖な大河にめぐり逢うことなど、考えることもできなかった。その大河に、いま出会っているのだ——そんな思いが矢口の胸を貫いた。

河は矢口が考えたよりもずっと水量も多く、河幅も広かった。ちょうど渡し船の出ている辺りは低い崖が迫っていて、河はその崖を削ぎ落すように流れていた。

ジープを渡し船に乗せて河を渡り、さらに白褐色の丘陵をめざして凹凸の激しい荒地を進むと、やがて前方に広大な遺丘《テル》が見えはじめた。遺丘《テル》の上には人家が並んでいた。素人眼には遠くの山々から突き出た丘の支脈のように見えたが、日本の考古学調査隊が発掘しているのは、その遺丘《テル》の一部だった。

ジープが丘の中腹を上りきると、人家からアラブ服の男が現われて腕を振った。

江村は男に何かアラビア語で言った。

「留守のあいだに土器が三、四点出たらしい。こいつは幸先がいいぞ」

遺丘《テル》は乾いた白褐色の石に覆われた広大な台地の上にあったが、よく見ると、小石とまじって、無数の土器や陶器の破片がひしめいていた。矢口がジープから降りて、思わず陶片を拾うと、江村が笑った。

「そんなのを拾っていたら、いくらポケットがあったって入りきれない。そのうち、拾ったもの全部を棄ててしまう。結局、これは陶片の山のようなものだからね」

考古学調査隊の宿舎は十戸ほどの小村のはずれの廃屋を整備し、それに屋根をかけたものを用いていた。道具と出土品の置場は、向い側の納屋だった。

隊員はすべて出ていて、アラブ服の男が留守をしていた。

夕方になると、長い影をひいて人夫たちがシャベルやつるはしを担いで戻ってきた。

淡いすみれ色に変ってゆく空を背景に、乾いた白い丘はばら色を帯びてきた。矢口忍は小屋の入口から、丘の斜面を降りてくる、布を頭にかぶったアラブ服の男たちを眺めた。

「ずいぶん大勢人夫を使うんだな。あれで何人ぐらいいるんだ？」

矢口は、机に向って何か書いている江村卓郎にそう言った。

「いま四十人ほど働いている。このあと二十人ほど考古学局からまわして貰うことになっている」

「発掘ってのはそんなに大勢の人夫を使うものなのか？」

「それは発掘の規模と経済力次第だな。おれたちの場合、発掘期間は短く、しかも期限はダムの水が上ってきて遺丘《テル》が水没するまでだ。それで発掘費のほうはぎりぎりだが、すこし贅沢に人夫を使っている」

江村は机から立ち上ると、入口まできて空を仰いだ。ちょうど人夫頭のアブダッラが小屋に近づいてきたところだった。

江村は矢口を人夫頭に紹介した。

「こん、にち、は」アブダッラは日本語で言って、前歯のかけた、人のいい笑顔で笑った。彼はその日の出土品を江村に見せた。小さな壺と土偶二個にまだ乾いた土くれがこびりついていた。

「こいつは古いな」江村は土偶を手にとって、重さを測るような表情をした。「こんなのが出てくると、埋蔵品の多い墓にぶつかったのかもしれん」

矢口忍も土偶の一つを手にとってみた。三千年も四千年もの時間が、この埴輪に似た、小さな泥人形の上を通過したという事実は矢口の想像を越えていた。

——おそらくこれは豊饒多産か霊魂の安息かを願って地中に埋められたものに違いない。だが、こういうものを作ったのは、彼らもまた、何ものかに祈らなければならぬような苦しみなり困難なりを持っていた証拠なのだ。

矢口はそんなことを考えていると、その小さな土偶に、人間の涙や笑いや溜息や恐怖がこびりついているような気がした。

人夫たちのあとに、富士川教授と木越講師、それに四人の大学院研究生が歩いてきた。

江村卓郎はその一人一人に矢口を紹介した。

「ここはもっぱら江村君にとりしきって貰っています」小柄な富士川一彦は気さくな口調で矢口に言った。「多少ご不便ですが、我慢してください。日本隊としてはこれが精いっぱいなのです」

小屋の半分は寝室で、夏期休暇で帰っているアメリカ隊から借りた簡易ベッドが並んでいた。他の半分は食堂兼居間で、報告書も記録もそこで片付けていた。

人夫は近在の小作農たちで、遠い村落の連中はトラックに満載されて戻っていった。

金色に雲を縁どりした壮麗な夕空が拡がった。

「ホームシックにならないだろうね」

江村卓郎が夕焼けを見ている矢口に言った。

「いや、ホームシックじゃないが、卜部君のことを考えていた」

矢口はそう答えた。

「そうだったな」江村も眼を細めて言った。「すえちゃんは夕焼けが好きだったな。いつだったか、一緒に山にいったとき、夕映えが稜線から消えるまで外に立っていた」

「ぼくはここにくるまで、ずっと考えつづけてきたんだ——果してこんな素晴らしいものを見る資格がぼくにあるんだろうか、とね」

「もちろんお前さんはもっと多くのものを見たり聞いたりする必要がある。前にも言ったろ?

すえちゃんだってお前さんが自分の殻のなかに閉じこもって、人間らしい豊かさを失っていったら、悲しむと思うな」

「それはぼくにもよくわかるんだ」矢口の眼は、広い流域のまん中に横たわるユーフラテス河が金色の帯になってうねっているのを見つめていた。「だからこそ、ぼくは君の言葉を頼りにこうして出かけてきたんだ。しかし世界はぼくが予想していたより遙かにすばらしい。これは変な言い方だけれど、ぼくには実感なんだ。こんないいものを見るにふさわしい人はほかにいる。たとえばシリア砂漠のこの夕焼けは、どうあっても卜部君のようなひとが見なければならない。パリだって、ぼくにはもったいないような都会《まち》だった」

「冗談じゃない。お前さんはフランスが好きだったし、フランスの詩人もよく知っている。それだけ素養があればパリを見る資格は十分ある。いまじゃ誰だってパリにゆく」

「いや、そういう意味じゃないんだ」矢口忍は江村の日焼けした童顔を見て言った。「もちろん凱旋門もノートル・ダムもすばらしかった。しかしあの都会《まち》にいた三日間、ぼくを包んでいた幸福感は、やはりそれにふさわしい人だけに与えられるべきものだ」

「どうもよくわからんな」

「ぼくはね、パリをたつ前の晩、橘君とモンパルナスのカフェにいたんだ。そのとき、たぶん日本の女性だと思うんだが、とても綺麗なひとを見たんだ。ぼくはそのひとをひと目見ただけで非常な幸福感を覚えた。そしてステンドグラスの聖母を見たときの喜びを思いだした。ぼくはなぜかその幸福感はパリの都会《まち》が呼び起す幸福感とも似ていると思ったんだ。しかしぼくは、よしんば愛する愛さないということを問題外としても、ほかの女のひとに幸福感を覚えるなどということは、やはりどこか不謹慎なことだと思う。とくにぼくのような過去を持つ男にはね」

「そうかな？」

「そうだよ」矢口忍は頭を前後に振って言った。「だが、世界がすばらしいというのは、ぼくが世界に言い知れぬ幸福感を覚えているということなんだ。ぼくはそうあってはならないと思いながら、ある喜びのなかで生きているのを感じる。現に、こうしているときもそうなんだ。だが、ぼくはそれを容認したくないんだ」

「しかし世界をそういうように愛せるのはお前さん自身の才能じゃないかね？　誰にもできるというものじゃない」

「ぼくは世界を愛しちゃいけないんだ。少くとも、一番最後じゃなければ、愛してはならないんだ」

「江村、さん。ゆう、ごはん、できました」

料理人のムーサがそう声をかけた。夕焼けはとうに色あせて、宵闇が足早に砂漠のうえに訪れていた。丘陵も、広い谷間も、遺丘《テル》も、黒っぽい陰画に変っていた。

「そのことはまたゆっくり話そうや」江村はそういうと矢口の背中を一つ叩いた。「自己反省も必要だが、らっきょの皮むきになったのでは何にもならない。さ、調査隊の豪華な晩餐でもとろうや」

二人が食堂に入ると、富士川も木越も研究生たちも食卓についていた。すこし遅れて橘が入ってきた。

食卓の話題は、現在までの出土品から推して、遺丘《テル》に埋まっているものが何かに集中した。

「今日、出てきた土台は、あれは君、建造物の土台だね」富士川教授は太い黒い眉の下の、明るい、諧謔《かいぎやく》好きな眼を輝かせて言った。「これはかなりのものだと思うね。ともかく明日から、一班と二班はこの土台の試掘壕《トレンチ》にかかって貰う」

その班の人夫を指揮している研究生の桃井が黙ってうなずいた。桃井は羊の肉が食べられず、食事のたびごとに不機嫌になった。

「矢口さんは一つご苦労でもアレッポとの連絡と食糧その他の買出しにまわって下さい。そうすれば江村君も発掘のほうに全力を投入できます。何しろわずか半月足らずで、建造物にぶつかったんですから、この遺丘《テル》をできるだけ早く攻めたいのです」

「道案内に人夫頭のアブダッラをつけるから、例のジープでいって貰いたいんだ」江村が羊の骨付肉をたいらげると言った。「アレッポの日本化工の連中が万事応援してくれる手はずになっている」

「輸送隊は大へんですよ」まっ黒な顔をした、髪を短く刈りこんだ木越講師が言った。「すごく喉が渇きますからね。たった一ついいことはアレッポで風呂に入れることですね。それだけは羨ましいな」

「ここでは風呂はどうしているんです？」

「ユーフラテスの濁り水で行水です」

矢口忍は何気なく橘のほうを見た。橘は片眼をつぶってみせた。

「この炎天下じゃ、さぞかし大へんな汗でしょう？」

矢口は木越に言った。

「いや、一向に汗は出ないんです」木越は短く刈った頭に手を当てて言った。「汗になった瞬間に乾くからです。今日、腕に白いものが出ませんでしたか？」

矢口はジープに乗っているあいだ、もの凄い暑気を感じていたのに、汗を拭いた記憶がなかった。唇のまわりが妙に塩辛かったのを憶えていた。

食事が終って日本茶を飲んでいるとき、矢口は「日本化工の緑化地区はここから遠いのか」と江村にきいた。彼はそこに室井明を訪ねたいと思ったのだった。

「方向は違う。河向うになる。フランス隊の発掘現場に近いんだ」

矢口はフランス隊と聞くと、すぐモンパルナスの夜のことが反射的に眼に浮んだ。

夕食後、矢口忍が小屋の外に出てみると、すでに夜は深々と砂漠のうえを包んでいた。気温は冷えはじめていて、空気のなかに熱の塊が流れていたが、昼の炎熱がうそのようであった。

それにしても矢口はこんな漆黒の闇を見たことがなかった。江村の言ったように、ダマスクスの夜も闇は濃かったが、それとこれとは比較にならなかった。地上がこんなに暗くなりうるとは、田舎住いをしていた矢口にも信じられぬほどだった。それに夥しい星が間近で輝くので、空は文字どおり星でぎっしり埋めつくされている感じだった。

矢口忍は考古学調査隊のなかの自分の役割が決ったことに満足だった。それも単にお客扱いではなく、正隊員の受け持つ困難な仕事であることがとくに嬉しかった。彼は仕事の辛さのなかで自分の心身をすり減らしたいと思った。やすりに自分の身体をこすりつけるように仕事にぶつかりたかった。

東京を出て以来、彼はやはり一種の陶酔感のなかにいたと思った。自分では、そんな資格はないと厳しく反省していても、さまざまな都会、人々、風物に接すると、新鮮な喜びに心がゆらめくような気がした。

しかしシリア砂漠の上に輝く星を眺めていると、矢口のなかからそうした酩酊感が冷えてゆき、もっと深く暗い思いが立ち上ってくるのがわかった。

江村卓郎がよく「おれは単に過去を掘り出しているんじゃない。現実の人間より、もっと人間臭いものを掘り出しているんだ」と言っていたが、昼に見た泥だらけの壺や土偶はたしかにそうした人間の喜びや悲しみ、恐れ、怒りをまざまざと感じさせた。現実の人間を見ているときは、それほどにも感じられない、人間の内側が、そこに煮つめられているように思えるのだった。

矢口忍は、砂漠の闇の上に拡がる星空の沈黙が、人間とは何なのか、人間の宿命とは何なのか、と問い詰めているような気がした。あくせく働き、右往左往し、つまらぬ利害で一喜一憂する人間が、この大宇宙の沈黙のなかでは、何とも取るに足らぬつまらないものに見えた。むしろ哀れな悲しい存在に思えた。

「このユーフラテスの流域に人間が文明を築きはじめてから、人間はどれほど知恵を求めたことだろう。名を知られた賢者、名を知られぬ賢者が何人出たことだろう。おそらくこの空の星の数ほどの賢者が知恵を求め、幸福な生を求めたのだ。だが、それにもかかわらず人間はなお迷い、苦しみ、もだえている。なぜだろう？　なぜだろう？」

矢口の心に悲哀に似たものが流れた。彼自身が何一つ問題を解決していなかった。

「人間はこうして悩み、考え、もだえ、結局は何もわからないで死んでいったのだろうか。わかることを諦め、永遠の謎のままにこの宇宙の沈黙のなかに沈んでいったのだろうか。そして二度と生れなかったのだろうか」

矢口忍の眼には、そのとき、ユーフラテスの周辺の遺丘《テル》が、人間の恨みを包んだ墓場の群れのように見えた。

翌朝、矢口忍が眼を覚ましたときには、すでに小屋の外には人声ががやがや聞え、江村がアラビア語で何か叫んでいた。隣に寝ていた橘の姿も見えなかった。六時を少し過ぎていた。

「今日はゆっくり休んでくれていいんだ」江村卓郎は矢口が小屋の外へ出てくるのを見ると言った。「アレッポでも休んでもらわなかったからね。差し当っては発掘作業を見学して大体の要領をのみこんでくれればいいんだ」

「そうはゆかないよ」矢口は人夫たちがシャベルやつるはしや鋤を倉庫から取って自分たちの作業場へ散ってゆくのを見ながら言った。「ぼくだって貴重な労働力の一環だからね。一日だって無駄に過したくないんだ」

「気持はわかるがね、おれとしては、お前さんに考古学や発掘や砂漠を知ってもらいたいというのが第一の目的なんだ」

「しかし君はめぼしい出土品が出ないと困るんだろう？　発掘資金を出してくれたスポンサーに対して、何かそれだけの見返りがなければならないと言っていたじゃないか」

矢口の言葉に江村卓郎は丸い童顔を妙な具合に歪めた。

「おれが橋にそんなことを言ったのは、隊員の気持を引きしめるためなんだ。発掘は、宝捜しじゃない。そりゃ何か出土品があれば嬉しいがね、それだけに執着すると、かえってみじめになる」

「しかし何も出なければ、スポンサーに何というんだ？」

「そりゃ、それなりに手を打ってあるんだ」江村は人夫頭アブダッラに何か指示を与えてから言った。「富士川さんはその点ではヴェテランだからね。だから、発掘については何も心配しないでほしいんだ。もちろん手があいたら、測量や撮影や杭打ちはやってくれたっていい。しかしおれはお前さんがここで新しいことを経験してくれたほうがずっと嬉しいんだ」

料理人のムーサが食堂から顔を出して何か叫んだ。

「何て言っているんだ？」

「コーヒーを飲めと言っている。朝食は九時にとる。おれは先に作業場にゆくから、コーヒーを飲んだら、どんな具合に仕事がすすんでいるか、見にきてくれ」

矢口忍は、江村が大きながっしりした身体を動かして、まだ早朝の露の匂いの残っている丘に向って歩いてゆくのを見送った。

食堂に入ると、橋信之が手をあげ、朝の挨拶をしてから言った。

「ばかに早いんですね」

「着いて早々寝坊するとは、気がひけますね。富士川さんたちはもう出かけたんでしょう?」

「でも、ぼくらは二、三日、ゆっくりしないとすぐ顎が出ますよ。昨晩、蚊にやられませんでしたか?」

「やられたのかもしれませんが、疲れていたので、眠りこけていました」

「毒蛇もいるし、さそりも出るし、気をつけないといけませんよ」

橘はコーヒーを飲むと愉快そうに笑った。

矢口忍が発掘現場にいってみると、江村は四角く掘りこんだ穴のなかに身をかがめて、自分で夢中になって何か掘っていた。

そのあたり一帯は小高い丘になっていて、江村の説明によると、そこを最終的に発掘場所と決めたのは、その辺一帯に石を円形に並べたストーン・サークル(円形墳墓)が五つほど発見されたためであった。

江村はそのうちのA地点と名づけた一帯の発掘を指揮し、若い木越がB地点の発掘を指揮した。橘信之は江村を助けてA地点の発掘に従うことになっていた。

矢口忍が発掘現場を見るのははもちろん初めてであった。人夫たちは一列に並び、研究生たちに指揮されながら、地表を十センチほどの深さで掘ってゆく。発掘個所は五メートルの正方形に杭が打ってあり、その正方形のなかを、厚い絨毯をめくるような具合に人夫たちが掘るのであった。

もしそこに何か出土品があれば、埋まっていた状態、深さ、場所を図面に記録し、写真撮影をする。掘り出した泥はすこし離れた一定の場所に運び、ふるいにかけて採取漏れがないかを確かめる——こうした仕事を研究生が人夫を指揮して進めていた。

太陽があがると間もなく、早朝の爽やかな気分が足早に遠ざかり、むっとする地表の熱が空気のなかに照りかえってくるのがわかった。めくらむような太陽が白い砂漠や丘の上を痛いような光で突きさしていた。

丘の下に拡がる広大なユーフラテス流域は緑の帯を淡く点在させながら、光の靄のなかに遠ざかっていた。

九時になると、三十分の朝食休憩があった。富士川をはじめ江村も木越も研究生たちも、その日の発掘の予想をあれこれ論じながら小屋まで戻っていった。

江村は矢口と橘に、考古学総局から発掘許可を得るまでの経緯や、遺丘《テル》を見てまわって発掘地点を決定するまでの調査の困難さを話した。

「ぼくはまるで楽をしに来たようなものだね」

矢口が言った。

「いや、いや、二、三日たったら、とてもそんなことは言えんぞ」

江村はそう言って手を大きく振った。

朝食が終って外に出ると、わずか三十分の間に、すでに砂漠は灼熱の熔鉱炉のようになっていた。江村が遺丘《テル》をのぼったり下りたりして調査していた頃、たえず頭痛に悩まされていたと言ったが、矢口忍も帽子をかぶり、サングラスをしていても、軽い頭痛を感じた。

アラブ人の人夫たちは近在の定着遊牧民が主だったから、この暑熱のなかでも、いささかも疲れをみせず働いていた。矢口忍は橋を手伝って発掘個所を測量し、杭を打ち、縄を張った。しかしいくら動いても汗はまるで出なかった。汗が出ると同時に乾いてしまうというのは本当だった。

昼近く、B地点で壺のようなものが見つかったという声があがった。

富士川も江村も地表に頭の先を出している甕のようなものを、じっと見つめていた。十日にあまる発掘作業の後、はじめてぶつかる大物であった。

「甕棺のようだね」

富士川は小柄な身体を甕の上にかがめて言った。

「甕棺ですね」江村もうなずいた。「副葬品がぎっしり、ってなわけにゆかないかな」

「なんだか、胸がどきどきしますね」若い木越が言った。「しかしこれだけの規模の墓だから、大いに期待できますね」

「予測は禁物ですよ」橘信之が穴のうえに立って言った。「ここいらは盗掘の中心地です」

「それは本当だね」富士川一彦は身体を起して橘のほうを見た。「ぼくが心配しているのもその点なんだ」

昼食後、甕を掘り出し、甕のなかの泥を取り出したが、出てきたのは女性のものと推定される頭蓋骨と、青銅の頸飾り、腕輪様のものだけであった。

息をつめて結果を待っていただけに、富士川も江村もがっかりした表情をした。

「案外でしたね」江村が言った。「何か世界の考古学界があっと言うものが出てきはしないか、って気がしましたがね」

「いや、君、そりゃ無理だ」富士川が頑丈な小柄な身体を甕棺から引きはなすようにして言った。「まだ掘りだして半月足らずだ。これで宝ものが出てきたら、他の人たちに申し訳ないよ」

すでに砂漠は燃えるような熱さに達していた。矢口忍は軽い頭痛をおさえていたが、明らかにそれは日射病であろうと思われた。

午後二時に作業は終った。

小屋に帰ると、矢口は倒れるようにベッドに横になって眠った。暗い長い廊下のような場所を歩いている夢を見ていた。

眼が覚めたとき、江村と橘が枕もとに坐っていた。

「大丈夫かね?」江村卓郎は黒く日焼けした童顔に心配そうな表情を浮べて言った。「お前さんは無理をしているんじゃないのか?」

「もう大丈夫だ」矢口は頭を軽く前後に振ってみた。痛みはとれていた。「早速心配をかけて済まないな」

「誰でも最初はやられるそうですよ」橘が言った。「ともかく日かげで休むほか仕方がありません。明日から、ほかの考古学調査隊の発掘状況を見にゆきますが、矢口さんも一緒に出かけませんか?」

矢口が返事をためらっていると、江村が言った。

「みんな互いに発掘現場の見学をするんだ。ここにもドイツ隊やフランス隊の連中が見に来た。敵情偵察というわけだな。そんなことで刺戟し合っているんだ」

「しかしドイツ隊もフランス隊も相当な距離ですね」橘信之が水没地帯の区分地図から眼をあげた。「一日で戻れるかな」

「どこも一杯一杯でやっているんだ。気軽に泊ってなんかくるなよ」

と江村がにらんだ。

「大丈夫です。夜になったって戻ります」

橋信之は地図をたたんで言った。

翌朝、矢口忍は橋信之の運転するジープで、水没地区一帯で発掘をつづけている独仏考古学隊の現場を見てまわった。道案内には人夫頭で、考古学総局から正式に遺跡監督者として登録されている温厚なアブダッラが当ってくれた。彼は何か言うと、きまって柔和な笑顔をみせた。そんなとき、欠けている前歯がことさら人のいい印象を与えた。

ジープは一度ユーフラテスの豊かな流れまで出て、渡し船で対岸に渡り、乾いた白い岩石の谷間をうねって、台地に出た。台地の上は遙か彼方まで平坦な砂漠であった。アブダッラは両手を開いて、どうだ、すごいだろうというように二人を見た。

「まったく気が遠くなりますね」橋信之は矢口忍のほうを見た。「どうもぼくらの感覚の尺度では間に合いませんね。広さの点でも、何もないという点でも、暑さの点でも、桁はずれなので、ただ呆然とするばかりですね、この砂漠というやつは」

ダマスクスに着いて以来、矢口も同じように感じつづけていた。たしかに「気が遠くなる」と言う以外に何と言ったらいいかわからなかった。

遠くから平坦に見えた砂漠も、近づくと大地が波のように高まったり低まったりしていた。そうした起伏の高みに、定着遊牧民の家が四角い小箱を並べたように点在していた。いずれも日干し煉瓦を積み、その上に泥を塗っただけの簡素な小屋であった。暑さを防ぐために窓は銃眼のように小さかった。

前の夜、江村が、どんなに暑くても窓は絶対に開けないように、と二人に注意した。

「着いた最初の晩に、あまり暑くて寝苦しいものだから、半ば寝ぼけて窓を開けたんだ。そうしたら最後、蚊の大群が押し寄せてね、もう眠るどころじゃなかった。着ているものの上から刺すんだ」

江村はそのとき刺されたあとがまだ赤くなって残っていると言うのだった。

村の人たちは屋外に寝台を設け、一人用の蚊帳を吊って、そこで寝るらしかった。そうでもしないと、部屋の暑熱は夜までこもっていて、とても寝つくことができなかった。

朝はサンド・フライ（蠅）がうるさく顔のまわりに付きまとった。そして蠅に刺されたあとは赤い発疹となり、いつまでも痛痒かった。

「ああ、どうにかならんかな」大学院研究生の一人が、いらいらした気持を押えかねたように叫んだ。「このぶんじゃ、おれ、気が違ってしまう」

矢口がそんなことを思いだしているうち、ジープは小高い丘をまわりこみ、涸谷《ワジ》の間を下っていった。外の気温は四十度を越え、ジープの巻きあげる砂煙が白くもうもうと天に立ちのぼった。ほとんど道らしい道はなかった。橘はアブダッラの言うままにハンドルを動かしていた。

橘も矢口も暑さに耐えているだけでやっとだった。

「もうすぐですよ」アブダッラは欠けた前歯を見せて笑った。「この丘の向うです」

丘を越えると人家があり、その向うに発掘している人夫たちの姿が見えた。

「ドイツ隊の現場です」

アブダッラが笑った。

ドイツ隊の隊長シュミット女史は四十前後のがっしりした体格で、柔和な微笑を浮べながら橘と矢口を発掘現場に案内した。幾つも試掘壕《トレンチ》が縦横に掘られ、大きな建物の遺跡と思われる土台部分が、かなりの規模で露出していた。

橘信之はシュミット女史と英語で話していた。二人は何かを指さしたり、手を振ったりし、地面にしゃがみこんで何かを拾ったりして話しつづけた。

矢口忍も試掘壕《トレンチ》のなかで鋤を慎重に動かしている半裸の青年に、いつ頃から発掘しているのか、とか、何人の考古学徒が来ているのか、とか、訊ねてみた。

人夫たちを指揮している考古学徒のなかには何人か若い女性がまじっていた。灼熱の太陽が眩しく照りつける乾いた遺丘《テル》の斜面で、誰もが黙々と地面を掘っていた。誰もが慎重に、小刻みに、休みなく掘っているのであった。うずくまっている者もいれば、立って測量している者もいた。土砂を運んでいる者もいれば、石を掘り出している者もいた。時おり砂埃が舞い上った。

まるで言葉が消えた世界のようだった。乾いた地面に、物のかげだけが黒く焼きついたように落ちていた。

ドイツ隊と別れて、ふたたびユーフラテス流域から砂漠の台地へ上ったとき、こんどは橘信之に替ってアブダッラがハンドルを握った。ジープのなかも燃えるような暑さだった。砂煙がもうもうと車体を包み、渦を巻いて高く舞い上っていた。

「ただ、あァ、あァ、あァ、と言うほかありませんね」

橘信之もさすがに顎をだしたらしかった。

アブダッラは欠けた前歯を見せて笑い、いかにも日本語がわかったように頭をたてに振った。

矢口の腕には白いものが雲形にこびりつき、肌の表面が突っ張ったような感じがした。白いものを嘗めると辛かった。身体じゅうから塩が噴きだしているような気がした。いくらミネラル・ウオーターを飲んでも汗にはならなかった。唇がかさかさになり、オリーヴ油をぬりこまないと、ひび割れてしまうのだった。

シリア砂漠の場合、砂漠といっても砂ではなく、粉のような泥土がふんわりと乾いた大地の上を覆っていた。それだけに、ごく僅かの風にも泥の粉末は地表から舞い上り、黄いろい煙となって空中に漂うのだった。

「江村さんも、この砂塵には参っていましたね。何しろカメラのなかもざらざらになるんですから」

橘信之がビニール袋に入れて固く縛ったカメラを指して言った。

そのときアブダッラが何か橘に喋った。

「フランス隊の現場にゆく途中に、例の日本化工がやっている緑化地帯があるそうですが、寄ってゆきますか」

橘が矢口にそう通訳した。矢口はすぐ室井明が本人なのか、同姓同名の別人なのか、確かめたい気持を感じた。矢口は言った。

「途中なら、寄って貰ったらどうでしょう」

ジープは間もなく舗装した道路にぶつかった。道路は一直線に砂漠の涯までのび、その涯は眩しい光のゆらめきのなかに溶けていた。

「ユーフラテス河に沿ってイラク国境までつづく国道だそうです」

アブダッラの説明を橘はそう矢口に通訳した。

すでに正午に近かったので、道路にも、点在する村落にも、人影は全く見えなかった。ただ強烈な太陽の光が一切を焼きつくしていた。道もゆらゆら揺れ、点在する遺丘《テル》は空中に浮んだように見えた。それも、実際の遺丘《テル》がそこにあるのではなく、単なる蜃気楼であるのかもしれなかった。広大な大地と空が白い炎になって燃えつづけていた。

その光のゆらめきのなかをアブダッラは時速百二十キロでジープを飛ばした。

一時間ほど走ると国道の両側に耕地が見えはじめた。もちろん耕地といっても緑の作物など一つもなく、ただ赤茶けた大地が、すきで掘り起され、畝のようなものが、地表に筋をつけているにすぎなかった。ちょっと見ただけでは、他の乾いた荒地と区別がつかなかった。

「この辺はもう緑化地区らしいですよ。ここはソヴィエトが計画しているそうです」

橘信之はアブダッラの話をそんなふうに矢口に伝えた。

果してこんな不毛の荒地が緑になるのだろうか——矢口忍は白熱して燃え上りそうな眩しい砂漠の拡がりを見てそう思った。

「もし誰かがぼくにここを緑化するように命じたら、果してそれに従うことができるだろうか。この暑熱、この乾きに、ぼくはたじたじとなっている。これに耐えるのにやっとなのだ。だが、本当にこの不毛の土地が緑化されるのだろうか」

国道に沿って人家が散っていた。アブダッラがジープの速度を落した。灰色の、四角いコンクリートの建物が、有刺鉄線に囲まれた広い、がらんとした中庭のなかに、二つ並んで建っていた。中庭にはジープが四台停っていた。国境警備隊の駐屯所のような感じだった。

「着きました。《オン・ネ・タリヴェ》日本化工の出張所です《セ・ラ・ブランシュ・ド・ニッポンカコー》」

アブダッラがフランス語で言った。

戸口からアラブふうに布をかぶった男がこちらを見て、手を振った。アブダッラが鋭い声でアラビア語で何か言った。むこうでも、何か答えた。

橘と矢口はアブダッラのあとから兵舎のようなその建物に入った。建物の右手は広い部屋になっていて、窓に沿って製図台がずらりと並んでいた。製図台の上には青写真にした地形図や機械の断面図などが拡げられ、赤い線が引かれたり数字が書かれたりしていた。

机に向っていた若い日本人の技師たちが一斉に振り向いた。その中の一人が立ち上り、アブダッラの手を握った。

そのとき隅にいたもう一人の技師が椅子を倒して立ち上った。「矢口先生」彼はそう叫んだ。それはやはり北国で別れた室井明であった。

「先生、どうして、こんなところへ?」

室井明はまっ黒に日焼けした顔に、信じられぬものを見ているような表情を浮べた。

「君こそ、札幌にいるものとばかり思っていたのに」矢口忍は思わず室井の肩に手を置いて言った。「君の名前をダマスクスの出張所で見たときは、まさか、君だとは思えませんでしたよ」

室井明はしばらく口がきけず、ぼんやりしていた。橘と矢口はそれぞれ技師たちと自己紹介をして、考古学調査隊が会社側から種々の便宜を与えられているのに礼を言った。

「早速ダマスクスの出張所を拝借しました」

「いや、どうせ、空いているんですから、どしどしご利用下さい」主任格の田坂雄一がひょろ長い身体を前に曲げて言った。「それにしても室井君とお知り合いとは驚きました」

「ええ、まだ本当とは思えません」

矢口は手短かにシリア考古学調査隊に加わった経緯を説明した。

「室井君は会社からわざわざ指名で、試験場のほうに貰いにいったのです」田坂は組んだ膝のうえに長い手を置いて、窪んだ、ぎょろっとした眼で矢口を見た。「なにしろ、こんな灼熱地獄ですから、来て貰えるかどうか心もとなかったのですが、二つ返事で引きうけてくれました。われわれの年代と違って、いまの若い人は海外にも気軽に出てくれますね」

「室井君の専門は砂漠の緑化だったのですか？」矢口は驚いたように言った。「ぼくはまた寒冷地の専門家だとばかり思っていたので……」

「室井君は、農地灌漑《イリゲーション》が専門なのです。たしか北海道では……」

田坂が言いかけると、室井は目鼻立ちのくっきりした温厚な顔を困ったように横に曲げた。

「ええ、向うでは風による土壌の侵蝕防止を研究していました。それを農地灌漑《イリゲーション》で解決しようというわけです」

「その話はよく憶えています」矢口忍は大きくうなずいた。「なるほど、そう言われると、やっと結びつきがはっきりしてきます」

「いろいろお話があるでしょう。どうですか、今夜はここに泊られては？」

田坂雄一はひょろ長い身体を起し、シリア人の使用人に飲みものを運ぶように命じてから、橘にそう言った。

「残念ながら、江村さんに外泊は禁じられてきました」

「いや、これは特別のケースですよ。矢口さんだって、室井君といろいろお話もあるでしょうし……」

橘も矢口もしきりと辞退したが、田坂雄一はきかなかった。

「アブダッラに先に帰って貰いましょう。フランス隊はぼくが案内するし、帰りもこちらで車を出しますよ。明朝早ければ同じじゃありませんか」

結局、二人は田坂の人懐っこい説得に説き伏せられた恰好となった。

アブダッラは、大丈夫、事情をうまく報告しておく、と言って、前歯の欠けた歯を出して笑った。

アブダッラが帰ったあと、橘と矢口は田坂雄一が運転するジープでフランス隊が発掘している遺丘《テル》に向った。

「江村先輩は怒るでしょうね」橘信之が言った。「これでまた、だいぶ信用がなくなるな」

「なあに、江村氏は口で言うだけで、何とも思っていやしませんよ」ひょろ長い田坂はハンドルの上に背をかがめるように坐っていた。「むしろ、ぼくらのところに寄られたことを喜ぶんじゃないですか」

田坂たちが測量している広大な耕地を越え、涸谷《ワジ》を幾つか渡り、台地のはずれまで出ると、そこからユーフラテスの広い谷間が見渡せた。

「いずれここまで水がくるんですから、この風景も、間もなく見おさめです」

遠くに銀色に光る河すじを見ながら、田坂雄一はジープを停めてそう言った。

燃えるような光のゆらめきのなかで、この河沿いの広い低地には緑が目立った。乾いた、ひび割れた、白い崖が、低地の上にそそり立っていた。かつてユーフラテスが削ぎとっていった侵蝕の痕跡であった。

田坂はハンドルの上から身体を乗りだすようにして、あの白い丘の向う側がフランス隊の発掘地点です、と言ったが、矢口にはその場所が正確につかめなかった。田坂の説明では、発掘は幾つかの場所で行われているらしかった。

ジープは左右に揺れながら崖をまわりこんで下り、丘を二つも三つも越えた。

やがて小高い広々とした台地が開けた。台地の表面は立ち枯れた草で覆われ、大小の凹凸がつづいていた。

「これは大したものですね」橘信之はそれをひと眼見ると叫んだ。「こんなものが、今まで発掘されなかったのが不思議なくらいですね」

「どうしてです?」矢口は台地のはずれに大勢の人夫たちが働いているのを見ながら訊ねた。

「地形を見ただけでわかるんですか?」

「ええ、この遺丘《テル》はかなり大きな遺跡ですね。このでこぼこは、地面の下に、住居か、神殿か、そういった古代の廃墟が埋まっている証拠です」

ジープはその窪みや小山を越えて、発掘の行われている場所に近づいた。

橘がジープから下り、そこに立っていたフランス人に何か言った。若いフランス人は右手で別のグループを指した。

「隊長は向うにいるそうです」

橘が言った。

矢口は田坂とともに橘信之のあとに従った。橘の言うように、盛り上った丘の一部が掘りだされ、そこから巨大な石を積み上げた石垣のようなものが露出していた。人夫たちの鋤やシャベルの下から乾いた泥が上っていた。

フランス考古学調査隊長のペリエ氏はサングラスをはずし、三人と握手した。青い柔和な眼をした四十前後の人物だった。ペリエ氏のそばに、ずんぐりした快活な男が立っていた。彼がモンパルナスのカフェにいたグループの一人であることに矢口は気づいた。

矢口は橘信之のあとからペリエ氏の説明で発掘現場を見てまわる間、ステンドグラスの聖母を仰いだときの不思議な幸福感が甦るのを感じた。灼熱の太陽の下で、シリア人の人夫たちが身体を曲げ、慎重に試掘壕《トレンチ》を掘りすすめていた。フランス人の男女が、ほとんど半裸に近い恰好で、人夫たちにまじって、記録したり、測量したり、何か命じたりしていた。

ペリエ氏の説明では、この広範な一帯に古代の集落が予想されるということであり、フランス隊の目標は、水没の時期までに、最重要と思われる遺構を掘り当てることであった。

「連中もタイム・リミットを持っているので、必死になって掘っていますね」遺跡をひとわたり見てまわってから、橘が矢口に言った。「もし重要な遺跡にぶつかっても、規模が大きかったら、移動させることはできませんから、結局は湖の底に沈むほかないんですね。考えてみると勿体ない話です」

「江村の言うように、情熱がないとできない仕事ですね」

矢口忍は丘の上や、丘の中腹で働く人々に眼をやった。

田坂雄一もひょろ長い身体を折り曲げるようにして、土器の破片や矢じりを拾い、「まったく、こういう仕事こそ、無償の情熱がなければできませんな」とつぶやいた。

橘信之はペリエ氏をジープに同乗させ、広範な発掘地帯をあちらこちら走らせた。小高い丘で試掘壕《トレンチ》を幾すじも掘っていた若い考古学徒は、ここに公共建築物があるのではないか、と言った。

「今日も粘土板が幾つか出てきました」

彼は手のひらに赤茶けた扁平な瓦のようなものをのせた。その瓦の表面には、細かい搔き傷が刻まれていた。

「おそらく紀元前十八世紀ころのものでしょう」若いフランス人が橘信之に言った。「楔形文字です。人類最古の記録の一部でしょう」

彼は粘土板を橘に渡した。橘はそれを見てから矢口に渡した。

矢口忍は北国の中学の図書室にあった分厚い図版入りの本で、地中海沿岸の有名な古代都市で発見された世界最古のアルファベットを刻んだ粘土板のことを読んでいた。しかし地下から掘りだされたばかりの粘土板を実際に手にとってみることは、何かまったく別の感動を矢口忍に与えた。彼は、手に、灼熱する黄金の塊をのせているような気がした。粘土板の触っているところが、そこだけ熱くなっているような気がした。

「これが本当の文字というものだな」矢口は赤茶けた瓦の破片の上に刻んだぼつぼつした孔を見ながら心に思った。「〈書く《グラフォ》〉という言葉はもともとは〈刻む《グラフォ》〉という意味だったのだ。人間は、こうして〈刻む〉ことによって、何らかの意志を伝えようと思ったのだ。だが、すべてのものが廃墟となり、土に戻ったのち、〈刻まれた文字〉のおかげで、人間の意志が、時を越えて、生きつづけている」

矢口忍は帰途についたときも、なお、この感動から醒めることができなかった。

「フランス隊の発掘はかなり大がかりですね」田坂雄一はひょろ長い身体をハンドルの上に曲げるようにして前方を見ていた。「あの広さのなかから、何か掘りあてるのは難しいことじゃありませんか?」

「相当難しいですね」橘信之は専門家らしい控え目な喋り方で言った。「でも、試掘壕《トレンチ》を縦横に掘っていますね。あれで、遺構にぶつかれば、そこを掘り拡げてゆくわけですから、水没までには、何かが見つかりますよ」

「私の印象では、わりと彼らは悠々と掘っていますね」

田坂が橘のほうを横目で見た。

「ええ、たしか五年目か、六年目のはずですからね。もう発掘のペースが決っていると思います。もっともこの夏、新しいグループが参加しました。やはり水没までの時間と競争しなければなりませんからね」

「どの辺が本命でしょうかね?」

田坂が窪地を避けてスピードを落しながら訊ねた。

「彼らはあの小高い、まん中の丘を集中的に掘っていましたね。しかしぼくは必ずしもあれが最重要だとは見ませんでした。もっと詳しく見ないと、どこが最重要なのか、言えませんけれど」

ジープの中は燃えるように暑かった。土煙はもうもうと舞い上り、白褐色の煙幕のように車のうしろにいつまでも漂っていた。

「ついでに私たちの灌漑予定地をご覧になりませんか?」田坂雄一は防塵眼鏡の奥から橘と矢口を見て言った。「宿舎に帰る道からすこし外れますが、大体同じ方向です」

二人とも異論はなかった。とくに矢口忍はダマスクスで砂漠緑化の話を聞いてから、そんな夢のような事業と取り組んでいる人たちやその現場を一度見てみたいと思っていたのだった。

ジープは平坦な砂漠のなかをもの凄いスピードで走った。窓の外で熱風がうなり、砂塵は狂ったように渦巻いて天へ立ちのぼった。口のなかはからからに乾いた。矢口の眼にはどこもここも同じ砂漠に見えたが、田坂雄一は地表の小さな凹凸までよく記憶していた。

「ここから先が灌漑予定地です」

突然ジープを停めると、田坂は前方を指して言った。しかしそう言われても、それは光の炎に包まれた、乾いた、平坦な荒地にすぎなかった。それまで見てきた砂漠とどこも変っていなかった。

「この部分が一番低い地点で、これから向うに土地が上っています」

田坂はそう説明したが、矢口には、それはただ真っ平に拡がる荒野にしか見えなかった。しかし田坂は自分の大切な持ち物を両手で撫でまわしているかのように、あそこに主要水路を引き、ここに分岐点を設け、この部分に何を置いて、と、夢中になって説明した。

ユーフラテスを堰《せ》きとめれば、水量は豊かなはずだ。しかしその水をポンプで汲みあげて、砂漠を水で潤そうという考えには、なにか途方もなく壮大なものが感じられた。矢口は防塵眼鏡をあげて説明する田坂雄一のどこに、こんな情熱があるのか、と、その横顔をまじまじと見つめた。

「こんな砂漠を緑にすることが本当にできるんですか？」

矢口は思わずそう訊ねた。

「ええ、適当な水さえあれば、この荒れた無一物の大地にも緑が芽生えます。ここは、それでも冬の雨期には多少雨が降りますし、その年の雨量によって麦の収穫量も違うのです。ダムの水を利用して灌漑水路をつくれば、雨に依存せず、一定量の収穫が期待できるようになるのです」

矢口は田坂雄一の説明を聞いても、炎熱の砂漠と緑の波打つ麦畑とがどうしても結びつかなかった。それだけに、乾いた、ぎらぎら光る砂漠のなかを走りまわっている田坂の様子には、損得ぬきの、のめりこむような気迫が感じられた。

こんな砂漠を緑にすることができるとすれば、人間には不可能なんてことはないのかもしれないな——矢口は砂煙をあげて走りまわるジープに揺られながら、そう思った。

「だが、それにしても、何が、このひょろ長い、温厚そうな人物を動かして、こんな僻遠の砂漠を緑化しようなどという気持を抱かしたのだろうか」

矢口はそんなことを考えながら、ふと、室井明の姿を思い浮べた。室井はともかく灌漑水利の専門家である以上、遠いシリアに来る理由がある。だが、理由はそれだけであろうか。大槻彌生子のことは理由のなかに入らないであろうか。それとももっと別の理由があったのだろうか。

「理由はさまざまあるだろう」矢口は考えつづけた。「だが、江村が発掘に熱中し、あらゆることを忘れさっているように、田坂雄一も灌漑計画に夢中になっているのだ。だが、大切なのは、この、何かに夢中になることではないか。江村だって、ペリエ氏だって、すばらしいものが見つかるとは保証されているわけではない。だが、見つけるためには掘らなければならないのだ。無駄かもしれないがやらなければならないのだ。田坂にしたって同じようなものだ。安楽のなかに暮し、名利を追って生きる人間の眼には、彼らは気違いと映るだろう。江村の言い草じゃないが、世の中には情熱で生きる人間と、そうでない人間と二種類いるのかもしれない」

日本化工の宿舎に戻ったとき、矢口忍は、いままで越えられなかったある線を、一つ越えたような気持がした。

「みなさんを現場にご案内したよ」田坂は設計室に入ると、ヘルメットや防塵眼鏡を壁にかけて言った。「しかし暑かったな」

「それはどうもご苦労様でした」丸茂と呼ばれた、黒い太ぶち眼鏡をかけた技師が二人に椅子をすすめた。「田坂さんは灌漑現場というと、前後の見境がなくなりましてね、誰にでも見せたがるんです」

「そりゃ、ぼくらが手塩にかけているんだからな」田坂がひょろ長い身体を椅子に埋めるようにして言った。「多くの人に見ていただきたいですよ」

「今夜は、うちの料理人が日本食を用意しています。ゆっくり休んでいって下さい」

丸茂は気のいい笑顔で言った。

夜になると、急に暑熱が引いていった。

別棟にある食堂で久々に日本料理をたべながら、橘と矢口は交互に灌漑計画の概要や、シリア政府との関係などを訊ねた。

「ともかく政府の連中は熱心ですからね」田坂が言った。「だいいち、みんな若い。いずれも英仏独の大学へいって、戻ってくると、すぐ第一線の仕事につきます」

「明治維新の日本のようなものなんです」丸茂が黒い太ぶち眼鏡の奥で気のいい眼を輝かした。「どういうのかな、あらゆる面で、新興の気があるんです。まだまだ発展途上国ですがね、もう十年もたてば見違えますよ。教育に熱心なことも驚きます」

矢口忍は二人がしきりとシリアに肩を入れているのを好ましくも思い、ほほえましくも思った。話題はシリアの工業政策からアラブ問題に移り、アラブ諸国のなかで指導力を増している首脳部の政治性が論じられた。それから一転して羊料理の話になり、シリアの女性の話になり、遊牧民の生活が話題になった。

「ともかく火のように激しい情熱と、鋭い猜疑心とが共存しているんですね。みんなピストルをぶらさげていますから、すさまじいですよ」

丸茂がウイスキーを飲んで言った。

「ピストルを持っている?」

矢口が訊ねた。

「ええ。さっき、ここにきたアブダッラだって、一挺ぶらさげているんですよ」

丸茂が太ぶちの眼鏡をはずし、眼を指でこすりながら言った。

「もう眠いんじゃないのか?」

田坂雄一が長い手をのばして丸茂の肩を叩いた。

「まさか」丸茂は憤慨したふりをして言った。「ピストルの話をしているとき、人間は眠らんものですよ」

「それにしても驚きましたね」橘信之が言った。「ピストルを持たなければならぬほど、治安状態が悪いんですか？」

「いや、現政府が樹立されてからは、治安状態は完全に回復されています。しかし昔から自分の力で自分を守らなければならなかった彼らとしてみれば、依然として武器を必要としているのでしょう」

「しかしどうもわかりませんね」橘信之が、首を振りながら言った。「もし彼らが……」

そのとき室井明が席を立って矢口の隣に坐った。矢口は丸茂たちとの話を橘にまかせて、室井に「日本から便りがありますか」と訊ねた。

「庸三から時どき書いてきます」室井明は、かつて矢口の部屋に訪ねてきたときと同じように、幾らか、ぎごちない様子で答えた。「ただ、先生がシリアに来られることは書いてなかったので、ぼくは本当に驚きました。あんなに驚いたことは生れてはじめてです」

「それは、どうも……」矢口は困ったような表情をした。「ぼくは出発ぎりぎりまで誰にも言わなかったのです」

「彌生子さんにも？」

室井明は矢口を見つめるようにして言った。

「もちろん黙っていました。彌生子さんは君がこちらに来ているのを、知っていたんですか?」

矢口の問いに室井は黙って眼を伏せた。

「実は、ぼくは黙ってシリアに来ました」室井明はしばらく下を見つめてから言った。「いまさら何も言うことはないように思ったからです」

「しかし彌生子さんが後から知ったら、ちょっとがっかりしませんか。もし前に知らせておいたら、きっと壮行会ぐらい開きたいと言ったかもしれませんよ」

「そんなはずはありません」室井は、矢口がびっくりするような強い口調で打ち消した。「そんなこと、するわけはありません。あのひとは、そんなことをする人じゃないんです」

「そうかな」矢口は室井の言葉をやわらかく受けた。「ぼくはむしろ反対の見方をしますね。彌生子さんは、一番そういうことに気をつかう人じゃないですか?」

「それは矢口先生や海老田先生に対してはそうかもしれませんが、ぼくに対しては、そうじゃないんです。ぼくは徹底的に嫌われていますから」

「それはどうでしょう」矢口忍は食卓の上で光っている灯油ガスランプ(ルックス)の青白い光を見て言った。「彌生子さんの口から、そんな言葉をぼくは聞いたことはありませんよ。むしろいつも君のことを尊敬していました。君の研究のことだって彌生子さんはよく知っていましたよ」

「それは先生の前だから、何とか恰好をつけているんです。本当は軽蔑しているんです」

「いや、それは間違いですよ」ぎごちなく、堅苦しく坐っている室井明に矢口は言った。「それだけは、君が間違っています。彌生子さんは人を軽蔑したりするような女性《ひと》じゃありません」

「それなら、どうしてぼくの気持を受け入れてくれないのですか?」室井明は額越しに矢口忍をじっと見つめた。「あのひとはぼくがどう考えているか、よく知っているんです。それなのに、わざとぼくを無視するようなことばかりするんです。ぼくは軽蔑されていると考えるほかありません。いつか流氷を見にいったときだって、矢口先生や海老田先生とは出かけたくせに、ぼくには、見にゆきたくない、と、はっきり言ったんです。ぼくは、あのとき、あのひとの気持がよくわかったんです。あのひとにとっては、ぼくなんか眼中になかったと思います」

矢口忍は突然、そのとき流氷の上で言った彌生子の言葉を思い出した。流氷の上に乗っていつまでも流れてゆきたいと言った言葉は、彌生子らしい幼い表現ではあったが、やはり彼女の好意を告げている言葉と考えるべきであった。

とすれば、矢口自身が室井と彌生子の間を邪魔していることになりはしないか――かつて北国の神社の森が風でざわめく夜、矢口は何度かそう反省した。彼は卜部すえのことがなかったとしても、彌生子と自分を一緒に考えることはできなかった。それ以前に、室井と彌生子の結びつきがあまりに自然に見えたからであった。だが、当の室井がシリアまで逃げ出してきたのでは、矢口がどう思おうと、事態は進行しようがなかった。

「若い女のひとは、自分でも気持がわからないことがあるんです」矢口忍は室井の気持を励ますように言った。「とくに君たちのように、昔から友達だったりすると、余計にそうです。ぼくは、いろいろなことにこだわらず、こちらにきたことや、仕事の様子などを手紙に書いてあげたら、と思いますが」

室井明はランプの眩しい焔を、眼を細めて見つめていた。

「近いうちに書いてみます」しばらくして室井は矢口のほうに眼をあげて言った。「ぼくも、黙ってシリアに来たことが、何となくしこりになっていました。書けば、きっとさっぱりすると思います」

「彌生子さんだって喜びますよ」

「矢口先生のことも書いて構いませんか？」

「ええ、もちろんいいですよ。彌生子さんはぼくがここに来ているのを知っているわけだし、こんなところでぼくらが会ったなんて知ったら、さぞかしびっくりするでしょうね」

室井明は食卓の上のコップにウイスキーをついだ。

「野中先生は相変らず飲んでおられるでしょうね？」室井はウイスキーをランプの光にすかしながら言った。「ぼくは野中先生にもシリアゆきは相談しなかったんです」

「どうしてですか？　野中さんは君のことを親身で心配していましたよ」

「きっと、とめられると思ったんです」室井はウイスキーを飲んだ。「それに、なんだか、恋に破れて、外国に流れてゆくなんてふうに見られるのも嫌だったんです」

「野中さんはそんな人じゃありませんよ。豪放な人柄だけれど、神経は細かいと思うな。シリアゆきだって、一番わかってくれる人じゃないですか？」

「ええ、そうだったかもしれません」室井はしばらく眼を伏せてから言った。「こんなこと、お訊きしていいかどうか、わかりませんが、矢口先生は彌生子さんをどう思っていらっしゃるのですか？」

ランプの光で室井の目鼻立ちのくっきりした顔がかげを強調され、幾分痩せたように見えた。

「どうって、どういう意味ですか？」

「別に意味はないんです。ただ、どう思っておられるか、知りたかったんです」

「ぼくは彌生子さんを高校生の頃から知っていますから、一応、人柄もよくわかっているつもりです。明るい健康なすばらしい女性《ひと》だと思いますよ」

「では、先生は彌生子さんがお好きだと考えてもいいわけですか？」

「もちろん嫌ってなんかいるわけありませんよ。しかし君のいう意味が、愛情ということだったら、それは別問題です」

「どうしてですか？」

「だって、好ましい女性は世の中に無数にいます。好ましいだけで、愛さなければならなかったら、大へんなことになりませんか」

「じゃ、愛するって、どういうことなんですか？」

室井は暗い眼で矢口のほうを見た。

矢口は焼きごてを当てられたような苦痛が身体を貫くのを感じた。

そのことがわかれば、自分も、もう少し確かな足どりで人生を歩くことができるに違いない——矢口はそう思った。彼は、眼の前に、船乗りで一生を過した吉田老人や、雨の中に立っていた卜部すえの姿を思い浮べた。

「難しい問題ですね」矢口忍はしばらくウイスキーのコップを手のひらの中で動かしてから言った。「ある意味では、ぼくも、その問題を考えつづけ、結局まだ答えが見つかっていない、というのが本当でしょう」

「ぼくは、もっと単純に、あるひとが好きになれば、そこに愛が生れるんだと思っていました」

「もちろんそういう幸福な場合もあるでしょうね」矢口はふたたび胸の奥に痛みに似たものが走るのを感じた。「しかし多くの場合、好きだったものが急にいやになったり、別のものが好きになったりすることがよくあるんです。好きという感情はひどく不安定です。もしそれを愛だとすると、好きだ嫌いだで、たえず愛したり、愛さなかったりしなければなりませんね」

「ええ、そう言えばそのとおりです」室井明は暗い眼をして矢口を見た。「しかし好きという感情なしで、誰かを愛することができるんでしょうか？　もしある女性が好きではなくなった場合、やはり正直に愛がなくなったと言うべきなんじゃないでしょうか？」

「それは違うと思いますね」矢口は、声が思わず大きくなっていたのに、自分でもはっとした。そばから、かなり酔った田坂雄一が長い手を振って何か言ったが、矢口はそれに取りあわず、室井のほうへ身体を傾けた。「それは違っていると思います。好き嫌いの感情は、いかにも、自分に正直な、本当の感情であるように思われがちです。しかしそれはずいぶん気まぐれであることも事実です」

「では、好きでもないのに、我慢して、誰かを愛する、ということもありうるわけですね」室井明はウイスキーを飲み、承服しかねるというような表情で言った。「ぼくには、何だか、牧師さんの説教のような、偽善的な愛みたいに思えてなりません」

「人間が自分のしたい放題に生きるのが正直な生き方だと言うんなら、規則を守ったり、理性に導かれたり、他人のために我慢したりすることは、すべて偽善と呼ばなければなりませんね」

「そう言えば、そのとおりです」

室井は釈然としない顔で言った。

「ぼくは、さっきフランス隊の発掘現場で粘土板を見て、心を打たれたのですが、あの楔形文字なども、人間が日々に揺れ動くものを越えて、何か一定の、形のあるものを持ちたいと願った結果、生れてきたような気がしましたね」

「ぼくは矢口先生のおっしゃることはよくわかります。でも、ぼくの問いから、答えがだんだん離れていってしまうような感じです。ぼくは、先生が彌生子さんがお好きなら、どうしてあのひとを愛してあげないのか、そのことをお訊きしたかったのです」

矢口はウイスキーのコップを持ったまま、しばらく黙っていた。彼自身もかすかに酔いを感じたが、室井も酔っているらしかった。無口な彼にしては、何か矢口に滅多打ちに切りかかってくるような喋り方をした。矢口忍はそうした話し方のなかに、このぎごちない農業技師のひたむきな気持が表われているようで、心を打たれた。矢口自身を攻撃するような口調もいささかも気にならなかった。

矢口はそのとき、自分の過去の出来事や苦しみを喋れば、この青年もあるいは自分の気持を理解してくれるかもしれない、という考えが閃いた。しかしそうするには、まだわからないことが多すぎた。すべてが未解決のことばかりだった。矢口は、いま、この砂漠で、自分が手さぐりで、何かを捜している気持が強かった。

「室井君は何かぼくについて誤解しているんじゃないですか?」

矢口忍は相手の暗い眼を見て、そう訊ねた。

「いいえ、そんなことはありません。ぼくは庸三から、彌生子さんが先生に夢中になっていると聞いたんです。ぼくがシリアに来る決心をしたのは、本当を言うと、そのときなんです」

「それこそ、庸三君の誤解ですね」矢口は酔いが疲れた身体にまわってゆくのを感じていた。

「彌生子さんがぼくに好意を示してくれたこと――それは本当です。しかし大槻家の人たちは、みんな、ぼくに暖かな気持で接してくれました。智子さんだって、彌生子さんだって、それ以上のものではなかったのです」

「でも、ぼくは、あのひとが先生の詩のことを熱心に話しているのを、何度か、聞きました。庸三の言うことは本当だと思います。矢口先生はそれでも彌生子さんは単なる好意しか持っていない、とおっしゃるんですか?」

室井明の頭がぐらぐら揺れていた。彼はそれでも自分のコップにウイスキーをついで、それを口にもっていった。

「君がどう感じようと、彌生子さんは自分がわかっていないとぼくは思うな。詩のことはともかく、彌生子さんが真剣に考える相手は、君ですよ。君の他にあり得ませんよ」

「ぼくは反対です」室井はぐらぐらする頭を、肘をついた腕で支えながら言った。「ぼくは、彌生子さんが矢口先生を愛しているのでシリアまで来たんです。ぼくが身を引くのが彌生子さんの幸福だと信じたからです。だから、先生、どうか彌生子さんの気持を受けいれてあげて下さい。じゃないと、あのひとが可哀そうです。先生がいなければあのひとは不幸になります。ぼくはばかなやつです。彌生子さんに軽蔑されている男です。しかしそのことは、わかります。先生、あのひとを放り出してはいけません。そんなことをしたら、ぼく、泣きます。悲しいです」

矢口忍は室井を抱えてベッドに連れていった。室井は子供のようにされるままになって、やがて寝息を立てはじめた。

外に出ると、冷えこんだ夜気のなかで、砂漠の星がきらきら光っていた。矢口はながいこと砂漠で暮したような深い寂寥感を覚えた。


（下巻に続く）

P+D BOOKS ラインアップ

時の扉（上）	辻 邦生	自己制裁の旅を続ける男が砂漠で見たものは
ばれてもともと	色川武大	色川武大からの〝最後の贈り物〟エッセイ集
エイヴォン記	庄野潤三	小さな孫娘が運んでくれるよろこびを綴る
鉛筆印のトレーナー	庄野潤三	庄野家の「山の上」での穏やかな日々を綴る
さくらんぼジャム	庄野潤三	小学生になったフーちゃん。三部作最終章
ウホッホ探険隊	干刈あがた	離婚を機に始まる家族の優しく切ない物語

P+D BOOKS ラインアップ

海市　福永武彦　●親友の妻に溺れる画家の退廃と絶望を描く

風土　福永武彦　●芸術家の苦悩を描いた著者の処女長編作

夜の三部作　福永武彦　●人間の〝暗黒意識〟を主題に描く三部作

夢見る少年の昼と夜　福永武彦　●〝ロマネスクな短篇〟14作を収録

加田伶太郎 作品集　福永武彦　●福永武彦〝加田伶太郎名〟珠玉の探偵小説集

廃市　福永武彦　●退廃的な田舎町で過ごす青年のひと夏を描く

P+D BOOKS ラインアップ

女誡扇綺譚・田園の憂鬱　佐藤春夫
●廃墟に「荒廃の美」を見出す幻想小説等5篇

サムライの末裔　芹沢光治良
●被爆者の人生を辿り仏訳もされた〝魂の告発〟

津田梅子　大庭みな子
●女子教育の先駆者を描いた〝傑作評伝〟

四季　中村真一郎
●失われた青春を探しに懐かしの地へ向かう男

白く塗りたる墓・もう一つの絆　高橋和巳
●高橋和巳晩年の未完作品2篇カップリング

誘惑者　高橋たか子
●自殺幇助女性の心理ドラマを描く著者代表作

P+D BOOKS ラインアップ

残りの雪（上） 立原正秋 ●古都鎌倉に美しく燃え上がる宿命的な愛

残りの雪（下） 立原正秋 ●里子と坂西の愛欲の日々が終焉に近づく

剣ケ崎・白い罌粟 立原正秋 ●直木賞受賞作含む、立原正秋の代表的短編集

私生活 神吉拓郎 ●都会生活者の哀愁を切り取った傑作短篇集

サド復活 澁澤龍彥 ●サド的明晰性につらぬかれたエッセイ集

都心ノ病院ニテ幻覚ヲ見タルコト 澁澤龍彥 ●澁澤龍彥が最後に描いた〝偏愛の世界〟随筆集

P+D BOOKS ラインアップ

居酒屋兆治　山口 瞳
●高倉健主演映画原作。居酒屋に集う人間愛憎劇

血族　山口 瞳
●亡き母が隠し続けた私の「出生秘密」

家族　山口 瞳
●父の実像を凝視する『血族』の続編的長編

父・山口瞳自身　山口正介
●作家・山口瞳の息子が語る「父の実像」

単純な生活　阿部 昭
●静かに淡々と綴られる〝自然と人生〟の日々

青い山脈　石坂洋次郎
●戦後ベストセラーの先駆け傑作〝青春文学〟

（お断り）

本書は1986年に文藝春秋より発刊された文庫を底本としております。あきらかに間違いと思われるものについては訂正いたしましたが、基本的には底本にしたがっております。また、一部の固有名詞や難読漢字には編集部で振り仮名を振っています。本文中には気ちがい、人夫、人夫頭、気違いなどの言葉や人種・身分・職業・身体等に関する表現で、現在からみれば、不当、不適切と思われる箇所がありますが、著者に差別的意図のないこと、時代背景と作品価値とを鑑み、著者が故人でもあるため、原文のままにしております。
差別や侮蔑の助長、温存を意図するものでないことをご理解ください。

辻 邦生（つじ くにお）
1925年（大正14年）9月24日—1999年（平成11年）7月29日、享年73。東京都出身。1995年『西行花伝』で第31回谷崎潤一郎賞受賞。代表作に『安土往環記』『背教者ユリアヌス』など。

P+D BOOKS
ピー プラス ディー ブックス

P+Dとはペーパーバックとデジタルの略称です。
後世に受け継がれるべき名作でありながら、現在入手困難となっている作品を、
B6判ペーパーバック書籍と電子書籍で、同時かつ同価格にて発売・配信する、
小学館のまったく新しいスタイルのブックレーベルです。

時の扉（上）

2020年4月14日　初版第1刷発行

著者　辻 邦生
発行人　飯田昌宏
発行所　株式会社　小学館
〒101-8001
東京都千代田区一ツ橋2-3-1
電話　編集　03-3230-9355
販売　03-5281-3555
印刷所　昭和図書株式会社
製本所　昭和図書株式会社
装丁　おおうちおさむ（ナノナノグラフィックス）

ISBN978-4-09-352389-9

P+D BOOKS